辽宁省教育厅2017年度青年项目"美国少数族裔文学的伦理主题研究"最终研究成果
课题编号：WQN201717

北美少数族裔文学的伦理主题研究

曹天飞 | 著

长春出版社
国家一级出版社
全国百佳图书出版单位

图书在版编目(CIP)数据

北美少数族裔文学的伦理主题研究 / 曹天飞著. -- 长春：长春出版社, 2020.11
ISBN 978-7-5445-6182-2

Ⅰ.①北… Ⅱ.①曹… Ⅲ.①文学研究 – 北美洲 Ⅳ.①I710.6

中国版本图书馆CIP数据核字(2020)第226448号

北美少数族裔文学的伦理主题研究

著　　者	曹天飞
责任编辑	孙振波
封面设计	宁荣刚

出版发行	长春出版社	总编室电话	0431-88563443
		发行部电话	0431-88561180

地　　址	吉林省长春市长春大街309号
邮　　编	130041
网　　址	www.cccbs.net
制　　版	长春出版社美术设计制作中心
印　　刷	三河市华东印刷有限公司
开　　本	710毫米×1000毫米　1/16
字　　数	178千字
印　　张	12
版　　次	2021年1月第1版
印　　次	2021年1月第1次印刷
定　　价	58.00元

版权所有　盗版必究
如有图书质量问题，请联系印厂调换　　联系电话：13933936006

目　录

导　论 / 1

第一章　美国华裔文学发展综述 / 9
　　第一节　美国华裔文学国内外研究概况 / 9
　　第二节　汤亭亭作品主题分析 / 13
　　第三节　谭恩美作品主题分析 / 23
　　第四节　美国华裔文学发展的特点与趋势 / 24
　　第五节　美国华裔文学研究的意义与价值 / 30

第二章　加拿大华裔文学"他者伦理"研究 / 32
　　第一节　加拿大华裔文学的兴起、发展与现状 / 33
　　第二节　加拿大华裔小说中"中国形象"的嬗变 / 38
　　第三节　加拿大华裔小说中的"自我"与"他者"互视研究 / 48

第三章　北美华裔文学伦理主题分析 / 66
　　第一节　文化翻译主题 / 66
　　第二节　作家退场与零度写作 / 77
　　第三节　北美华裔文学伦理主题综述 / 79

第四节 北美华裔文学历史文化主题 / 84

第五节 北美华裔文学家庭伦理主题 / 92

第四章 北美非裔文学主题分析 / 101

第一节 美国黑人文学的起源及早期阶段 / 101

第二节 20世纪上半叶的非裔文学 / 105

第三节 二战后非裔文学的蓬勃发展 / 108

第四节 现当代美国非裔文学 / 131

第五章 北美犹太裔文学主题分析 / 139

第一节 北美犹太裔文学的崛起 / 139

第二节 北美犹太裔文学的旗帜——索尔·贝娄 / 142

第三节 菲利普·罗斯关于犹太裔文化身份的建构 / 147

结 语 / 177

参考文献 / 180

导　论

众所周知，美国和加拿大都是西方移民国家，它们的文化构成虽然比较复杂，却具有极大相似性。在北美白人主流文化构成的社会中，不同族裔的人民共同铸就了这片大陆的繁荣。在几个世纪的生产生活实践中，各族裔人民通过不同的艺术形式来表达他们对于这块大陆的印象、生活态度和精神风貌，展示了北美不同时期的社会变迁和风土人情，同时也表达了人类对于幸福生活和崇高理想的追求。以北美文学为代表的艺术形式就是这一过程中最重要的文化载体，而这一载体是由白人文学和少数族裔文学共同构建而成的。在少数族裔文学花园中，华裔文学、非裔文学和犹太裔文学具有鲜明的特点，并在主流文化圈中占有重要位置。举个例子来说：犹太裔作家索尔·贝娄和非裔女作家托尼·莫里森都获得过诺贝尔文学奖，而他们一个有着当代美国文学代言人的美誉，另一个则有着美国黑人史百科全书的称谓。还有多位作家的作品获得美国国家图书奖和加拿大总督奖等重量级奖项。值得一提的是，相较于犹太裔和非裔文学，具有鲜明色彩的华裔文学却一直游走于主流文化圈之外，长期处于边缘地带。以美国华裔文学为例，直到20世纪七八十年代，由于一批优秀作家及家喻户晓的文学作品的出现，才为主流文化圈所认可。汤亭亭、谭恩美、赵健秀、雷祖威、任璧莲、哈金等一大批华裔文学家将中华文化与西方土壤相结合，创作出了丰硕的文坛之果。

近年来，北美地区少数族裔文学在塑造民族身份和自身族裔性方面都取得了巨大的成就，从过去的要求独立、自决以及争取民族话语权方面，逐渐发展到对更深层次的人性的探究及普世价值的讨论，作品本身的文学性和艺术性也有显著提高。进入21世纪以来，以美国和加拿大为代表的少数族裔文学的发展和流变与当地社会的政治、经济生活状态密切相关，在美、加多元化社会的持续发展和不同种族文化碰撞的过程中，涌现出了众多知名的作家及优秀的文学作品。

　　进入现代社会，少数族裔文学在追求自身文化身份和话语权的基础上，对自身的伦理道德和价值基础进行了深刻的反思。将对自身族裔性和伦理道德的思考融入人类的普世价值之中，使少数族裔文学具有与以往不同的发展特点，从而为少数族裔的文化独立与社会地位发声。在不同族裔文化中，取得成就最高、文学特征最为显著的，当数华裔文学、非裔文学与犹太裔文学。尽管这些少数族裔文学作品的创作主题与写作策略有所不同，但在宗教、人性、家庭、伦理道德等方面的深入探讨，对彰显和跨越各自的民族身份，共建美国国家价值具有重大意义。深入梳理和探讨美国少数族裔文学的伦理观和价值体系，对于把握其现实主义文学本质，理解当代美国的经济、社会状况，以及构建我国具有中国特色的多民族文化共同繁荣具有重要理论意义和实践价值。

　　北美地区的少数族裔文学在20世纪取得了巨大的成功。他们的作品不仅在北美地区，甚至在全世界都具有很强的影响力。其中多人曾荣获诺贝尔文学奖、普利策文学奖、美国国家图书奖和加拿大总督奖等杰出奖项。由于少数族裔文学长期处于失语和边缘化地位，因此其取得的文学创作成就打破了白人主流文化的藩篱，为其自身的文化身份建构贡献了力量。通过文学伦理学批评视角，审视北美少数族裔文学创作主题可以发现，在经历了最初的压抑到反抗，回忆到展望，再到由个体命运到普世价值的嬗变，少数族裔文学的奋斗历程可谓十分艰辛。但他们对于伦理价值的追索和人类共同命运的探寻却从未停止。这其中，犹太裔文学通过个人对宗教、人生意义的讨论，树立了犹太裔独有的崇尚上帝与灵魂，追求内心安定的生存伦理。非裔作家的伦理主题与黑人的生活际遇有很大的关系。他们被掳掠到美洲后失去了自由与尊严，在奴隶制度下备受摧残与折磨。美国近代的发展史始终伴随着对黑人的各种残酷剥削和血腥镇压。这种制度是有史以来种族主义最残酷、最无人道的集中体现。在巨额的经济利益的驱使下，白人奴隶主驱使着黑人进行着高强度的劳动。同时，白人奴隶主将黑奴视为自己的私有财产，任意处置，甚至是毫无人性地虐杀。一方面，男性黑奴像牲畜一样为奴隶主工作，另一方面，女性黑奴不但要料理家务，还要为奴隶主繁衍黑奴后代。更惨无人道的是，她们的子女也被当作私有财产贩卖到各地，妻离子散的人间惨剧经常上演。亲人从此天各一方的景象令人不忍直视。在19世纪中期，为了拓展海外市场，获得更多的劳动力，黑人的生存状况已经恶化到了必须做出改变的程度。在人类世界的精神生活水平和物质生活水平不断提高的同时，种种伦理关系却被无情破坏，这在小说《汤姆叔叔的小屋》中有着生动体现。作品重塑了黑人在夫妻伦理、兄弟伦理、主仆伦理方面独有的道德体系和种族自尊，为修复社会伦理秩序和道德规范而大声疾呼。可见早期非裔文学在伦理身份的独立和建构方面的迫切愿望，而有关这种伦理道德的强烈诉求也与日俱增。由家庭伦理拓展到社会伦理，由个体生命的意义与尊严，到族群的精神解放，这也成了托尼·莫里森代表作《宠儿》的伦理主题。

相比于非裔文学，早期的华裔文学多表现的是异域生存的艰辛和荣归故里的得意，比如天使岛的华人诗篇，华人对自己的伦理身份认识还停留在中国人、美国客人的阶段。从之后的美国华裔文学中，可以明显看出迎合美国主流文化的倾向，比如刘裔昌的《虎父虎子》、黄玉雪的《华女阿五》等，这些作品的作者通过对中国文化中异域情调的夸张渲染，来迎合美国主流文化。在此阶段，华裔作家站在美国主流文化的视角，来审视自己的伦理身份，这种审视带有种族歧视、东方主义的影子。但其后的赵健秀、徐忠雄等作家，在其作品中塑造出新的华人男性形象，试图打破美国主流文化对华人纤弱形象的定位，以此重新定位自己的伦理身份，摆脱美国华裔文学中东方主义的影响，寻求主动独立的身份定位。汤亭亭和谭恩美则从女性视角去解读华裔的家庭伦理关系，从母女关系和家庭责任方面探讨东方特有的伦理观。而在任璧莲的《莫娜在希望之乡》中，作者的思想摆脱了固定的伦理身份限制，认为个人生理上的特征并不能决定其伦理身份，而是可以根据自我的价值取向，以自我选择来确立自己的伦理身份。华裔文学对自我伦理身份的认识，大致沿着这一规律发生演变。

通过以上对主流文化之外的三大族裔文学伦理观的分析可以看出，尽管在各自文化和价值体系中对自然伦理、社会伦理和文化伦理有着不同的关注和审视，少数族裔文学伦理主题基本上由个人、家庭向社会普世价值方面发展，他们不约而同地建立起与白人文化之间的对话机制，通过对人类共同命运和生活困境的书写，来塑造新时期北美社会的全新伦理观。

北美地区的非裔和犹太裔文学在20世纪受到了极大关注，对二者的分析和评论不胜枚举。但研究界对于华裔文学的研究略显不够，并没有将其提升到与其他族裔文学相同的地位。直到20世纪末期由于华裔文学的蓬勃发展，为北美少数族裔文学注入了勃勃生机，才引起评论界的广泛兴趣。

20世纪70年代，美国华裔文学研究的步伐正式迈开，这里不得不提到陈耀光、徐忠雄以及赵健秀等人了。从某种意义来说，经他们之手编选的美国华裔文学选集《哎呀！亚裔美国作家选集》，被认为是研究美国华裔文学的敲门砖，著名学者杰夫·特威切尔·沃斯最先对此予以肯定。《哎呀！亚裔美国作家选集》一方面对华裔文学形式进行了肯定，另一方面也使其作为独立的族裔文化得到了继承和延续，并形成了自身的传统。不过，汤亭亭于1976年正式发表的自传体小说《女勇士》，才标志着美国华裔文学首次得到了美国主流文化的肯定和尊重，并且第一次被看作文学艺术而独立存在。因此，从一般意义上来说，我们将20世纪70年代作为美国华裔文学研究的开始时期。

与19世纪中叶就已经萌芽的美国华裔文学相比，对美国华裔文学的研究仍处于一种滞后状态。在相关研究的论著中，最为详尽的亚裔美国文学书目当属金伊莲的《亚裔美国文学及其社会脉络》。除此之外，还有些较有影响力的著作，例如：介绍与指导研究美国亚裔文学的《亚裔美国文学书目》（1988），张敬珏、史丹瑜主编；对水仙花姐妹以后出现的华裔女作家进行了整理和审视的《两个世界之间：中国女作家》（1990），林英敏著；另外，林玉玲和林英敏合编的《华裔美国文学解读》（1992），黄秀玲的《亚裔美国文学解读：从需要到过多》（1993）以及张敬珏的《尽在不言中：山本久枝、汤亭亭、小川乐》（1993），均从文本欣赏的角度对美国华裔文学展开了研究。

在美国，对美国华裔文学的研究主要围绕着三个阶段来展开。一是挖掘被忽视和掩盖的作品。有不少华裔文学作品在美国的主流社会是不被重视和认可的，对这些作品的挖掘，不仅可以让优秀的华裔作品得以重见天日，还能为构建华裔文学传统添砖加瓦，有力抨击主流社会对华裔移民的偏见和歧视。例如，由天使岛的移民后裔麦礼谦、林小琴以及杨碧芳编撰而成的《埃仑诗集》于1980年正式问世，采取的是中英文对照、图文并列的排版方式，将华人在天使岛移民营中的生活与精神层面的感受展现在了世人面前。二是重点研究华裔女作家作品。除了上面所说的黄玉雪和汤亭亭这两位女作家的作品之外，还积极挖掘伊顿姐妹的作品，因为对于整个华裔文学来说，她们的作品算得上是最早书写华裔女性的文学作品。这些作品被重新发现的时间大约是在20世纪80年代末90年代初，针对伊顿姐妹的文学创作，美国学者林英敏和怀特-帕克思还专门在1995年重新编选了《春郁太太及其它作品》加以出版。三是开辟美国华裔文学研究新领域。在20世纪90年代之前，对美国华裔文学的批评研究基本上都是以美国主流文化为话语中心，而在这之后，随着后学理论的发展，尤其是族裔流散理论的兴起，对美国华裔文学的研究迈进了全新领域。

相较而言，国内学者对美国华裔文学的研究稍晚一些，始于20世纪90年代初，而开展实质性研究则是在1993年的"后现代主义与中国当代文学国际研讨会"之后。在那次会议上，国内的学者从两位参会的美国学者对美国华裔作家群的介绍中，系统了解了这一群体，并且借由对汤亭亭的《女勇士》的介绍，对她所使用的后现代技巧有了一定了解，在此之后，国内学者才积极参与到对美国多元文化和女权主义的研究当中。王家湘、陈旋波、王立礼、吴冰和张子清等人是较早涉猎其中的研究者。其中张子清教授在这一领域做出了突出贡献。首先，对于美国华裔作家群的产生、现状及地位，他专门撰文进行了介绍，让国内学界对美国华裔作家有一个全面、系统的了解，引导国内学者对其开展研究。其次，他还积极组织了翻译人员，对优秀美国华裔作家的作品进行了译介传播，并在每一本译作中都加入了关于作者的访谈录和相关评论，所选评论并不是随意的，均摘自美国著名学者杰夫·特威切尔-沃斯的权威论述。目前，在国内已经被翻译出版的美国华裔文学作品，有黄玉雪的《华女阿五》；汤亭亭的《女勇士》《中国佬》《孙行者》；谭恩美的《喜福会》《灶神之妻》《灵感女孩》；赵健秀的《甘加丁之路》；任璧莲的《典型的美国佬》；还有伍慧明的《骨》等。此外，张子清教授还开拓了这一领域的诗文研究，他的《华裔美国诗歌的先声：美国最早的华文诗歌》，除了引用上文提到的《埃仑诗集》之外，还把《金山诗集》（1987）作为切入点，为早期华裔移民的诗文研究开启了先河。一直到今天，有关美国华裔文学的相关研究论文都持续性出现在各大学术期刊上。当然研究的广度也在不断地深化扩展，从最初的包含华裔作家群的发展和现状，到如今甚至涵盖了中西方文艺理论角度的微观解读，可以说，国内关于华裔文学的学术研究一直都处于不断进步的状态中。如果简单从伦理文化层面来说，这些学术论文更多的是关注着东、西方的伦理差异所带来的文化冲突，还有中国的传统文化与美国华裔文学之间的联系，当然也包括这些华裔作家的身份构建以及对中国传统文化的认同问题。因为美国华裔文学作家群这一群体的特殊性，所以对他们的作品进行解读时，大多都会从以下几个方面入手：新东方主义、女性主义、后殖民主义、后现代主义等。结合这些文论分析方法，对种族歧视、性别歧视、文化霸权、文化冲突、社会意识形态等社会伦理问题都会有所涉及，但很遗憾的是，这些研究与作品自身所特有的文学性关联不大，由此可以看出，对于美国华裔文学的文本研究是极容易被忽略的。但是近些年针对这方面的研究出现了令人欣喜的突破，对美国华裔文学的审美研究已经开始崭露头角。举例来说，首先，2003年的美国少数族裔文学研讨会，就对赵健秀《甘加丁之路》中的有关零散叙事、拼贴、互文等具有颠覆性的运用而进行研究的论文开展了深入的讨论；其次，南京大学外国语学院的方红对汤亭亭《孙行者》中反战、反种族歧视的惠特曼·阿新这一人物形象进行了细致分析；同样是汤亭亭的《孙行者》，厦门大学外语学院的张龙海则是选取了她在小说中所运用的后现代艺术技巧进行了深度解读。

加拿大华裔文学创作以其宽阔的历史视域审视加拿大华人构建"自我"的过程，并注入了历史反思的内涵：或书写早期加拿大华人移民的艰苦奋斗，或对民族主义下华人遭受到压迫和歧视的反抗，在对"自我"的追寻中塑造中国形象。同时加拿大华裔文学又受到加拿大多元文化的影响，作品中所体现出的中国形象所具有的包容性、开放性、世界性、普遍性为我国在文学领域构建和传播中国形象提供了重要启示。

早在1885年，加拿大政府通过了对华人入境加征"人头税"的歧视法案，1923年颁布了《排华法案》，将中国人视作嗜赌、贪吸鸦片之徒，将中国人称为"中国佬""黄祸"。罗伯特·柯瑞奇在小说《劣地》中将华人厨师描写成行为怪诞的"中国佬灰熊"，并通过对比华人厨师的"野蛮"与白种人的"文明"来诋毁中国人的形象，宣扬白人至上的种族主义。在20世纪70年代，针对加拿大主流社会对中国人乃至中国形象的误解，加拿大华裔青年作家于1979年出版了《不可剥夺的稻米》，赞扬了华人的吃苦耐劳的精神，展现了真实的中国人的形象，表达了争取中国文化在加拿大社会中拥有话语权的强烈愿望。华裔女作家伊顿对加拿大主流社会明文规定的种族歧视政策表达了批判之意，并把它写进了自己的短篇小说集《春香夫人》，该书通过对早期华人移民的苦难生活的描述控诉了当时不公的社会现实。保罗·余的《铁路的灵魂》将早期华工的悲惨遭遇再现出来，愤怒地控诉了种族主义对华人的迫害。这些作品批判并挑战了白人至上的种族主义，批驳了加拿大主流社会对中国人的歧视性看法，并将值得尊敬的中国人形象真实地展现出来。1990年，李群英的《残月楼》中，主人公王伟昌在拾捡散落在铁路旁的中国人尸骨时,他明白了那些客死他乡的祖辈们始终与他在一起,他们所传承的深深印在血脉中的自我意识是不会消亡的,书中描绘的寻骨之旅解开了历史的真相,表达了华人对压迫的反抗,唤起了社会的良知,激发了中国人的骄傲感与自豪感。1999年,崔维新的英语自传体小说《纸影:唐人街的童年》表达了一个重要的主题:矫正种族主义文化中中国人的形象,该作品颂扬了中国人勤奋、容忍和团结的精神。《残月楼》中的王掌柜和弗雷德·华《钻石烧烤店》中的华老板都是英语流利、善于经营、深明大义的形象,都依靠自身的努力获得了当地白人的尊重。这些文学作品不再将中国人的形象局限于传统的厨师、饭店老板、老派父母,而是上升为成功的企业家、医生等形象,凸显华人社会地位的上升。同时加拿大华裔作家在塑造人物时并未刻意回避华人群体的缺点,这不仅没有损毁华人的形象,反而使人物更加真实,更加丰满。

总之,随着中国国际地位的提升,以及加拿大华裔作家的不断努力,加拿大华裔文学中逐渐体现出了不同文化之间交流与融合的内容,在2004年加国笔会出版的小说集《西方的月亮》与《叛逆的玫瑰》中都体现了中西方文化的交融主题。在这些作品中,种族主义不再是加拿大华裔作家的唯一选择,他们开始更多地探究人类的共性、超越种族的共同话题和共同经验。此时的中国文化不再是加拿大主流社会的"他者",而是拥有顽强自我表达能力和话语权的文化,是世界文化的一员。

本书从文学伦理学角度出发,在介绍不同族裔文学作品的多元化主题时,着重梳理和分析了北美地区华裔文学、非裔文学及犹太裔文学创作的伦理主题、写作风格和发展进程。作为北美文学大花园中的艳丽花朵,少数族裔文学的绽放经历了曲折漫长的过程。在多元化的北美文化构成中,它们不但塑造了众多经典的文学艺术形象,也为北美地区多种族社会的文化融合做出了巨大的贡献。

第一章　美国华裔文学发展综述

第一节　美国华裔文学国内外研究概况

美国华裔文学历经百年发展终于跻身美国主流文化，这是一个从边缘走向中心，由失语到发声的漫长而艰辛的过程。历史带给作家的，不仅是生动的素材，还有丰富的主题选择。纵观华裔文学的发展脉络，大致可分为三个时期。

早期形成阶段是从 1850 年到 1943 年，即从"美国淘金热"大批华工到美开始，直到 1943 年美国国会废除《排华法案》为止。在这个时期，美国华裔工人在美国的血泪史，经常成为美国亚裔文学作品的主要内容。1848 年在美国加州发现了易于开采的地表金矿，迫于生计和战乱，中国广东和福建沿海的居民远渡重洋来到了异国他乡，他们最初从事采矿、洗衣、做饭等低级工作，直到 19 世纪 60 年代金矿资源开采已尽，他们又从事铁路修筑工作。当时美国经济发展迅猛，领土横跨大西洋和太平洋两岸，美国迫切需要一条横贯东西的铁路交通动脉。但当时美国西部地区尚未开发，尤其是密西西比河以西地区，那里有崇山峻岭、深沟峡谷、茫茫戈壁，建设铁路的艰难程度可想而知。美国白人和加州的爱尔兰人根本无法从事这样的体力工作。因此他们以极其微薄的薪资雇用了大量华工。华人吃苦耐劳，靠双手完成了许多几乎是不可能完成的任务，从事着白人不愿做的工作，却没有得到应有的承认和善待。天使岛事件的发生和美国国会通过的《排华法案》，直到现在在美国历史上都是一段臭名昭著的反华黑暗史。华裔文学在形成阶段的作品往往以诗歌和自传为主，里面有对自己祖先和父辈往事的心酸回忆和对不公平社会现实的控诉。其中的经典作品当属美国华裔女作家林小琴创作的剧本《纸天使》。它描写了旧金山天使岛拘留所的七位华人移民的悲惨命运，有被迫自杀、被长期关押、被卖作妓女等等。林小琴还和麦礼谦、杨碧芳一起整理了从天使岛上华人移民拘留屋内收集到的130多首诗歌，并全部翻译成了英文，编成诗集出版。另一位华裔女作家邝莉莉的关于华人移民家族史的传记小说《在金山上》也控诉了美国当局对华工的剥削和迫害。

虽然美国华人文学历史可以追溯到19世纪，但真正开始发展是在二战时期，彼时美国华裔文学也由最初的控诉和辩解，开始从属于主流文化，放弃了自己对独立身份的追求。这个时期出现了十分具有时代特点的经典作家及作品：首先要提到的就是最早用英文出版书籍的华裔作者——李恩富和他的小说《我在中国的童年故事》。在当时美国排华浪潮和种族歧视高涨背景下，他敢于为华裔移民辩护，通过向西方传播东方文明，为中西文化交流搭建了一座沟通和理解的桥梁。第二位就是美国的第一位亚裔女作家——水仙花，她的作品大多是从唐人街的美国华人入手，写作主题颇为广泛，包括了性别、种族、文化、身份认同等多方面的问题，其中《春香夫人及其他故事》在美国华裔文学史上添加了浓厚的一笔。第三位就是刘裔昌，他的代表作《虎父虎子》出版于1943年，它可以被看作60年代前华裔文学中的代表。这部小说描写的是两代华人"千方百计"想要挤入美国主流社会的过程。用千方百计来形容，是因为他们为了能够实现这一目标，抛弃了自身的文化与传统，只认可美国主流的价值与文化观，他们处处模仿美国人的言行举止，连给孩子取名都选择了美国的那些著名政治家们的名字。华人血统在美国人血统面前是完全不值得一提的，他们一心想取得和白人一样的身份与认可。因此，在唐人街的父老乡亲为父亲拥有"美国公民的思想和经济头脑"而大加赞赏时，他就已经在做着成为一个真正的美国公民后的打算了。等到了他儿子这一代，这种企图更为强烈，因为父亲还并不是一个真正的美国人，所以当儿子清楚地认识到这一点后，为了能够实现跻身主流社会的梦想，他努力学习美国文化，考进美国的大学，拒绝一切与中国有关的东西，甚至是基本的文化与习俗。在他的眼中，中国的一切都等同于一切落后的象征，是赌场、烟馆、妓院，还有帮派之争这些充满了罪恶之源的"天堂"。因为他的矢口否认，中国的东西成了他口中的"外国的"并且是"奇怪的"的代名词，那些传统习俗也被他打上了"老掉牙的垃圾"的烙印，中国人在他看来也是冷血自私的产物。他对中国的一切有多厌恶，就对美国的一切有多留恋，学校、图书馆、澡堂、火车，甚至是厕所都深深吸引着他，这是"上帝自己的国家"。他也时常因为自己能说好英语和用美国方式处理问题而感到自豪。刘裔昌的小说中描绘出的是十分优越的美国文化，相对而言，中国文化是以一种劣等的姿态出现的。这种价值标准的输出预示着，想要在美国得到身份的认可，就必须和一个真正的美国人一样，否则永远都不可能有价值。

总体来说，从华裔文学的形成阶段的发展状况可以明显看出早期自传体小说的基本形态。为满足美国大众的猎奇心理和主观想象，作家在作品中拿捏出一个符合自身创作需要的中国形象来迎合白人意识形态中的"中国模板"。除了刘裔昌外，黄玉雪的《华女阿五》也受到了当时白人读者的欢迎，两人都打着为"使美国人更加了解中国文化"和"使华人的成就得到西方世界的承认，以此堵住所有种族歧视者的嘴"的幌子，然而在他们在40年代创作的作品中，并没有呈现出真正传统文化的内涵，都是些关于中国食谱、旧金山唐人街导游之类的略显低级的文化。以致那些一无所知的美国读者在此基础之上将封建糟粕作为中国文化精华来大肆宣扬。与此同时，美国文学界针对中国文化的相关评论也都有失偏颇。由此可见，生存在西方文化夹缝中的华裔作家对于母国文化多么自卑。他们作品中的主人公将自己与美国人家中的牲畜划在同一范围，华人在这种环境中已经难以从内心站立起来，更别说去寻求平等了。此书出版之后，书中描绘的美籍华人因在美国取得的所谓利益而表现出来的欢欣鼓舞，让美国官方大为赞赏。

第三阶段是华裔文学的兴起阶段。由于60年代的民权运动、女权主义，及中国地位的崛起，美国少数族裔更加关心自身的权利和族裔的平等。华裔文学迎来了涅槃重生，不再是一味从属，逐渐走向抗争。这一时期涌现出了大批杰出的作家和大量大家耳熟能详的作品，尤其是华裔女作家崭露头角，成为华裔文学的主力军。

我们从美国文化的中心也逐渐可以看见华裔文学的影子。新的移民作家在80年代以后层出不穷。华裔文学的创作主题更加广泛，旨在塑造日益完整的族裔身份和普世价值。哈金、伍慧明和张纯如都是其中具有代表性的作家。不同于以往流于表面的书写，这些作家对于亚裔文学的思考进入更深的层次。对人性和普通人在现实中的挣扎与彷徨描写入微。例如哈金，原名金雪飞，祖籍辽宁省，曾在军队服役6年，毕业后赴美留学并在布兰戴斯大学获得博士学位。现任教于波士顿大学。代表作品有三本诗集《于无声处》《面对阴影》和《残骸》；三本短篇小说集《词海》《在红旗下》和《新郎》；长篇小说《池塘里》《等待》等。其中《等待》为其成名佳作。这篇小说讲述了一对夫妻坎坷的离婚经历。男主人公孔林是一名中国军医，在包办婚姻时代，娶了农村老家的妻子。然而当他与部队里的护士曼娜相识，并迅速坠入爱河后，打算与原本就没有感情的妻子离婚时，却遇到了困难，因为身为军人，若是想离婚，就必须满足已分居18年的前提条件，当孔林终于达成与妻子离婚的愿望摘下爱情的果实时，他却发现这颗果子并没有原先想象的那么甜美，而传统婚姻在他眼中也并不像之前那样一无是处了，所以他就开始了一轮新的等待。小说的故事情节并不复杂，讲述了一个性格懦弱、优柔寡断的男人与妻子和情人之间的感情纠葛。没有跌宕起伏的故事情节，没有波澜壮阔的社会图景，没有新奇而独特的结构安排，没有为爱情而勇于抗争的豪情，有的只是一个平凡而又真实的故事。等待是小说的开始也是结束，该作品再现了"文革"时代背景下普通人的情感世界和对人生无奈的感慨。此书一经出版，立即引起了美国文坛以及评论界的极大关注，并荣获包括美国国家图书奖及美国笔会福克纳小说奖在内的多项大奖，其影响效果之广，为历来罕见。

哈金的成功除了源于他深厚的文学底蕴和创作天赋外，对中国文化的诠释过程中不留痕迹的操作，也起到了巨大的作用。作为西方主流文化所承认和接受的华裔文学作品，其独特的乡土气息和对人性的普遍关怀更吸引了众多的关注。哈金在介绍中国文化时并没有将故事的叙述角度局限于美国本土，而是以中国人的视角来讲述平凡人的生活，摒弃了以往华裔作家凸显或调解二元文化对立的两种习惯手法，通过白描的叙述策略展示人性的弱点以此来引起读者的共鸣，这种另辟蹊径的书写策略与霍米·巴巴所倡导的文化翻译理论暗中契合，可谓独具匠心，也受到了包括西方读者在内的广大读者的欢迎。

通过以上分析，可以看出美国华裔文学为彰显族裔身份和中美文化的沟通做出了不懈的努力和抗争。从最初的自传体小说以西方视角写中国故事，到从东方视角写美国，再到用东方视角写中国，华裔作家逐步从边缘走向中心，而对母国族裔文化的日益自信和其身份的肯定，与中国国家地位的提高和影响力的扩大有着密切的关系。对于今后美国华裔文学将取得的成就和获得的发展，我们仍将拭目以待。

第二节 汤亭亭作品主题分析

20 世纪 60 年代的民权运动和女权主义伴随着中国的崛起，使得美国少数族裔更加关心自身的权利和族裔的平等。华裔文学迎来了涅槃重生，不再是从属，也渐渐走向了对身份和地位的抗争。这一时期涌现出了大批杰出的作家和大量大家耳熟能详的作品，尤其是华裔女作家暂露头角，成为华裔文学的主力军。汤亭亭（1940—），女，广东新会人，1940 年在美国加利福尼亚州出生，22 岁在伯克利加州大学英国文学系顺利毕业，1992 年被成功推选为美国人文以及自然科学院院士，并在 68 岁那一年获得了美国国家图书奖的优异的文学贡献奖。在此期间，汤亭亭坚持写作，创作出一系列拥有巨大影响力的小说，如《女勇士》《中国佬》《孙行者》等，她以这些文学作品为基底，确立并巩固了自己在美国华裔文学史上不朽的地位，并成为华裔文学的支柱之一。根据她作品的发表年代可看出文学主题思想性和严肃性逐步走向深入。从《女勇士》到《中国佬》，再到构建《孙行者》，到最后的《第五和平之书》，她一改以往华裔文学对主流文化的卑躬屈膝，为华裔文学注入了新鲜血液和斗争精神。

一 为华裔发声的"女勇士"

《女勇士》里，作者将童年时母亲讲述的家族故事和中国传统神话相结合，运用自身的理解和想象，述说了作者本人及家族的一些经历。母亲的告诫是小说的开篇。"我跟你讲的事，一定要保守秘密，不能告诉任何人。"这里母亲暗指的就是姑妈与人通奸被发现而后投井的事。具有讽刺意味的是，"我"不仅没有对此事缄默不语，反而将这段往事和后来发生的姨妈的故事进行了重新诠释，并将其公之于世，"我"违背了母亲的意愿，喊出了心中的声音。"我"对姑姑的倍加同情以及对父权制度的仇恨，促使我将纸笔作为武器，挑战父权。

"我"在第二章的"白虎山学道"故事，以花木兰和岳飞的传说为基础。在这个故事中，汤亭亭塑造了花木兰的形象，不过并不是中国的那个巾帼英雄花木兰。首先，花木兰未婚且家中有幼弟，而"女勇士"不仅有丈夫，还有当兵的弟弟和儿子。其次，花木兰是出征边塞，而"女勇士"则是在境内杀敌，并且在上战场之前，父母仿照岳母，将"复仇"等字刺在了女勇士的背上。因为当地官员与皇帝欺压百姓、凌辱女子，所以在"女勇士"进京与返乡时就把他们全杀了。汤亭亭有意把岳母刺字的故事改写成木兰父亲给木兰刺字，以此渴望自己能像众多中国传统的男性英雄一样，这使得作者的深入骨髓的女权主义得以深刻展现。"花木兰"的英雄形象具有浓厚的女性英雄主义色彩。汤亭亭将自己对夫权统治的反抗全都融入对女勇士形象的塑造当中，以此来向性别歧视发起挑战。《女勇士》用虚实结合的手法揭示了美国华裔女子所面临的性别身份问题，集中批判了中国的传统礼教，向父权社会和性别歧视发起了强劲的挑战，抨击了腐朽和虚伪的封建伦理道德，讽刺了害人的封建婚姻制度，为受压迫的中国妇女在异域发声。尽管深受中国传统文化的束缚而导致我们都选择了沉默，但是"我"在最后仍然是选择了通过反抗来获得自由的道路。汤亭亭丝毫不避讳自己坚定的女权主义立场，并且在《美国评论家的文化误读》一文中表示："希望读者从解放女性传统观点的角度来阅读《女勇士》。"张子清教授说："记得1996年向汤亭亭购买《女勇士》中文翻译版权时，汤亭亭很在意他人对于她中文名字做出的翻译，并且一再提到'亭'字不加'女'旁。她受女权主义思想影响之深，由此可见一斑。"她一改以往华裔文学对主流文化的卑躬屈膝，为华裔文学注入了新鲜血液和斗争精神。汤亭亭向传统的唐人街文化——刻板冷漠自私的封建残余开火，向性别歧视现象发起挑战。例如，在小说中将中国古代抗金英雄岳飞的故事和代父从军的花木兰的形象结合起来，创造了一个具有颠覆性的现代女性英雄形象。花木兰在传统文化中是忠君的形象，但是"女勇士"不仅不为王权而战斗，相反，她还带头杀掉了皇帝，意在将中国的封建制度彻底推翻，由此我们可以看出，汤亭亭之所以要重新塑造花木兰的形象，是为了凸显自己所追寻的男女平等、维护女性权利的独立思想。

然而，尽管《女勇士》在女性独立方面有着超前的思想，但是根植在美国的种族歧视却没有被加以深入挖掘，因为它才是导致"无名女人"与"姨妈月兰"走向悲剧的另一罪魁祸首。《排华法令》是她们被迫守寡的客观因素，她们不得不因为这条法令而走向既定的悲剧命运，从这一点来看，对"女勇士"的批评被弱化了。

汤亭亭在《中国佬》中对华裔移民的描写更是入木三分。它算得上是一部华裔移民的英雄史诗，主要描写了美籍华裔人针对反华政策开展的反抗斗争。汤亭亭在接受西方文化教育的同时又对中国传统文学艺术十分熟悉，她用移植的手法将中华文化之花嫁接到白人文化之树上。为了突出创作的目的性，她的作品借用隐喻对中国历史和文化进行了大胆改写。在小说开头，不仅武则天的年龄就被改了，而且林之洋的命运也在《镜花缘》中被安在了唐敖的身上，他不仅受辱、缠足、遭毒打、逼婚，还补充说明了他被铐住的情景，最后作者还借用某些学者的说法，声称女儿国在北美。汤亭亭借用这些中国传统文化的外衣揭露和批判了旧中国歧视、压迫妇女的现象，同时用暗喻的手法表现华人男子在美国受屈辱和奴役，被迫保持沉默的处境，华人的声音长期被关闭于美国历史之外，不为众人所知。唐敖在异国他乡所受到的迫害象征了华人所受的歧视给华裔男性所带来的阉割般的侮辱，间接地揭露了1882年颁布的《排华法案》以及后来一系列的反华措施所造成的美国华人社会的畸形状况。由于早期华工在建完了横贯美国大陆的铁路后就被排挤出主流社会，他们只能从事洗衣、做饭等传统上由妇女们干的活。所以说，华人男子从某种意义上讲是被迫"缠了足"的，是社会迫使美国华人男子"缺少阳刚之气"。作者试图将其男性同胞从文化的误解与历史的湮灭中彰显出来，挖掘出那段曾被埋没、再现不足的华人历史，从而打破主流文化的话语垄断，进而重构美国华裔的历史及身份。

而这些努力从《中国佬》中《内华达山的祖父》一章中可见一斑。大量的历史资料可以佐证，那段为美国修建大陆铁路的历史究竟是多么血腥，那并不是所谓的为了美国西部大开发而英勇牺牲的英雄事迹，恰恰相反，那些全都是受害者的血泪。"如果没有中国人，就没有这样的铁路。他们是不可或缺的劳动力。"原本该是这样的，然而在庆功宴上，"白鬼"官员的一句"这是19世纪最伟大的成就，是人类历史上最伟大的成就，只有美国人才能做到"彻底抹杀掉了华人的功勋。龚如心从未出现在纪念铁路竣工的照片中，但他明明就是连接这片土地并使其达成一定规模的先驱。铁路建成后，中国人被无情地驱逐了，他们的捐款被挪用，法律地位被剥夺。汤亭亭通过《中国佬》中《鲁滨孙漂流记》的楔子，肯定了华人在那段历史中的卓越成就。她始终都在作品中为华人发声，塑造了一个个崭新国人形象，改变了在主流文化霸权中的人们对中国人的印象。根据美国尹晓煌教授论述，汤亭亭最初将小说中文名定为《金山英雄》，就是为了以此纪念华人先驱，并对华人移民前辈表达敬意。

汤亭亭并不是为了满足美国人对中国的好奇才去颠覆那些传统形象的,他们这些美籍华人,一方面是身处美国的教育环境中,另一方面是有着自己国家的根,这双重的文化背景让他们在文学创作之上有了更多的动力和追求。汤亭亭想构建自己族裔的文化,想让中华传统文化也有融进美国主流社会的机会,想在美国人心中建立起真正符合华人的形象,使得整个民族能够被认同。她的《孙行者》就将这些理念传承了下去。在《孙行者》中,汤亭亭将焦点从改写美国华裔的历史转向建构华裔美国人的文化属性。书名很有意义。简单分析一下标题就可以看出它的"杂合性"。该书的英语书名具有双重文化背景,涵盖了中美文化中两种反英雄形象。孙悟空在汤亭亭的笔下是一个悲剧形象,他是中国人在当时美国的化身,想去追求平等,浑身充满叛逆,渴望身份认同,却拥有一个极为混血的名字惠特曼·阿新。美国文化与中国文化在这个角色上得以融合兼具,算得上是一个典范。惠特曼这个名字大有深意,对于美国人来说,他是自由与民族的象征,汤亭亭将这样的名字用在自己作品的主人公身上,可见这个人物是有着美国人的性格特色的,但在名字上体现文化的话,带"阿"的名字又十分具有中国特色。Sing这个单词意为唱歌,这对阿新的身份和理想都做了阐释:一位华裔第五代移民,一位双重身份的表演艺术家,通过自己的言行,以及白人对黄种人的偏见和冷漠,挑战美国传统。他的定名,一方面沿袭了美国的习惯,强调作为第五代华裔移民,阿新完全有权说自己是真正的美国人。阿新的形象与《女勇士》和《中国佬》中所体现的勤劳、勤奋、务实、不为人知的传统华裔形象完全相反。《孙行者》中的故事发生在20世纪60年代的旧金山。当时的旧金山正值反主流文化运动进行得如火如荼之际,那里是嬉皮士们的天堂。阿新是"垮掉的一代"中的"反英雄"形象,是个有着东方外表却彻底西化的美国青年。他说话像黑人,头发像日本武士,常穿牛仔靴,和其他大部分同龄人一样,他愤世嫉俗、质疑一切、反对越战、追求民权、渴望爱情、游戏人生……他自称是足智多谋、多才多艺的孙悟空,但却摆脱不了自己民族的桎梏。他最大的抱负是重振华裔美剧。最后,他还导演兼表演了自己的戏剧,把中西文化中的经典人物全部搬上自己的舞台。这位年轻的剧作家不仅能引用美国作家的作品，而且能理解中国古典文学作品；他能熟练地运用美国语言和美国唐人街使用的俚语，是一个具有西方文化的智者。这是他名字的第三个意思，是双关语。这本书的高潮部分出现在最后的剧院里。它跨越了性别、种族、民族、语言的界限，将中国古典名著《水浒传》《三国演义》《西游记》与美国现实相融合，在文学界抛头露面。这不正是汤亭亭所实践的文学创作吗？

由此，在《孙行者》的文章中，汤亭亭展现了一幅"混杂文化"的景象。作者针对族裔身份的对立所提出的理想方案是消除主体文化之间的界限，从而建立一个不丧失各族裔属性的多元美国文化。在这里，她承认了华裔美国文化对美国的归属权。她试图建构的属性不再是非此即彼的主体，而是一个超越国界、民族和文化的想象主体，使不同民族、不同文化走向"大和谐"。

不过，如果要实现真正意义上的文化"全球化"，让它不是"西方化"或"美国化"，不单纯是一个美好的愿望，需要全人类共同奋斗，和睦相处，求同存异，才能在这个"地球村"中营造出丰富多彩的多元文化景观。汤亭亭在颠覆性别歧视和种族歧视的征途上用自己的笔为这幅图画添上绚烂的一笔。纵观她的文学创作历程可以看出，她对人类和平以及人类的终极命运始终保持着高度的热情与关注，她在一次采访中宣称自己"不是一个自私的少数民族的或女性主义的作家，而是一个人类作家"。汤亭亭是一位和平主义者，她的爱是超越国界面向全人类的大爱，这在《孙行者》中也体现得淋漓尽致。阿新作为将要参加越战的士兵，却选择了逃脱兵役拒绝参战，他内心对越战充满了讽刺与不赞同，恰恰是这样，他不仅没被主流抵制反而成了被高度赞扬的英雄。由此可以看出，汤亭亭期望全人类都能够和平相处，也正因为如此，《第五和平之书》诞生了，并成了她的第四部代表作，一部将她所有的热情都奉献给和平事业的著作。性别歧视、种族歧视、文化冲突这些主题已经不能够满足她了，她跨越了一切熟悉的主题，并将其扩展到了世界和平的范围，倡导无战争的和平主义。据汤亭亭介绍，这部作品的灵感来自一本书名是《三本和平书》的中国古籍。很久以前，中国有三种署名为《三平书》

的古籍，它告诉人们如何避免战争，如何和平解决冲突和争端，但它被人为烧毁了。自秦始皇焚书坑儒以来，历代改朝换代之时，当政的统治者都要选择性地对前朝的书籍进行焚毁，久而久之，和平之书就这么消失了。海湾战争让这位倡导世界和平的作家深感不安，所以她开始着手写《第四和平之书》来倡导和宣扬和平。然而在1993年，这部已经完成了156页之多的《第四和平之书》在一场大火的吞噬之下消失殆尽，这场大火不仅让汤亭亭在物质方面受到了损失，更是极大地打击了她的精神，致使她在很长的一段的时间之内都不能继续进行写作。不论是生活现实还是战争的残酷，对于汤亭亭来说都有着异曲同工之处，它们都给人类带来了难以磨灭的伤痛。所以，她决定写一本针对战争的批判和和平渴望的书。她希望通过写作和宣传和平思想来重建自己的生活。同时也传递自己对和平思想的渴望。这就是《第五和平之书》命名的由来。该书由四章构成。第一章《火》，讲述了一个真实的故事。在参加完父亲去世的满月纪念之后，洪金斯顿在回家的路上从汽车收音机里听到奥克兰发生火灾。大火烧毁了奥克兰和洪金斯顿的房子。第二章《纸》讲述了文学中的和平故事。它描述了汤亭亭如何在灰烬中找到《第四和平之书》的手稿的。第三章《水》是关于"龙"的故事。龙是水中的动物，天空中的云，是想象的地方。通过对火的力量的质疑，汤亭亭改写了被烧毁的《第四和平之书》。这一章讲述了一个名叫惠特曼·阿新的华裔美国人的故事，他因为反对越战逃避兵役而离开加州前往夏威夷。第四章《土》告诉人们什么是真理，什么是永恒。书中描述了汤亭亭组织退伍军人进行写作，通过创作，治愈了他们心中的战争创伤，同时作者通过反战写作宣传和平思想。这部书也借用了中国传统文化中五行相生相克、循环往复、生生不息的理念。

二 汤亭亭的创作特点及风格

首先，她接受的是美国的教育，但是祖辈们留下来的传统她也没有丢弃。所以她的文学作品大多深深扎根于中国传统文化，并深受中国文学作品的影响。和许多其他美籍华裔作家一样，汤亭亭读过英译本的四大名著，中国古代神话传说，李白、杜甫诗选（英译本），以及鲁迅、北岛、舒婷的作品。因此，虽然汤亭亭的作品是用英语写的，但她小说中的人物大多是有血有肉的中国人。而且作为海外华裔，汤亭亭能够准确地把握身处异域的华人的思想状态。尽管是用英文来创作小说，但是叙述节奏和叙述方法仍有很深的汉语言痕迹，同时在故事情节的安排上借用的也是中国的传统话本。例如在《女勇士》这部小说中，汤亭亭不仅将中国的传统习俗融入进去，重新改造了花木兰的形象，同时结尾处又借鉴了蔡文姬的故事，完美地诠释了一个在中国家喻户晓的花木兰形象。同时，汤亭亭又利用蔡文姬的故事来表达自己的感情："蔡文姬的思乡情感成为许多华裔的精神寄托，她最终回到了故里和她熟悉的文化里，但千千万万的华侨却只能漂泊他乡。"汤亭亭将传统文化中的形象杂糅进小说，带给了读者十分熟悉之感。她的《孙行者》得名于中国著名的神话小说《西游记》，作品中洋溢着浓厚的中国文化色彩，她将中西方文化融合起来创作出的新形象、新故事在陌生的美国文化土壤中独具特色，深深吸引了广大读者。汤亭亭曾说："中国是我创作的源泉，我讲得最好的故事是关于中国的。"汤亭亭是中国人，即便是在美国接受的教育，依旧不能否认她体内流淌着的华人血脉，所以她自觉身兼重责，积极为华人说话，不断地通过自己的作品来消解白人对华人的误解和偏见，而不再是之前一味地逢迎。在《中国佬》一书的封面，她写道："我用这本书表明，我是为美籍华人说话的。"她曾经表示将中国文学介绍给美国读者是她的使命，因为此前白人主流文学将中国人"丑化了"。

其次，汤亭亭的作品具有较高的文学艺术性。毕竟她是一位出生在美国并长期接受西方教育的作家，如此一来她对自己的要求就更加严格了，不仅要用英语表达出自己的思想和观点，而且要比那些白人作家的作品更加高明才行。同时，对于中国汉字的掌握，她也要达到炉火纯青的地步。汤亭亭在消除白人对美籍华人偏见的道路上一直奋斗着，她要用实际行动证明，华人作家不只会中式英语，所以在进行《中国佬》的创作时，为了力求完美，她八次修改自己的原稿。汤亭亭写实的创作文风，受到了美国很多作家的影响，其中包括威廉·卡洛斯、纳撒尼尔·霍桑、马克·吐温、托尼·莫里森、爱丽丝·沃克等，都是汤亭亭十分喜爱的美国作家，他们的作品也经常被她拿来阅读以汲取养分。

再次，中西方文化的激烈碰撞与融合也是汤亭亭文学作品的另一大特征。在汤亭亭看来，她的主要目标就是带领亚裔文学不断走向美国文学的中心。由于她的双重身份，因此她作品中的双重文化属性也更为明显，中西文化的冲突与交融并由此而产生的戏剧化效果在其小说创作中占据极大的比例。例如在小说《女勇士》中，女儿记忆里既有着中国的传统神话，妈妈讲述的奇闻怪事，还有在美国的生活现实，充分"展示了一个处于两种文化背景、两种民族精神影响下的小女孩的成长和反思"，描述了女儿成长在华人伦理家庭和白人伦理社会中所彰显出来的多重人格，也反映了她在面对不同的文化身份时的艰难选择。

总而言之，汤亭亭文学创作的重要特点是将两种文化有机地结合在了一起。通过架空的历史，展开大胆想象并向社会的不公正现象开火。作者在写《中国佬》和《女勇士》时，采用的是第一人称的视角，素材选取的是幼年时母亲讲述的故事，这两部自传体小说，将中国传统习俗、神话融合进家族的生活中，并以说书——这种崭新的形式铺展开来。

汤亭亭借用中国古代历史传说中典型文化符号并对其加以改写，这在成为其文学的标签，为她带来巨大声誉的同时，也引起了人们对于华裔文学创作方向的争议。正如发生在70年代的"赵汤之争"。被奉为亚裔文学之父的赵健秀对于汤亭亭改写中国历史、贬低华裔男性以及她对作品的分类十分不满，认为这是向白人文化妥协的结果。在他给汤亭亭的信中写道："黄种人的自传式是白人的种族主义华文文学形式……是对我们的创作的侮辱，把我们视为怪胎，把我们仅仅当作人类学的研究对象，把我们关在白种人的动物园里以供观赏，完全不把我们当人看，我们的世界也是和他们一样的人的世界，绝没有他们想象的那么简单……你的这本书要以小说出版，让他们的自传见鬼去。把你的书当小说读，我不必去喜欢或同意书里的叙述人或其中的任何一个角色，我只用去喜欢你的书而已，而且我也会欣赏你在创作中的微妙之处，领会在创作中那些心照不宣的疏漏，但如果这是本自传的话，我绝对不会这么看。"赵健秀对汤亭亭迁就美国主流出版机构而感到不满，认为她不该妥协作品在文类上的划分，因为赵健秀知道在美国的出版市场，白人掌握着绝对的控制权，从而掌控少数族裔的文学与艺术的发展方向。而汤亭亭也明白这一点，不过她针对赵健秀的主张的回信上是这样说的："我所回避的类型是政治的/辩论的长篇大论，我不喜欢这些，原因有三：第一，它把作者固定在感知的表层；第二，它把亚裔美国作家带上和种族主义者所走的相同道路；我们提供了对话的另一半，好像是用我们的阴对他们的阳；第三，黑人早在50年代就这么写过，我们所做的是把黑人的面孔换成白人的面孔，在艺术上没有进展。"虽然二人对于华裔作家的创作生存之路现在看来存"意气之争"，但也反映了华裔作家在与美国主流文化对话时的不同选择，而针对这一话题的探讨和研究仍将继续影响华裔文学的前进方向。

汤亭亭对于中国历史文化的改写在《中国佬》中表现得更具颠覆性。这部作品可以称得上是一部华裔移民的英雄史诗，主要刻画了美籍华人在北美新家园面对极端反华政策所开展的反抗斗争。汤亭亭在接受西方文化教育的同时对中国传统文学艺术也十分熟悉，她用移植的手法将中华文化之花嫁接到白人文化之树上。为了突出创作的目的性，她的作品运用隐喻的方式对中国历史和文化进行了大胆改写。在小说开头，不仅武则天的继位年代就被改写了，而且《镜花缘》中林之洋的命运也被套在了主人公唐敖的身上，他不仅受尽屈辱，被缠足、毒打，遭逼婚，还被迫戴上枷锁，缝上嘴巴。汤亭亭还借用某些学者的说法，声称女儿国在北美。毫无疑问，对于出现在封建制度中压迫妇女的现象，汤亭亭是持批判态度的，而小说将中国妇女在古代的处境巧妙地移植到了美国社会，隐喻地指出了华人男子在异域的处境，即使被压迫也不能反抗，只能保持沉默，"不能说"也"不能听"。这两种基本权利的被剥夺，让华人的屈辱沉浸在了美国的历史长河中而不被外人所知。美国颁布《排华法案》后采取的一系列排华措施，对华人的种族歧视和迫害已经达到了畸形的状态,女儿国被移植到了北美——唐敖所遭受到的那些非人的待遇,又何尝不是华人在美国社会中遭受的那些宛如阉割一般的羞辱的缩影呢?汤亭亭在作品中用较长篇幅列举了从1868年至1978年的美国政府颁布的涉华法令。因为中国的工人在建成贯穿北美的铁路之后就被勒令出境,他们只能靠以往妇女从事的洗衣、做饭等行业来谋生。华裔男子被迫长期从事低级工种,久而久之成为在美国只能缠足和失语的女人化"典范"。作者试着将华裔男性同胞从被误解的文化和被遗忘的历史中挖掘出来,尽最大可能复原那段被湮灭的华人血泪史,打破主流文化对华裔男性的丑化和污蔑。

第三节 谭恩美作品主题分析

美国华裔另一位代表作家是谭恩美,她1952年出生于美国加州奥克兰,曾就读于医学院,后来放弃学医,在圣荷西州立大学学习英语和语言学,并于1975年获得了加州大学伯克利分校攻读博士学位的全额奖学金。1989年,处女作《喜福会》让她在美国文坛崭露头角。这本书曾创下在《纽约时报》畅销书排行榜连续9个月上榜的辉煌成绩,275000多本精装本的销售量,让这位默默无闻的作家成了美国华裔女作家的新星。《喜福会》收揽了L.A.Times书籍奖及美国国家书籍奖、美国联邦俱乐部书籍奖和美国加州书评会最佳小说奖、美国最佳小说奖等多项美国文坛的大奖,更是被翻译成25种语言全球畅销,1994年由王颖(Wayne Wang)导演拍成电影"The Joy Luck Club"上映。小说通过母女关系这一母题,展示母女之间的矛盾并最终得以化解的过程。表明了中美文化从冲突走向融合的历史必然性,表达了作者希望通过中美文化的对话与交融来确定自己文化身份的愿望。小说中的四位母亲在中国都经历过苦难,虽然她们都靠忍耐、刚强、拼搏、自立、聪敏等品质克服多重困难,在困境中得以重生,并在美国开始了新生活。但是,迎接她们的并不是什么康庄大道,因为在异乡她们受到来自美国主流社会的排斥和现实生活带来的困扰。因为她们的骨子里都有中国文化的烙印,并不能很好地适应美国的白人文化,所以必须压制其中国文化的个性,以免被占主导地位的主流文化所拒绝。和母亲极为不同的是,女儿们生长在美国,从小在母亲言传身教的中国文化与社会赋予的美国文化的夹缝中长大。由于她们不管是在语言、举止、思想、价值等方面都与美国人没有差异,因此总是与有着传统中国文化底蕴的母亲关系紧张。小说的结局,吴精美由最初不理解母亲的良苦用心,到最终理解了她的关心和呵护,最后决定到上海与她失散多年的双胞胎姐姐相认,完成母亲生前的遗愿。当她踏上中国土地的那一刻,就表示母女之间的关系得到升华,长久以来存在的误会也得到了有效解除,这象征着中美文化从对立冲突转变为对话与协作。此外,值得一提的就是汤亭亭在小说中使用的是中国古代章回体小说的结构,首尾衔接,四对母女各讲两个故事,母亲的故事在首尾两端,象征着母亲对女儿的关爱。书中对中国文化诸如五行之说、牌戏技艺都有十分生动的描述,具有无限的寓意。例如,小说开始于麻将桌东风坐庄的吴精美说:"我则端坐在麻将桌上我母亲的位置上,那是东首,万物起源之处。"陈爱民教授说,美国华裔作家谭恩美在小说中选择中国母女关系作为主题,成功塑造了中国母亲的形象,这在很大程度上要归功于她作为中国作家的身份和文化意识。在小说中,母亲不单单是中国文化的传播者,更是历史和记忆的媒介,是过去和现在之间的桥梁。中国的文化传统很大程度上是通过母亲来展开的,历史和记忆是通过母亲的讲述来恢复的。谭恩美的小说具有独特的主题和艺术魅力的一个主要原因在于,她在小说中塑造的母亲形象具有极强的感染力,并且故事中所体现的母女关系具有的深刻伦理意义。

第四节 美国华裔文学发展的特点与趋势

美国华裔文学的发展越来越有生命力和影响力,多元文化背景下的美国华裔文学研究也越来越走向深入,逐渐超越了对文本翻译和介绍的范畴。针对美国华裔文学的研究大致可以分为以下几个层次。

首先,从女性主义视角解读华裔文学是美国华裔文学研究的一个重要切入点。母亲的形象深深植根于中国作家的记忆之中。例如,谭恩美在小说《喜福会》中描绘了一个勇敢、勤奋、坚忍的中国女性形象。

其次,文化冲突和融合是另外一个常见的创作主题。东西方文化存在不同的价值观和道德标准,如何在东西方文化的夹缝中求得自己的一线生机并平等地与西方主流文化进行沟通和对话,也是华裔作家面临的必要任务。

最后,恢复美国华裔的历史身份,打破中国文学的刻板印象,在新时期创造属于华裔移民的主体性。长久以来,美国华裔一直处于一种"失语"的状态,他们只有在发出自己的声音之后才能占领舆论的高地,并逐步从边缘走向中心。美国华裔文学的研究主题不断扩展和深化,不仅拓宽了美国华裔文学的研究视野,而且必将进一步推动针对美国的华裔文学开展的研究。归纳起来,华裔文学的创作有如下几大特点。

一 叙述视角的多元化

随着美国移民史的出现和发展,美国华裔文学应运而生。早期的作品中,大部分自传体小说都以第一代移民在异域挣扎生存的故事为代表,显示了华裔移民对自我身份的理解和渴望。20世纪80年代以后,华裔文坛的领军人物在塑造中国形象和文化传统方面迈上了更高的层次,例如,汤亭亭的《中国佬》和《女勇士》;谭恩美早期创作的《灶神之妻》《接骨师之女》《喜福会》等作品,都更多地关注文学技巧和写作的艺术,通过对神秘东方文化符号和神话传说的诠释,打破国外读者对东方固有的刻板印象,同时也让更多的国外读者看到了华人社会中有血有肉、吃苦耐劳和诚实善良的艺术形象,彰显了专属于华裔的优秀品质和民族特征。

与此同时,这些作品毫无例外地均建立在一个单一的华裔人物视角上,讲述了中国移民在与主流文化的抗争中逐步确立了身份的过程,宣告美国华裔文学开始走向独立。进入21世纪以来，华裔文学的视角更加多元化，开始包括主流社会中的白人以及黑人、犹太人和墨西哥人等其他少数族裔，逐渐从单一族裔维度向多族裔视角转变。2002年《第五和平书》正式出版就充分表明了美籍华裔作家群不仅关注着女权主义和人类命运，还进一步关注了世界和平。此后，谭恩美于2005年出版的《拯救溺水之鱼》与她之前的作品相比较来看，在故事内容方面取得了巨大突破，显示作者旨在消除其早期作品中所具有的明显的家族特色的文学特征，它的多元主义观点体现在基本人物的身份、不同的价值观和宗教信仰上。这部小说讲述了在中国云南和缅甸丛林中，12名不同背景和个性的旅行者之间发生的故事。作家的愿景是从狭隘的中国家庭扩大到东南亚地区，从12个不同族裔的美国人的角度来审视东西方文明之间的矛盾与隔阂，将东西方文化的冲突升华为整个人类社会的苦难和危机，通过这些问题与矛盾的解决来实现全世界各民族的和平共存和相互理解。谭恩美在这部作品中扩大民族边界的尝试和努力也反映了华裔民族文学的未来发展趋势。相比之下，任璧莲在推动多元文化身份探讨的问题上更加大胆。她的《典型美国人》中的拉尔夫·张和《莫娜在希望之乡》中的莫娜都认为自己就是地道的美国人，作者以白人的视角书写他们心目中的美国故事和美国梦想。与此同时，小说通过反复描述来自中国、非洲和犹太教的移民在美国生活的困惑，来展示不同民族文化、信仰和价值观产生冲突后的和解过程。

美国华裔女作家在情感书写方面的成功，再加上20世纪晚期"重建美国文学"运动的兴起，华裔文学创作引起了美国学界的关注并被收录在几部新编美国文学史当中。然而，华裔美国文学的价值不仅在于它与拉美裔、犹太裔及非裔美国文学等少数民族的文学共同构筑现代美国文学传统，而且在于其作品鲜明地表达了美籍华人在新大陆的精神诉求。特别是在21世纪全球化蓬勃发展，由于文学作品的层出不穷，我们可以看出美国意识形态对移民及其后代的影响，不仅体现在他们的个人生活上，而且是在思想和未来价值观的发展中。美籍华裔文学的表现手法从自传体白开水式的平铺直叙发展到传记文学所采用的模糊叙事及较高的艺术加工，可以说这一发展历程反映了美国华裔文学作家在文化和艺术领域的努力和艰辛。随着华裔文学发展中创造力的提升和多元化视角转变，关于改变分类标准的问题也被提出来了，如果不清楚地讨论和改革原有的文类划分范式，这个问题将直接混淆美国华裔文学和美国的新移民文学，华裔文学也将无法成为独立的存在。因此，在20世纪90年代以后，对华裔文学的伦理创作和女性主义题材的关注已经成为描述新世纪美国华裔文学概念的重要标签。自那时起，华裔作家在更深层次反思自我的存在的基础上，逐渐超越了原有的种族界限，从二元对立的文化书写转变为多元文化和谐共处的伦理书写模式。

二　叙述主题的多元化

显而易见，华裔美国作家的早期作品主要是刻画女性的作品，多描述家庭以及母女之间的戏剧化冲突。女性作家试图在异质文化环境中克服种族歧视和父权统治。其中汤亭亭和谭恩美的作品已经达到了华裔文学的巅峰。例如，在《女勇士》中，"女勇士"把自己想象成中国历史上的英雄——花木兰，白虎山学道功成，便下山建功立业。它体现了中国移民对现实状况的不满，渴望打破沉默和压迫的心声。谭恩美是汤亭亭文风的继承者，她在小说中，通过讲述移民家庭的母女关系再现了中国传统的家庭伦理道德和生活风貌。小说《喜福会》中，作者描绘了四对不同的母亲和女儿，第一代移民在中华人民共和国成立前来到美国，她们仍保留着中国妇女的传统文化观念，而她们的孩子在美国出生，在西方环境中成长。母亲有着传统文化的执念，在"新世界"中长大的女儿们有着渴望自由的追求，二者不可避免地产生了强烈的冲突，乃至矛盾的激化。后来女儿们逐渐理解了母亲的痛苦和初衷，最终接受并继承了来自先辈的中国文化之"根"。谭恩美以作家的视角放大了华裔家庭中母女之间的文化冲突，通过讲述母女之间的故事使华裔文学逐渐走向白人文化的中心，其用心可谓良苦。

近几十年来，一方面，华裔女作家写作的主题越来越多，逐渐超越了单一范式。女性话题的固有印象正朝着多视角、多维度的方向发展。伍美琴的《裸体吃中餐》中讲述了新一代美国华裔通过选择饮食和性来塑造身份的故事，并关注现代中国女性如何找到自己精神家园的问题。而谭恩美创作的《拯救溺水之鱼》，则更多地关注人类的终极命运和各种族的不同价值观。另一方面，华裔男性作家的创作也进入一个新的发展阶段。早期亚洲文学评论家先驱赵健秀发表了《唐老亚》和《甘加丁之路》等作品。在他的作品中，他实践了自己的批判性观点："利用他想象中的中国英雄传统解构一个被好莱坞电影丑化的亚裔/华裔男人形象，净化了他在美国主流文化中的流毒。"《唐老亚》借助中国古代英雄关羽的形象创造了一种不同于以往的父子关系，强调了中国文化传统中的男子气概，并确定了中国血统的男性特征。与此同时，年轻一代的作家也开始在文学舞台上书写中国文化，例如，在20世纪90年代早期，李健孙出版了两部自传小说《支那崽》和《荣誉与责任》。《支那崽》和汤亭亭《中国佬》的家世小说相似，拥有着同样的故事模式，主要通过描写中国移民在美国的艰难处境，讲述了他们在美国主流社会的压迫下所面临的身份选择和文化认同问题，而且在作品的命名方式上也与《中国佬》相似。《荣誉与责任》真实地描写了作者年轻时的痛苦经历，这部作品不仅反映了文化冲突所造成的世代分裂问题，还反映了主流社会对弱势民族的同化以及他们为抵抗同化而进行的斗争。另一位年轻作家雷祖威没有使用中国神话或古典文学形象来点缀他的作品，也没有采用传记体来叙述家族史，他在1991年写的《爱的痛苦》中，大大减少了对于英雄的文化认同。简而言之，中国文学经历了多年的发展，摆脱了过去建立在母女关系和英雄崇拜基础上的简单模式，形成了以多元文化融合、创伤性主题、家庭伦理主题、人类生存和发展共同伦理等为主要内容的复杂的文学模式。

三 叙述方法的多元化

美国华裔文学的发展始于自传。传记作家经常以第一人称讲述过去或现实。根据结构主义的观点，叙述者称之为"我"的模式可能会让主流文化的读者感觉更亲切、更容易接受边缘文化的声音，而采用第一人称讲述的故事也符合西方人的猎奇心理。在中国本土文化中具有代表性的文化符号，例如孙悟空、花木兰、李逵、关公、玉皇大帝、灶神等等，通过华裔作家的想象和改写，经过巧妙的艺术加工，完美地将虚幻与真实结合起来，让西方读者更容易理解和接受，努力消除他们对中国文化的误解和偏见。

近年来，当美国华裔文学逐渐被美国主流文化认可和接受时，华裔作家的作品开始突破单一的"讲古"框架，更多地利用现代西方叙事理论和后现代拼贴画式的创作技巧，将想象与现实融合起来呈现故事情节。例如，《喜福会》中的四对母女用她们的声音讲述了各自家庭的故事，作者使用了一种类似盒式的叙述结构，将看似零散、不连贯的生活细节通过中国麻将牌戏这一纽带有机地组合起来，故事的顺序也按照麻将座位顺序依次展开。与此同时，母亲的故事分别在开篇和结尾，中间包含了女儿们的叙述，这充分反映了母亲对于女儿们保护和关爱的主题。这部优秀的艺术作品不仅使用了中国章回体小说形式，而且结合了现代主义所倡导的拼贴风格的综合叙述。每个故事似乎毫不相关，各自独立成章，但文字背后的联系是剪不断的骨肉亲情。除了上面提到的《喜福会》，小说《等待》的作者哈金也拒绝了线性叙事结构，选择了淡化情节，甚至是让故事情节处于停滞状态之中，带领读者穿越长达18年漫长而煎熬的等待，才终于明白了生活的真正意义。1993年，新一代作家伍慧明创作的《骨》也是一部备受推崇的小说。在小说开头，作者从祖先遗骸被发现的地方切入，继而回顾世代命运来寻找真实自我的故事颠覆性地挑战传统寻根主题。小说的故事虽然听起来很简单，但却涉及两性、家庭和民族命运的兴衰。根据后现代理论，这是一个"民族寓言"，一个将个人、家庭和种族，历史与政治问题联系起来的种族传说。小说不仅是关乎个人经历和家庭生活的文本，而且是通过"记忆、幻想、叙事和神话"重新定义了上百年来的种族起源的历史。伍慧明打破了传统的艺术上的线性结构，采用了多层次的、非线性的意识流叙事。唯一能把这本书串联起来的是"骨"的重复意象。莱昂被遣送回乡埋葬祖父的遗骸，代表着他与中国的联系和他的文化传承，同时也表达了莱昂如今身处异乡，面临着曾经许下的诺言无法实现的处境。安娜从屋顶跳下骨折了，表明她与家人的关系很脆弱，这不仅是个人遭遇，同时也是美国华裔在远离故国的异域如履薄冰的真实生活状态。但同时也应看到，"骨"的意象代表长久不灭，给人一种完整的身份认知。如果单单是从这方面来说的话，在情节的发展过程中，莱拉仔细研究了家族遗留下来的先辈遗骨，试图理解他们的故事并把遗骨拼凑起来又显得合情合理。从某种程度上来说，莱拉也是家庭的主心骨，在小说的结尾，我们觉得这个家庭已经从安娜自杀的创伤中走出来了；莱昂和妈妈又开始恢复交流了；尽管尼娜仍坚持独自一个人住在纽约，但至少她和家人还保持着某种联系；即使是已经死去的安娜，她也会以另一种方式继续活在家人的记忆中。最重要的是，莱拉意识到她面临的不再是成为中国人或是美国人，而是她可以选择一种独有的多元化身份为自己而生活，可以拥有属于她的独立身份和宝贵记忆。

第五节　美国华裔文学研究的意义与价值

一　华裔文学研究的意义

从20世纪90年代开始，国内学术期刊和各类出版物不断有关于美国华裔文学研究的论文发表。这些学术成果既有宏观的科学研究成果，也有微观的作品赏析。它们不仅有利于研究美国华裔作家群的生存状态，也有利于推动当代中国文学不断前进和发展。华裔文学研究开启了运用西方现代艺术理论的文本研究热潮，也为我们提供了从东西方文化交流的视角研究美国本土文化的契机。从弘扬民族文化的角度来看，这些学术论文探讨了东西方文明之间的冲突与融合，中国文化传统与美国现当代文学的关系以及美国华裔作家的文化认同等问题。其中大部分研究都集中在对美国本土文学的阐释上，综合运用了女权主义、后现代主义、后殖民主义、结构主义、解构主义、性别歧视、文化霸权、东西方文化冲突、民族文化认同等理论。值得一提的是，将文学伦理学和历史主义视角引入对美国华裔文学的研究，为今后的科研工作打开了新的思路。通过对历史、文化、伦理与文学的交互式解释，可以更准确地定义华裔文学的起源及发展脉络。目前，关于这方面的研究仍在进行当中，这将对未来华裔文学的发展具有重要的历史和现实意义。

二 华裔文学的社会价值

美国华裔文学作为美国文学中的一个新兴力量，经过二百多年的漫长发展历程，从口口相传和讲古体例发展到自传体小说，再到比较成熟的文艺性作品，逐步摆脱了主流文化的附庸地位，由边缘走向中心。华裔文学的兴起与发展，与华人移民在美国的这段历史和经历有着密切关联。研究华裔移民史对于丰富和推动当前美国华裔文学研究，拓宽华裔文学研究视域具有较高的理论价值。为了寻找共同的族裔身份和文化根基，华裔文学不断地从中国历史和文化宝库中吸取养料，并对历史加以改写，华裔作家用符合美国人的身份意识去重新解释历史，使得华裔文学的创作更加丰富多彩。将中国历史事件作为切入点，表达了华裔作家的故国情怀和保持自身文化特征的强烈诉求。作为世界华人文学的重要分支，美国华裔文学研究对英美文学教学有着重要的意义。华裔文学的价值在于它不仅使中美文学在一定程度上进行了沟通和融合，而且对中国文化进入美国主流社会起到了重要的推动作用。

当前我国的经济、文化建设正面临着全新的机遇，外向型经济的发展也急需较高文化素养的国际化、专业化人才。发展对外经济的同时积极推进中国文化输出已成为迫切任务。我国"一带一路"倡议的提出和实践表明，在发展经济的同时也急需在文化建设中积极地开展对外交流活动。因此加大对美国华裔文学的研究并大力推动两国文化领域的交流与合作具有重大的现实意义。

第二章 加拿大华裔文学"他者伦理"研究

一个民族还有国家的形象,既需要得到本国的认可,也需要他国的认可。而赢得国外认同的重要途径之一就是将承载着国家文化身份的文学作品进行海外传播。包含中国文化和中国精神的文学是传播中国形象的重要工具,它为全世界打开了了解中国的窗口。加拿大华裔文学以中国传统的风俗文化为内核,以加拿大社会作为其特殊的创作语境,以加拿大华裔人群的生活为内容,描写了自身在异乡的"他者"身份,以及面对民族文化与其他文化相冲突时的困境,通过"自我"与"他者"的冲突与协调展现出中国文化的顽强生命力,消解海外读者对于中国的错误认识并向他们展现真正的中国形象。

理清加拿大华裔文学的脉络,可以发现中国形象的构建过程。这个过程总是充满了矛盾,是"自我"和"他人"的统一过程。由于加拿大属于移民国家,所以在这个国家中包含了不同的种族和文化。不同种族的人群由于文化背景的差异和生活环境的不同从而展现出来不同的优越感。因此,构建一个民族、一个国家的形象,要先消解不同文化之间的偏见与误解,而这一过程是在对"自我"的强调和对自身"他者"地位的消解中实现的。在形象构建的初期,对"自我"的强调是国家形象构建的主题,只有拥有自我意识与话语权才能顺利地与其他文化交流,才不会在多元文化的碰撞中迷失自我。当一种文化的"自我"被确立、被熟悉、被认可,它就不再是处于社会文化边缘的存在,而是可以与一切文化进行对话的"他者",这个"他"仅仅意味着自身身份的独立性,是与其他文化平等的,而不是被排斥被边缘化。

这样一个成熟的国家形象才能够被塑造并在与其他文化的交流中发展进步。

通过研究加拿大华裔文学中"自我"与"他者"的互视,可以理清加拿大华裔文学构建中国形象的过程,并通过这一过程发现对国家形象的构建不是民族主义的固执,也不是完全"西化"的媚外,而是首先强调本国、本民族文化的魅力,更广泛、更全面、更真实地介绍"自我",完善"自我"的形象,从差异性中赢得认同。其次,在被广泛认同的基础上,以宽容和学习的心态参与多元文化的交流碰撞,强调不同文化之间的相同点,在求同存异中构建具有世界意义的国家形象。

第一节 加拿大华裔文学的兴起、发展与现状

一 加拿大华裔文学的兴起

从 19 世纪的淘金热、修建太平洋铁路,到 20 世纪初北美沿海城市渔业、商业、伐木业的发展,以及 20 世纪中期内地城市的发展,在建设加拿大的历史进程中,没有哪一个种族经历过像华裔加拿大人那样长期严酷的生存厄运。他们建设了加拿大,但是加拿大的发展对他们而言并没有带来任何的改变,他们的生活不但没有得到改善,而且被系统性地剥夺了生存的各项权利,连基本的人权都无法得到保证。1885 年,联邦政府通过了一项歧视性法案,要求对入境的华裔征收"人头税",1923 年在加拿大因为《排华法案》的颁布而掀起了一股排华浪潮。在盛行的白人文化中,中国被认为是一个肮脏、邪恶和危险的地方,中国人是狂热的赌徒和贪婪的鸦片吸食者。"中国佬""拒绝同化的外国人""黄祸"都是白人对中国人的贬称,成了对华人的通用词。格林·沃德在《长城上的工作》中把中国人塑造成了无耻的淫棍、堕落的恶徒。罗伯特·柯瑞奇的小说《劣地》中的中国厨师沉默寡言,举止古怪,被称为"中国佬灰熊",这是一个极具侮辱性的名字。这部小说还宣传白人至上,

将中国厨师的"野蛮"与白人的"文明"礼仪相对照,从而进一步贬低中国文化的地位。种族主义就像幽灵一样在加拿大四处游荡,从未真正离开。长期以来,加拿大华裔一直饱受生存困境的折磨,在巨大的时空和多种族范围内一直是异化的"他者"而远离主流社会。

早在一个多世纪前,美国华裔作家伊顿就在她的短篇小说《春香夫人》中描述了中国最早移民在当时社会环境中的艰苦生活和遭受的种族歧视。温斯顿·克里斯托弗的戏剧《单身汉》虽然时长不足 24 小时,却生动地展示了华人百年以来在精神和肉体上所遭受的各种摧残和压迫。中国的淘金者们怀揣着梦想离开了他们的家,漂洋过海来到了金山,他们中有的人甚至已经在铁路上工作了 50 年,却仍然一无所获;有的人一生都从事着各种各样的艰苦工作或四处漂泊;有人参加了世界大战,回来时已是伤痕累累,反受歧视。在保罗·余的《铁路的灵魂》中,小徐费尽周折见到的却是父亲的鬼魂。父亲满身鲜血和污秽,愤怒地向儿子抱怨:"我死了,但我还没有解恨。这一次的事故造成许多人死亡。他们在工人离开前引爆了它。石头掉了下来,我们被压得粉碎。他们把白人埋在教堂外,把我们扔进河里,河水冲走了我们,我们甚至连最后的安息地都不存在。"这些作品以详尽的史料为蓝本,有力地控诉了加国的种族主义,真实地反映了早期加国华工的悲惨命运和艰苦的生活。

然而华人在遭受迫害的这长达百余年的时间里,始终都在加拿大的主流社会中处于沉默状态。客观上,一方面只有将英语作为自己的语言工具,少数族裔作家及其社区才有可能进入加拿大主流社会,同时海外华文报纸需要依靠广告生存,留给文学的篇幅甚少,华裔作家缺乏自己的阵营。另一方面,在西方强势文化的"俯视"下,华裔对本族文化产生了自卑情绪,缺乏充分的自信。崔维新能够熟练驾驭英语语言,所以唐人街的故事他可以信手拈来并能用主流社会的语言加以讲述。但自其获麦克米兰奖的短篇小说《波浪的声音》发表后,他沉寂了三十年。事后他坦言:"我是有色人种,由移民父母带大,我无甚好说。"然而实际上,他有很多话要说,只是他害怕这些话并没有听众而已。"我曾经隐藏了我和别人不一样的这种想法,再说,即使我想,谁要读这些东西,谁要读少数种族的东西。"

二 加拿大华裔文学的发展

百年沉默之后,加拿大华人终于传达出自己的声音。20世纪70年代末,温哥华一批华裔、日裔文学青年组建了"加拿大亚裔作家工作坊",并于1979年协力出版了作品集《不可剥夺的稻米》。其书名源自美国《独立宣言》中"人人生而平等,造物者赋予他们不可剥夺的权利",这一标题迸发出争取中华文化在加拿大社会中拥有话语权的强烈愿望,封面上醒目的"新品种"和"Extra Fancy"是对欧美文化一统天下的宣战,它宣告了加拿大华裔英语文学的诞生。加拿大的华裔英语文学从出生起就承担着历史责任,它讲述了生活在加拿大的华人的故事,描绘了他们的生活经历,挖掘了被占主导地位的社会抹杀和遗忘的中国人的功绩,展示了中国社区的成长和发展历史,重塑了加拿大的华裔血统形象。

1991年,《多嘴鸟》经由中国作家李孟平和诗人朱霭信合编后正式出版。这是集合了20位作家作品的第一部华裔英文作品集,主要有散文、诗歌、短篇小说、小说和传记的段落,以及作者在书结尾的注释。当时,20位作家中最年轻的,不超过8岁,是职业作家和文学爱好者,这20位作家有着不同的生活背景和经历,在身份上却都有着相同之处,他们都是加拿大籍华人,身上有着两国的文化传承。编者李孟平在序中表示,称该书作者为一群"多嘴鸟"源于他们"打破了长期的常常是自我强加的沉默"。作为第一部以英语出版的独立和系统作品集,这本书标志着20世纪90年代以后加拿大文学获得了长足发展,标志着华裔文学的逐渐成熟和发展。后来出版的几部小说,例如《残月楼》《玉牡丹》和《妾的儿女》等都曾经被收录在这部小说集当中,并且还在加拿大的文学界获得了很高的艺术评价,成了社会上的畅销书。12年后,华裔文学家们又出版了一本名为《敲响》的短篇小说集。这部小说集由加拿大华人文学作家、评论家赵廉博士和诗人朱霭信合编,包括了今天仍活跃在加拿大文学中具有一定分量的两代华裔作家在内的共29人的作品，以独特视角反映了加拿大华裔各级家庭和社会生活，华人个体移民来到加拿大后在社会上扎根、发展的奋斗史。这本书被命名为《敲响》，以反映加拿大华裔文学家多年来对华裔身份的普遍愿望——希望文学界和出版机构发出声音来吸引人们关注和认可他们的作品。这部小说集标志着加拿大文学进入一个新的阶段——一种强大的声音在加拿大文学中流行起来。

以上所说的几部作品，清晰地展现加拿大华裔文学近30年来的发展历程和丰硕成果：20世纪70年代末，加拿大华裔文学开始兴起，并于90年获得了长足发展，直到21世纪的今天，已经呈现出繁荣的多元化图景。赵廉博士认为，在加拿大中国文学的起源、发展和繁荣进程中，文学作品集的出现扮演着"史诗性斗争"的角色，"文学选集是最能包容各种文体和最能将一支新兴文学引进主流的文学形式之一"。

三 加拿大华裔文学的现状

华裔文学成功地进入加拿大主流文学领域，主要是通过下列文学现象来展现的：第一，文学选集的水平大幅上升，具体可见上面所提到的那三部文选。第二，出现了一批具有重大影响的作家和作品集，并且具有全面的代表性，包括小说、诗歌、戏剧、传记和纪录片。第三，有关华裔文学研究的博士论文以及专著层出不穷：赵廉博士在1997年发表的博士论文专著《不再沉默》，第一次从历史、文化、哲学和文学等角度对加拿大华人文学进行了全面、系统、深入的讲述，详细整理了华人在加拿大的百年奋斗史和他们随时随地面临的困境，揭示了加拿大华裔移民百年时间沉默失语的深层次原因，展示了他们为争取平等权利做出的努力和获得的成果，指明了未来加拿大华裔英语文学的发展方向。一百年来，加拿大华裔对"群体"的声音保持沉默的状态将一去不复返，华裔作家与加拿大主流文化之间的对话、加国文化传统和东方文化传统之间的对话将继续存在。这本书挑战了以英法文化中心为基础的占主导地位的加拿大社会固有思维模式，迫使"加拿大文学"重新被定义为一个多元文化结合体,其中自然包括"华裔文学"这一群体。该书荣获1997年盖布瑞勒·罗伊加拿大评论奖,引起了主流文学界的共鸣。第四,华裔文学作品被载入加拿大文学史,并昂首进入了大学的课堂。2004年,更新版的《剑桥加拿大文学指南》吸纳了包括李群英、Fred Wah、余兆昌、崔维新、丹尼斯·钟和刘绮芬及其他许多著名的华裔文学家,加入了有关"女性书写""生活经历书写""小说创作"等内容。1983年、1997年、2004年,该书连续三年进行过三次版本修改,其中的介绍部分的内容不断增加,涵盖的作者数量和范围都在不断扩大。2005年,在《加拿大英语文学的简史》一书中,四川大学教授朱徽专门开辟了一章,讨论加拿大华裔文学。第五,针对华裔文学作品的学术评论日益增多。1994年,加拿大文学的主编在第140期《加拿大文学》中发表了一篇社论,名为《金山之内》,特意对加拿大的华裔英语写作进行了探讨。美国华裔文学评论家黄秀玲说:"由于加拿大的中国文学正变得越来越有活力,不容忽视,如果加拿大的中国文学没有被提及,就不可能是一项全面客观的研究。"黄教授在这篇文章中介绍了许多获奖的加拿大作家和他们的作品。2004年6月,加拿大比较文学评论员阿尔伯塔大学教授在清华国际学术会议上发表了一篇关于中英文学对加拿大科学界影响和读者反映的论文。在中国也有很多学者对加拿大华裔文学进行评论,如朱徽教授的《当代加拿大华裔英语文学评述》和《加拿大华裔英语文学的发展与现状》以及加华作家协会副会长梁丽芳的《打破百年沉默:加拿大华人英文小说初探》。近年来,南京大学赵庆庆副教授也不断向国内文学界介绍加拿大华裔作家的新作品。第六,华裔文学作品拥有稳定而广泛的读者,保持着畅销书排行榜上前列的位置,并获得了各种各样的荣誉奖项。

华裔的文学作家孜孜不倦的创作典型当属"亚洲作家协会"等文学社会活动团体中热衷于华裔群体文学实践的一批人,他们为推动华裔文学的发展做出了巨大的努力和贡献。没有他们的参与,《不可剥夺的稻米》《多嘴鸟》《敲响》三本亚洲文集不可能出版,如今,三本文集已经面世二十多年。在此期间，朱霭信还致力于推动中国文学的发展。此外，余兆昌、李群英、崔维新、赵廉等作家对中国文学的发展也做出了重大贡献。华人百年的历史都烙印在了加拿大的华裔文学发展史上。这些文学作品不仅在形式上进行着各种的探索，同时它们也在抒发有关主人公的遭遇和个人情感方面各有特点。比较集中的主题是通过寻找个人、家庭和群体历史来寻找族裔身份。（1）搜索和重组个人或民族身份。（2）个人情感的抒发表达，如离散、疏远和不确定性促使中国传统文化价值日渐消弭。（3）早期移民的悲苦经历。（4）唐人街亚文化的再现。（5）在跨文化鸿沟中，第二、三代移民后裔在双重身份中的挣扎。（6）华裔女性的特殊情感经历和深刻洞察。（7）中国几代移民之间的世代鸿沟和谅解。

加拿大的华裔文学有两个非常显著的特点：一是丰富的族裔社群历史文化背景，是基于社会集体记忆的文化载体，从诞生那一刻起就肩负着恢复华人社会骄傲和重塑华人身份的历史使命。二是尽管它起源于20世纪70年代，但在20世纪90年代之后，加拿大华裔文学的质量和数量都取得了突破。在这些令人印象深刻的成果中，家庭历史小说和回忆录成为主流评论员和读者热衷的话题。

第二节　加拿大华裔小说中"中国形象"的嬗变

加拿大华裔文学是加拿大华裔作家探索在不同文化语境下消解歧视与误解，进而构建自身身份和形象的产物。从20世纪70年代开始，加拿大华裔文学的主题是对"自我"的构建和对在加拿大主流社会中的"他者"身份的消解。这一时期加拿大华裔文学努力将真正的中国人形象展现出来，以打破西方世界固有的对中国人的歧视性看法。随着中国国际地位的提升和海外华人在各个领域的成功，加拿大主流社会开始通过加拿大华裔作家的文学作品重新认识中国形象，包括中国文化以及其中所包含的人生观、价值观、审美观等。随着"自我"的唤醒和"他者"的消解,不断得到认可的加拿大华裔文学又探索通过东西方文化交流和具有多元文化色彩的文学作品展现出包容、自强不息的中国形象,以及丝毫不逊于西方国家的中国魅力,而充满文化自信的中国形象的构建同样换来了更加广泛的理解和认同。

一 先侨史书写中的早期"中国形象"

华人的加拿大移民史,最早可以追溯到魏晋南北朝时期,但那时候还只是零星移民,19世纪30年代的淘金热,促使史上真正意义上第一次大规模的加拿大移民,至今已过了近200年。19世纪在加拿大发现的新金山,让很多生活在我国东南沿海的贫苦人民看到了发家致富的希望,他们中有的人不远万里来到加拿大寻求生机,去圆淘金梦。19世纪七八十年代,大不列颠哥伦比亚省修筑横贯加拿大和美国的太平洋铁路,先后有超过1.5万华人参与了这项工程,华人承担的是落基山脉在内的最艰难、最危险的一段铁路修筑任务,但享受的待遇却远远比不上白人工人,还要面对无休无止的种族歧视。铁路的修建千难万险,艰苦的自然环境,非人的工作环境,都让铁路工人始终处在危险当中,至铁路竣工,已经有超过四万华工丧生,而他们死后也不过是被抛尸荒野,连块墓碑都没有。甚至在铁路竣工庆祝仪式上,付出生命代价的华人却自始至终都没有出现过。同样是在1885年,加拿大开始限制华人入境,对他们征收"人头税",并且该赋税不断上升,一开始不过50加元,到后来为了驱逐华人,短短20年不到的时间里,赋税上涨了10倍有余,不仅如此,联邦政府还颁布了《排华法案》,这一法案一夜之间让无数在加拿大生活的华人家庭支离破碎、妻离子散,更是从原本就艰难的处境中被逼到了绝境之中。这一天在历史上也是让华人饱受屈辱的一天。

最早的这一批华侨,虽然一直都处境艰难,饱受着种族的歧视和社会上的压迫,但是他们却能迎难而上,坚持不懈,最终在异国他乡扎根下来。然而这一段可歌可泣的移民血泪史,却因无人提及而被掩盖在历史的长河之中,华人成了一群没有历史的流浪者。好在近年来,这段历史被逐步挖掘出来，在这一过程中，加拿大的华人作家们起着不可忽视的作用。"记忆对抗法"是福柯在《语言、对抗记忆与实践》中提出来的一种对历史的全新撰写方法。他认为"将历史转换成一种完全不同的时间形式"，记忆对抗是对过去发生的历史进行重新构造和审视的一种手法，强调通过修改和设计过去事件来挖掘传统历史所掩盖的东西，力求还原并恢复真正的历史，这样的创造才有新的意义，"在一定程度上，追溯历史是有意义的，它向我们表明现存的东西在过去并非总是如此。在我们看来再明白不过的事情，往往是在不稳定的、脆弱的历史过程中，由于各种机会和偶然性共同造成的……这就意味着这些事情都是在人类实践的基础上，在历史过程中形成的。既然这些事情是形成的，那么只要我们了解了它们是怎样形成的，就能解构它们"。

福柯指出，历史并不总是连续的，充满着断裂，真实的历史总是被强权的意识形态所压制。我们的任务是对历史进行"家谱研究"，接续曾经断裂和缺失的空间，允许被压抑的各种因素讲述自己的故事。作为生活在两种传统文化之间的少数族裔，加拿大华裔长期处于"失语"的状态，华人移民的奋斗史被刻意地模糊甚至歪曲。先侨们用生命和血泪修建的太平洋铁路和参与的加拿大战争，就这么在加拿大的历史中被意识形态的力量所压制。面对这一情况，不仅仅是史学家、社会学家和文学家，还有像张翎、陈河等新华裔移民作家，李群英、余兆昌等华裔作家受新历史主义影响，同样采用了记忆对抗方法，通过挖掘历史史料和文献来对抗西方的历史话语霸权，在华人族群中重新书写被加拿大历史忽略的断裂部分，并呈现真正属于华裔先侨的历史真相，向世人展示那段华人在加拿大百余年的奋斗历程。这些作品将注意力集中在华人社区小人物的生活遭遇，他们背负的历史使命、痛苦的生活经历激励了加拿大华裔移民构建属于自我的英雄史诗。

加国移民历史的书写主要关注加拿大移民的现实问题，他们在异域的心路历程，包括加拿大华裔劳工的劳动历史、他们的战争和他们的思想状态。加拿大的新移民小说代表作有张翎的《金山》《睡吧，芙洛，睡吧》《阿喜上学》，陈河的《沙捞越战事》。加拿大华裔英文小说，主要涉及李群英的

《残月楼》(Disappearing Moon Cafe, 1990), 崔维新的《玉牡丹》(The Jade Peony, 1995), 郑蔼龄的《妾的儿女》(The Concubine's Children, 1994), 方曼俏的《龙记咖啡馆的子夜》(Midnight at the Dragon Cafe, 2005), 余兆昌的《三叔的诅咒》(The Cues of Third Uncle, 1986)、《鬼魂列车》(Ghost Train, 1996)等,事实上北美华人文学主题的作品数不胜数,最早可以追溯到混血作家伊顿的《春香夫人》,台湾旅加作家葛逸凡的《金山华工沧桑录》。事实上,无论是用英语还是中文创作,这些成果都是以加拿大早期华人移民的故事作为共同基础的,作家都显示了对于自身少数族裔文化身份的担忧,文本上具有明显的互文性。作品在题材、构造、情节、人物设置等方面具有高度的相似性和同源性,都是加拿大华裔移民的历史书写。

例如1891年,维多利亚华威基金会组织了铁路工人的尸骨收集活动。从这个历史性的事件开始,"寻找尸骨"成为许多中国作家的作品主题。在《正在消失的月亮咖啡馆》中,李天借助王贵昌的回忆重现了加拿大华裔移民的发展史。王贵昌作为第四代家族创始人和中国社区老者的记忆具有权威性。1890年,在不列颠哥伦比亚省的华人慈善协会组织了一次寻找尸骨的旅程,并选出了王贵昌作为领袖。寻找骨头是一个重现中国铁路工人英勇事迹的过程。通过寻找在修建铁路时被杀害的中国人的遗体并将他们送回大陆埋葬的过程,展示了中国第一批移民的坚韧和勤劳。"这些骨头"重新出现在无数勇敢而顽强的年轻人身上。无论他们走到哪里,"它们"都跟着他们,不停地窃窃私语。"它们"永远都是英雄。青年与"它们"有着相同的愿望,相同的追求。《残月楼》中的王贵昌在拾捡尸骨的旅程中,受先辈们英魂的影响,不仅重建了自我,还找到了生存的勇气。当他看到铁路沿线的骨头时,他意识到:"在这寂静的森林里,他有叔叔从山上摔下来,有叔叔被湍急的水流冲走,有叔叔被埋在洞里长眠。在那一刻,他不再害怕,也不再觉得自己像个陌生人。像他们一样,他将从这些被丢弃的骨头中重塑自己,他将忍受一切。"搜索尸骨传播了中国人的集体意识,这种恢复共同历史身份的做法唤醒了隐藏的民族意识,唤醒了整个社会的良知,反抗了压迫,唤起种族自豪感,消除了自卑情结,具有强烈的社会责任感和使命感。

这里需要强调的是,文学中的"历史"不同于史学界的"历史"。耶尔恩·吕森对历史的定义是:"只要记忆与'实际发生的'经验相关,历史就仍然是对集体记忆中这种经验因素的一种言说。"这意味着历史只能从集体记忆中发展出来。历史是对过去集体记忆的记录和再现,而传统的"文学"定义是生命、社会、某个历史阶段的模仿和再现,历史和文学相结合,符合新历史主义思想。新历史主义同时也重新塑造了华裔文学,加拿大小说中的"历史",其中一些是基于个人记忆,如家庭记忆、童年记忆等等,像郑蔼龄的《妾的儿女》、崔维新的《玉牡丹》;在一些小说中,"历史"创造了集体记忆,其中包含了历史的拼贴画,如张翎的《金山》、陈河的《沙捞越战事》等。因此,我们在这里讨论的"历史"必须是小说、虚构的历史、个人记忆的故事,与集体记忆混合在一起。确切地说,"历史"是小说中的"历史因素",主要是小说字里行间渗透的"碎片化的、局部的"历史信息,加拿大华裔文学首先是文学,然后才是历史。

二 作为家族史小说的加拿大华裔小说中的"中国形象"

1999年,崔维新推出了英语自传体小说《纸影:唐人街的童年》,这部小说一经出版便引起了轰动,当年获德莱尼—泰勒传记奖和查尔斯·泰勒纪实文学作品奖双项提名,并于2000年获得埃德娜·斯代伯勒纪实作品奖。它展示了华裔文学的一个重要主题——重塑当今种族主义文化中公众人物的形象,使现代加拿大人民更加受人尊敬。《纸影》打破了陈规,赞美了中国人民的辛勤工作、宽容和团结。此外,李群英的《残月楼》里的王掌柜和弗雷德·华的《钻石烧烤店》里的华老板都很会说英语,对当地白人有很深的了解。中国作家塑造的中国人民形象,除了传统厨师、餐馆老板、古板的父母、反叛的后代之外,还有更多的企业家、医生、律师等例子。同时,作为中国人,他们不应该隐瞒自己生活在国外时感到的孤独、贫穷以及性格弱点:崔维新的母亲热衷于打麻将,他父亲的哥哥逃避赡养祖父的责任,还有一些华人聚众赌博酗酒闹事。这些描写不但没有损毁华人的形象，反而使华人成为有血有肉的个体，人物形象变得鲜活、真实。

通过采用和改编西方小说的叙事形式，华裔作家利用英语重建了华人社会的历史传统，描写了过去已经发生的故事和华裔族群当前的生存状态。家族小说的成功和被承认使许多华裔作家纷纷效仿。并逐渐形成了一套家族历史的叙事范式，越来越多的作家关注华裔家庭的伦理关系和不同代际的矛盾冲突。尤其是跨越时空的家族小说备受推崇，逐渐成为加国华裔作家群中最受欢迎的文类。这些家庭小说的共同特征是什么？这些家族小说的共性能否成为一种可以被复制和模仿的华裔文学传统？现将加拿大华裔家族小说的几个共同点归纳如下：

（一）注重华人伦理的家族叙事

这些小说以家族史的叙事形式，把时间分类，真实地描述了中国人在加拿大奋斗多年的艰苦历程，创造了长篇移民史诗。小说以年代分类描写了围绕家庭或家庭之外发生的故事，因此延续了很长时间。另外，小说还涉及家庭几代人的生活经历，故事情节从加拿大移民在中国社会区域到中国大陆多种多样，描写早期中国劳动者的各种劳动场所，早期华裔移民被关押的不同地点，时间跨度大，空间范围广，使华裔家族小说在时空交错的背景下愈发显得恢宏壮阔，蕴含着深厚的历史感。《残月楼》写的是王姓的六代族人从1892年到1987年以来的百年家族历史，小说从第二代先祖王贵昌受"华人慈善协会"任命到加拿大西部寻找铁路建筑时期被抛弃的华人遗骨开始，一直写到第五代的曾外孙女吴凯英回到中国通过学习中国传统文化，寻找家族的根基。在这么大时间的跨度下，小说着重于通过吴凯英来揭示那些隐藏的家庭故事，着重描述了第二代和第三代中国家庭在温哥华唐人街的经历。《华盛顿邮报》对《残月楼》给予了高度评价："如果加西亚·马尔克斯是华裔加拿大人并且是女性，那么《百年孤独》很可能会被写成类似《残月楼》这样的作品。"《玉牡丹》以20世纪三四十年代的温哥华唐人街为背景，讲述了一个陈姓华人移民家庭中的三个孩子——三女祝良、二子忠心和小儿子仕朗的成长经历和对各自身份进行认知的心路历程。这部小说由三个故事组成，三个孩子采用不同的角度看待他们在唐人街的童年经历和历史，实际上反映了第三代中国人在加拿大的发展和唐人街所经历的历史变化。这部小说还带有现实主义的笔触，让人想起了早期中国移民在加拿大的艰苦奋斗过程。作者通过巧妙构思，将虚构的叙述嵌入真实的历史事件中，幻想和现实之间的界限被模糊，无论哪个家族或姓氏，他们的故事都是加拿大华裔真实声音的再现，也是对主流话语的颠覆性的修正。家世小说无疑是加国华裔族群的文化符号，生动体现华裔族群的文化特质，是加拿大华人在异国他乡的奋斗史诗。

（二）以加拿大唐人街为背景展开故事

这些小说大多以加拿大唐人街社区为背景，改写了社区历史，重塑了华人形象。加拿大大多数大城市都有唐人街，尤其是温哥华和多伦多。加拿大早期的华人移民曾遭受严重的种族歧视。他们过着艰苦的生活，只能从事白人不愿涉足的艰苦工作，如修路、洗衣、餐饮、伐木和捕鱼。他们不能接受正规的教育，社会地位很低。一百多年来，加拿大的主流媒体对华人社会有许多负面的刻板印象。唐人街一直被描绘成肮脏、危险、险恶之所，到处都是吸烟的窝点、赌场、妓院，肮脏的蔬菜市场，是非法移民、外国人和罪犯的避风港。当白人种族主义者恶意地描绘唐人街和中国人的形象时，他们从未调查其产生的根源，甚至忽略了唐人街的非法活动，如赌博、吸毒等，实际上是长期制度化的排华歧视的历史文化衍生物。由于无法融入主流社会，唐人街在很长一段时间内都是"一个紧密联系的、反歧视的、维持生计的华人社区"，在这里，华人家庭和单身汉们相互支持，同甘共苦。华人家庭小说以华人的视角，真实、多面、立体地描绘了唐人街的景象，以对抗主流对华人社区历史和华人形象的扭曲。在《残月楼》中，王贵昌的孙子摩根将唐人街视为一个不同主流描述的场景："1924年的唐人街……已经变成兴旺而体面的小型建筑群，街道很干净，排列有序，甚至还有街灯……只少了一样东西——女人！"简单几句话，虽然着墨不多，但是不仅澄清了白人对唐人街严重不实的报道,而且进一步表达了华裔单身汉的痛苦和焦虑。中国作家写的社区也是一个充满关怀和爱的地方。《玉牡丹》中的陈家家境贫寒,但即使生活窘迫,已有三个孩子的陈家父母还是好心地收养了孤儿忠心并视如己出。而单身汉"老华侨"王生非常友好,每周都邀请他吃饭,并冒险帮助他逃避加拿大移民局的检查。裁缝工匠吉叔有一颗善良的心,对他人热情,虽然多年来总是凑不够寄回中国邮购新娘的钱,却不要报酬地给贫穷的家庭做衣服。作为一个单身汉,他把别人的孩子当成自己的孩子,总是给孩子们送干果、橙汁等零食。加拿大华裔作家在作品中突出了中国人的正面形象,他们勇敢、坚强、坚定、热情、善良、聪明,希望通过团结互助在外国他乡建立起新的家园。

(三)涉及大量中国传统文化的再现和变异

在加拿大的家族小说中,华裔作家使用了大量的传统文化形象。这些文化符号被镶嵌在华裔迁徙的历史框架内以及加拿大华人社区的空间中,是一种不同于任何文化的新文化符号。这些文化符号保留并延续了中国传统文化的经典形象,同时也具备新的隐喻意义和话语功能。例如,反复出现的"骨"就是典型的具有多重含义的华裔文学象征。在加拿大,有很多中国社团曾组织志愿者活动,收敛中国铁路工人的遗骨。针对这一事件,许多华裔作家将"寻骨"作为一个重要的主题,大书特书。"寻找尸骨"的隐喻象征着华人期待揭示被主流埋没的历史真相的自发性要求,在"寻骨"的过程中再现了早期华人移民血泪的生存史和奋斗史,是对"欧洲中心主义"和种族歧视的强烈控诉和反抗,具有团结和凝聚华人群体的重要意义。除了"骨"这个词具有多重含义之外,华裔家庭小说里的文化标志也常常在各个层面上体现出来,如金色山脉、火车、牡丹、小猴子、月亮、老海龟、神祇。而华裔家族的小说中包含的这些文化符号则强烈地表达了中国文化传统的强大生命力,其中内涵往往随着子女世世代代在家庭后代中繁衍。伴随着历史发展和身份定义的找寻,当代华人正在重新审视他们的文化身份,不仅通过种族和民族神话的演绎,也通过与此相关的民族精神的传承。

三 加拿大华裔小说从"自我"到"他者"的嬗变

1967年以前的加拿大华人华侨史也被称为先侨史,基于这个时间点,加拿大新移民和中国移民之间可能至少有20年,最多100年的断层和隔离。"一百余年",如《金山》的叙事时间所表征的那样,已是几代人的传承与变异,这足以令移民的"新居"与"故土"实现"本土"与"在地"的本质性转变,也令"华裔"与"新移民"之间拉开历史和文化上的距离。加拿大华人移民百年的历史,为中国作家创作家世小说提供了丰富的来源、灵感和集体回忆。通过对唐人街"单身汉社会"的一个或几个家族的历史变化和人物遭遇的讲述,华裔作家想要展示真实的加拿大华人社区,重写被白人文化扭曲和丑化的中国人的形象,奏响华人在新的土地上,开始新生活的乐章。

一方面,北美华人先侨的形象和华裔形象是通过作者的想象和记忆形成的,是比较复杂,有时甚至是矛盾的。最初的华裔形象主要是基于口述和想象创造出来的,通过对人物形象的分析,可以看到早期华裔作家和新移民作家刻画的先侨形象具有很多共同点,比如勤俭克己、吃苦耐劳、坚韧不拔、遵循中国的思维方式和行为准则。但区别是主要的。华裔作家书写先侨时突出政治记忆,具有强烈的政治色彩。主要通过回顾加拿大的西部开发和经济建设,尤其是太平洋铁路的修建来描述他们,他们在加拿大从事的是餐饮、洗衣、开矿和其他低级产业。华裔作家记录了先侨们漂泊流浪最终扎根加拿大的全过程,重新挖掘和再现那长期被"隐匿的历史",以证明先侨们不仅为加拿大建国初期的经济建设和西部开发,尤其是太平洋铁路的修建付出了血泪代价,而且在二战时期为保卫加拿大安全和世界和平做出了自己的贡献,他们最终不仅埋尸异国,并且没有得到加拿大社会的承认,从而进一步证明华裔拥有在加拿大生存的合法权利,这是从国家意识的角度去"美化"。在他们的作品中,对这些想象中的华侨形象给予了极大的赞扬甚至神化。而另一方面,在华裔的童年记忆中印象最为深刻的应该是家族中的长辈们,他们也是先侨群体中的一员,但不同于记忆中的移民英雄形象,家族当中的父辈先侨之间又存在着很多矛盾和冲突，虽然某些事实可能只是模糊的记忆，但从某种意义上这些故事已经带有作家本人的感情色彩。这些移民的第一代总是既遵守传统礼仪、祭祀祖先，也保守封建、愚昧无知，对子女的教育刻板严厉，在这种教育模式下，他们的后裔往往没有独立的个体意识。另外，华裔移民也大胆地暴露了家庭中的一些隐晦和龌龊的秘密，这种既美化又矮化的创作手法实际上是作家对传统文化又爱又恨的结果。

　　拥有中国血统的新移民对于先侨的塑造是在阅读和整理大量文件资料后，基于他们的想象创造出来的。华人新移民作家笔下的先侨是拼搏进取、自立自强、勤劳勇敢、吃苦耐劳的正面形象。为了追求更好的生活质量，华裔作家从民族意识角度来歌颂华人的高大形象，对于人物弱点和缺陷却避而不谈或一笔带过。同时，作者在对海外华人形象的塑造中表现出了一种同情和敬畏，这主要源自作者内心想要恢复被遮蔽的历史——希望"那些沉睡在落基山脉下的孤独灵魂"的永远铭记。显然，这种形象的"美化"是作者意图用"过滤"的创作手法来解释不同立场的身份建构。同时，通过描述中国人和印第安人之间的"民族秘密"来批判中国人的"自我中心主义"。这些新移民作家大多出生在中国，在"文化大革命"期间在家里受过教育，受过创伤，但在情感上，他们对祖国抱有着巨大的希望。

　　相比之下，历史题材作品中有关华裔美国人形象的出现频率和出现比例是现实题材无法比拟的。他们的角色定位和功能定位是复杂而有趣的，不能用几句话来概括。美籍华人形象是文本世界的中心，其所承载的意义的广度和深度往往限制了文本世界的意义空间。此外，文本世界中华裔形象的呈现和解读，也体现了作者在构思和塑造过程中的自信和秩序。在现实世界中，新移民与华裔移民后代之间的错位和差异所造成的困惑和无措似乎开始得到解决，并在历史主题中达到和谐的统一。

　　20世纪90年代以来，加拿大华文文学中出现了一系列以家庭为叙事主题的英文小说。进入21世纪以来，以华裔家庭小说和家族史为代表的文学作品得到了加拿大主流社会的广泛关注和认可，有一部分作品获得了"温哥华图书奖""延龄草图书奖""总督文学奖""吉勒奖""英属哥伦比亚图书奖"和其他著名的文学奖项，奠定了华裔文学在加拿大文坛的地位。其中许多作家和作品被列入加拿大文学史，被选编为学校教材内容，一些经典作品还在美国、澳大利亚等其他英语国家引起了轰动和共鸣。

第三节　加拿大华裔小说中的"自我"与"他者"互视研究

在这个阶段的中国文学研究中，最常涉及"他者"的后殖民理论，"他者"是后殖民理论的核心概念，强调差异、对象、外星人，如不同的文化特征，与"自我"（当地）存在相互关系，但也与"身份"有一个互补的关系，是因为"他者"身份危机的存在。每一种文化的发展和维持都需要另一个与之不同的和竞争的"自我"的存在。自我身份的建构包括对"他者"身份的建构，而不单是对自己身份的建构，而且总是包括对"我们"不同特征的持续诠释和再诠释。每个时代和社会都在重塑自己的"他者"。因此，自我认同或"他者"认同不是一个静态的东西，而是一个很大程度上人为地改造历史、社会、学术和政治过程。在加拿大的加拿大华人无论是用汉语，还是用英语写作，都在客观上成为加拿大英语文学的"对方"，他们跨领域写作和跨文化写作的特点也决定了他们相对于中国文学的"对方"身份。"人们对'他者'建立了相关的形象，在这种意义上，他们将对立面纳入了自己的自我形象中。基于此，同一群体的人可以很容易地通过自我形象来相互认同。""他者"的双重身份使中国作家成为异质文化中的"边缘人"，而加拿大华文文本对"他者"的解读也是为了更好地表达自己，从而更好地构建自己的文化身份和民族身份。

一　自我观照：记忆与想象

华人在加拿大的形象是多种多样的。在加拿大早期的主流社会中，处于从属地位的华人总是被描绘成下等的苦力、瘾君子、恶棍、暴徒或妓女等，这些形象被恶意地扭曲和丑化了。唐人街是一个肮脏、邪恶和危险的地方。随着中国的崛起和中国人地位的提高，华裔开始被称为模范公民。在1990年代，随着华人社区的兴起和移民加拿大后大陆新移民群体的形成，加拿大华裔文学迈进了一个全新的阶段。通过挖掘华裔移民在加拿大建设和发展中被湮灭的百年悲壮历史，华裔作家借助创造性的工作找寻自己的种族身份和文化传统，在记忆和想象的自我参照下，颠覆了已经被妖魔化的中国形象和中国概念，建立了关于中国文化真正的多维图像。但他们也注意到这些个体之间的差异，两代人移民之间，从事底层劳动的第一个海外华人劳工，重义轻利的中国商人，一位对抗父权制度的服务员，捍卫中国国土的士兵，加拿大出生的"香蕉人"和《排华法案》造成的"纸亲戚"，等等。李群英、崔维新等人还写到了华裔社区中为数不多的同性恋者。无论在什么情况下，上面的这些形象都具有超越国界和文化的意义，因此在一定程度上可以被看作一种"他者形象"，或者至少可以被看作一种带有"他者"因素的形象。华裔作家的"自我形象"同时带有"他者"性，这样才具有意象学的意义和特征。

二 先侨形象：美化与矮化

（一）先侨形象的美化

张翎作为加拿大华人作家的领军人物，在其海外华人历史小说中塑造和描绘了一系列具有深度的人物形象。她的小说里没有大奸大恶之人，都是在加拿大屈辱的移民史中艰难跋涉的小人物。《金山》是张翎小说创作的一个转折点。从这部小说开始，张翎关注的重点不再是宏大的历史叙事，而是侧重一个个微不足道的个体家族命运。淘金热、太平洋铁路的建立、排华政策、中国的抗日战争、第二次世界大战、中国的土地改革等等这些中国元素都成了小说的历史背景，"真正的前景只是一个在贫穷和无奈的坚硬生存状态中抵力钻出一条活路的方姓家族"。

作者以沉重的笔调描写了方家几代人在一百年的时间长河中，为了最终能够在金山立足,为了家族的生存和延续,在异域的艰苦环境中,努力拼搏的奋斗历程。方得法、方金山、方金河是小说中重点描写的三位华裔移民。

方得法是加拿大第一代华人移民的典型代表。这代移民大多来自广州四邑地区,家庭贫困。当时的中国社会积贫积弱,他们不得不在16岁的时候为了生计,加入大洋彼岸去淘金的队伍当中。刚一踏上这片陌生的土地,这些朴实的华人感觉一切是那么新鲜和疏离。同时他们也感受到了洋人的歧视和羞辱。例如,方得法甚至觉得金山的太阳"像一把刚磨快的刀,直刺他的眼睛"。在极其恶劣的自然环境和社会环境中,他和其他中国工人参与建设了太平洋铁路最危险的一段,他们冒着生命危险爬上悬崖,用炸药爆破隧道,在冰天雪地的极端气象条件下,只能通过杀狗啃雪来充饥度日,但在工程建设即将结束时,他们又面临被无偿解雇的风险,此时方得法带领其他中国工人决定依靠中国人的智慧和勇气捍卫自身的尊严,向洋人要回他们应得的薪水。虽然华工为太平洋铁路的建设付出了血一般的代价,但他们的劳动价值没有得到公平的对待和应有的重视。在白人举行的庆功宴上,"阿法不知道,在所有的照片和新闻中,没有人提到修建铁路的唐人。没有任何一个"。这种现实经历,是当时华侨苦难生活的真实写照。方得法是一个有文化有思想的人,不仅如此,他还始终坚持难能可贵的诚信和为弱者鸣不平的正义感。他恪守中国传统文明所教导的仁义礼忠孝的伦理原则。无论多么艰难,他都不会忘记寄钱回家,为了给他的母亲筑碉楼以防强盗和小偷,为了与他的中国妻子履行他们的"金山之约"。然而由于种种客观原因,直到最后他们都没有重聚。他的忠诚和正直还体现在他的国家民族意识上,听完梁启超在金山的演讲后,为了救亡图存的大业和国家富强的梦想,怀着强烈的民族荣誉感,他变卖了自己视如生命的商行,将钱捐献给"变法"事业,希望维新变法能让中国改头换面,走上富强之路。方得法的一生就是第一代华人华侨在海外打拼经历的真实写照。销售煤炭、修筑铁路、去罐装馆打工、第一次开洗馆、第二次开洗馆,变卖洗衣馆、第三次开洗衣馆、排华骚乱、农场破产、开烧腊店,一次又一次的挫折和打击并没有让他屈服,不向命运低头的性格使他每一次都能挺起脊梁。他吃苦耐劳、坚忍不拔、顽强不屈的精神是对人类价值的最高肯定，也是对当时华裔族群生存状态的最初关注和反思。值得一提的是，张翎在《金山》的序言中曾提道：方得法的创作灵感来自一张到达港口的中国人合影。在疲惫不堪的过路人中，我看到一个戴着眼镜的年轻人。这副眼镜就像引线一样，瞬间点燃了我的灵感。我的想象力像炸药一样爆发了，发出了灿烂的火花。眼镜往往代表着知识和教育，张翎在塑造方得法这样一个海外华人时，不仅赋予他毅力、坚韧、忠诚和正直的品质，而且还特别赋予他知识的武器。用知识去改变世界和落后的局面，这也预示着中国现代化的开端。

第二代移民方锦山、方锦河身上也反映在相同的民族意识上。方锦山在父亲的盼咐下来加拿大帮忙料理农庄，在金山冒着被父亲惩罚风险秘密捐款给革命党，还参加了孙先生组织的革命剪辫运动，差一点被保皇党害死。二儿子方锦河在金山的一个白人家庭做了20年的仆人。女主人亨德森太太死后他意外地收到了4000加元的遗产，但他却将所有的钱捐给中国的抗日斗争。二战期间，他还作为加拿大远征军的一员踏上欧洲反法西斯战场，最后英勇牺牲。关于这些事迹，《方得法家族族谱》中明确记载："民国二十九年，方锦河向广东省国民政府捐赠4000加元购买抗日飞机，并被授予爱国纪念勋章"，"同年，他加入了加拿大军队，作为特工在法国西南部的一个小镇收集情报并训练地下抵抗组织。民国三十四年盟军取得胜利前夕，他的身份暴露了，他为国捐躯"。事实上，关于这4000块钱的每一个字都清清楚楚地表示，流淌在方锦河身上难以言表的鲜血、眼泪和耻辱。此外，方锦山收留妓女猫眼，和她成亲生子，方锦河一直相伴在亨德森太太身边，这些都体现了他们的善良，这种人性上的闪光点始终温暖人心。

（二）先侨形象的矮化

当然，并不是所有作家笔下的华侨形象都是完美的。为了丰富人物形象，所有的文学作品都会或多或少地创造出一些不完美的形象，也会有一些矮化，但这些"矮化"也有差异。在新移民作家看来，海外华人并不是完全没有缺点的，只要是人，总会有缺点和缺陷。例如方锦山遗弃印第安女人桑丹斯，方锦河与亨德森夫人的不伦之恋，吉姆的盛气凌人和野蛮无礼，阿珠阿妹等人身上所具有的典型的封建妇女的保守和落后等。既然人不是神，那么犯错误就更有人情味，更真实。这些人性的弱点使文学形象更完整和饱满，这是被加拿大的特殊社会环境无限放大出来的弱点，有一定的必然性，无法回避。而在《睡吧，芙洛，睡吧》的结尾，当面对加拿大社会的反华浪潮时，看似狭隘一盘散沙的华人社会又变得无比团结，一起站出来面对挑战。总的来说，张翎作品中的华人形象是积极的、正面的。作为大洋彼岸的拓荒者，由于那份"中国记忆"，他们依然坚守着自己的文化身份，但在新环境下逐渐呈现出与母国不同的特点。在西方现代性的启示下，他们开始突破传统价值观和文化壁垒。

加拿大华裔作家笔下的华人形象呈现出较为复杂的文化特征。《残月楼》《龙记咖啡馆的子夜》《妾的儿女》这三部华裔小说虽然可以像《金山》一样被归为家族史写作的类别，但却可以看到一些新移民作家笔下看不到的场景，例如对家庭秘密的大胆书写，这可能是自传体小说引人入胜之处。

在加拿大华裔作家塑造的所有华人形象中，不仅有传统的厨师、裁缝、餐馆老板、顽固的长辈，也有代表中国人地位已上升的企业家和科学家。但他们在为中国移民正名的同时，也不可避免地会在异国他乡的特殊环境中面临着孤独和沮丧，此时，完整人性的展现可能会"矮化"先侨的形象。例如，《残月楼》开篇交代男主人公的外曾祖父的王贵昌在外出寻找华工的遗骸的过程中，遇到了陈国怀和其有印第安部血统的女儿凯罗拉，他和印第安女孩凯罗拉双双坠入爱河，并且还有了一个孩子，但王贵昌的父母以孝为名逼迫王贵昌回家，而且还要去迎娶别的女人。在这之后，他放弃了凯罗拉，回中国娶一个中国女人李美兰，当他再回到加拿大的时候，凯罗拉早就已经病逝了，于是他收留了他们的混血儿子丁安，但由于丁安的名分和血统并不正统，王贵昌自始至终都没有公开过他和丁安之间的父子关系。王存福是李美兰的儿子，1920年，李美兰带着儿子和丈夫团聚。李美兰是一个坚持中国传统的封建妇女，一心只想着他的儿子能够娶一个中国妻子，但是儿媳芳梅在婚后一直没有生出孩子，在加拿大的一夫一妻制背景下，梦想着能够延续香火的李美兰想出了一个令人鄙夷的"借腹生子"计划并将其付诸实践，所以王存福就长期和一位名叫宋蔼的招待员保持着性关系，儿媳芳梅知道后为了报复王存福和婆婆李美兰，就与王贵昌的私生子丁安暗中私通，并相继生下了毕翠丝、约翰、苏珊三个孩子。宋蔼在发现王存福并不具备生育能力后，她也和别人生下了一个儿子。王存福就这样在名义上成了拥有四个孩子的父亲。为了钱财和地位，芳梅结束了与丁安的关系，丁安之后娶了一位加拿大的法国籍女人，并和她孕育了一个名叫莫根的儿子。等到四个孩子都长大了，毕翠丝与基曼结了婚，而苏珊却爱上了自己同父异母的哥哥莫根，还怀孕了。最后胎死腹中，苏珊自己也抑郁身亡。而小说的叙述者吴凯英也曾与她的舅舅莫根存在过乱伦关系，最后，她嫁给了亨利·李，直到吴凯英的儿子波比·李出生，这种禁锢整个家族的邪恶怪圈才走向了终结。在这个华人家庭里，吴凯英和其他成员的肉体实际上是破碎的祖先秘密标志，乱伦罪总是被锁在每一代人的思想中并且不断重复。波比·李出生时，毕翠丝仔细检查孩子身体的每一处地方，实际上源于他们违背伦理规范的恐慌心理在作祟。追根溯源的话，这段家族的罪恶之源，应归结于第一代的王贵昌和李美兰。最主要原因就是王贵昌对凯罗拉的抛弃，并且因为丁安的血统而迟迟不愿意公开他的真实身份，其次秉持着传统中必须要延续家族香火的封建思想，李美兰实施了借腹生子的计划，之后才引发了一系列出轨、自杀的恶性循环事件的发生。华裔社会的伦理道德是民族文化传承的根基，构建健康、文明的新型伦理关系是北美华裔族群延续发展的重要保证。

三 自我中的"他者"——相互审视

列维纳斯的中心思想是直面"他者"，与"他者"展开对话。他强调"他者"的外部性和异化面，"自我"的世界永远是确定的，"他者"的世界永远是例外、偏离和毁灭的。"自我"不能为"他者"，而言"他者"，只有走出"自我中心",站在"他者"立场上,才能与其展开平等的对话,允许"他者"身份谈论"他者",我们才能走向无限的未来。学者孙向臣非常赞同"面对他者"的理论。在对列维纳斯的研究中,他曾指出,"他者"的出现意味着传统哲学所缺失的对立性、外部性和多元性的概念正在试图获得合法的哲学基础。由于在自我与他人的关系中,存在着很多的不对称性、开放性和不同的可能性。"他者"既不同于传统意义上的"自我",也不是他人口中的"自我",而是与"我"完全不同、永恒存在的"他者"。这里体现了对差异中的"他者"的关注,从而否定了现代哲学中的"同一"他者理论。因此,"自我"与"他者"是一种既独立又相互依存的辩证关系,他们处于一种平等的对话关系之中。对立双方提出问题,然后解决问题,在双向对话中寻找最终的解决方案。列维纳斯认为,传统意义上的"他者"可以转化为身份,从而成为自我的"他者"。也就是说,我们也需要从"自我"与"他者"之间的平等对话中,看到自我中的他者(同一性),从而形成完整而准确的自我观照。

加拿大地区华裔系统中的群体,既包含了中国大陆的新移民,也包含了在加拿大土生土长的华裔后代。虽然同为华裔,但是这两个群体还是有明显差异的。由于生活阅历、文化经验以及个人发展的不同,新移民与华裔后代在个人价值和文化传统上还有较大的差异和分歧。黄万华曾论述过"自我"与"他者"的对话关系,他指出,"直接置身于这样一个最具西方文化现代化特征的国家中叙事,华裔作家逐步感到了自己处于世界文化总体对话格局中的身份,这种对话的有效进行,取决于作家的文化认同、文化利用、文化参与意识。这些意识的文学转换,便促成了美华小说中一系列'他者'形象的诞生"。李亚萍用"同胞互看"来定义这种新型的对话关系,这是华裔与异族进行交往时,同胞们之间在进行相互观察之时,逐渐构建起具有特殊形象的同胞形象。本章节中,华人族群内部的自我反思主要有三种类型:新移民与华人的相互看法、华人的自我塑造,以及新移民或华人对原海外华人的塑造。

作为加拿大华人后裔的一批作家,为反驳西方对华人的普遍的刻板印象，塑造海外华人先驱者的形象，大力赞扬了从中国来加拿大修建铁路的华侨先驱者。这些人被认为是加拿大华人的祖先，自然也是中国人眼中的加拿大人。但与此同时，华裔作家经常以批判的眼光看待前代移民，对他们又爱又恨，有时理解，有时隔阂。他们把自己当成真正的加拿大人，甚至直接批评他们父辈的中国人的"旧习惯"。同时在美国华裔作家的作品中也存在着大量的美籍华人自我塑造的形象。美国华裔作家对"香蕉人"的自我塑造和新移民一样，不是批判，而是一种对自我肯定的认同。他们大多数是"香蕉"，因为他们是黄皮白心，不论是行为还是思想，都已经被白化了，作者着重关注新移民的成长和代际冲突，关注他们面临的问题和解决方案。在"漂白"的过程中，加拿大一直是他们心中的国土，对万里之外的中国，也就是父母口中的祖国，虽然不能说没有爱，但在他们的骨子里是被鄙视甚至厌恶的。在这种心态下，寻根的主题与新移民有很大的不同。根深扎在加拿大的那些华裔作家，他们的作品描写了中国经历了"大跃进"和"文化大革命"的混乱，充满了落后的经济，政治、社会复杂，道德压迫下的女性，封建迷信的流行，在他们看来，中国的传统文化是奇怪的和愚蠢的，并且饥荒和战争是经常发生的事情，中国人民也总是无知等，在中国的中国人对东方主义绘画有怀疑是不得不说的。事实上，这些根源于中国作家自身的身份。他们认为自己是加拿大人。与早期北美的白人移民相比，这些亚洲黄种人移民也是加拿大的主人，他们也受到西方白人中心主义和自由主义的影响。他们通过这种形象的美化与矮化之间的比较，建构了被白人历史所遮蔽的华裔美国人的历史，以及他们作为加拿大华人的民族属性的本源。

在《纵横交错的彼岸》中，黄慧宁的独白展现了她与陈约翰的不同，但事实上，黄慧宁与陈约翰的这种差异，也让她从中寻找到了某种统一。在陈约翰之前，黄慧宁与海狸子、大金、谢克顿等男人的情感交流中，她"很轻松没有负担做回我自己"，但她在约翰面前，除了"自己鲜血淋漓的废墟"，她找不到原来的自己，但却并不是那种失去了自我和绝望，而是一种新的发现和希望，她看到了另一种可能性：成为一个完美女人的可能性。这种新奇的爱情体验和发现超越了黄慧宁对生活的认知，使她陷入渴望拥有和害怕失去的矛盾心境。这些鲜明地呈现在她的内心独白里：我多么希望，那些时刻，那些眼神，能如暗夜行路的火把，长长地照着我渡过陌生的不知走向的河滩，来到他的内心深处。我多么害怕，那些短暂的光亮，还来不及让我们走入彼此就已经熄灭，把我们永远地隔绝在黑暗的水中。这种惧怕使我迟迟不敢迈出蹚水的第一步路。

黄慧宁在爱情的矛盾心理中迸发出的对生命的流动迷茫，暗示着陈约翰的存在。与海狸子、大金和谢克顿等男性角色相比，陈约翰的存在本身对于黄慧宁来说就与众不同。对外国人来说，他有着一张中国人的脸，但对中国人来说，他有着外国人的人生观以及自己的形象。正是这种双重错位，让"华裔美国人"在新移民的体验中产生了疏离感，但他们是华人的事实也让新移民在疏离感中探索"华裔美国人"的亲近感。因此，新移民群体与华人群体之间的交流存在着差异与统一、疏离与亲近的矛盾，由此产生的认知混乱和无助感高于外族群体。这可能是在加拿大新移民的离散写作中，尤其是在现实小说中，隐藏着的一种心理原因，即外国人形象多于中国人形象，外国人之间的交流多于中国人之间的交流。在这种困惑、迷惘的创作心理前提下，新移民作家有意回避现实题材，而中国题材与历史题材之间的错位和差异必然蕴含着有趣的叙事意图和审美动机，有待发掘和阐述。

《金山》中的方延龄和《沙捞越战争》中的周天华都是第二代华裔。虽然他们身处的历史背景不同，经历的历史事件不一样，但是他们之间存在着一个共性——都在塑造着"迷惘的一代"的集体形象。所谓的"迷惘的一代"指的是个体在加拿大文化和中华文化的激烈冲突之下迷茫了，不知该作何选择而逐渐迷失自我，对自己的身份感到困惑和迷茫。根据文本的具体语境，可以归纳出它的两个特点：一是对"土生土长性"（加拿大性）的强调，二是对族性边界的模糊。

方延龄的那种故土被割裂开来的疏离之感，挤压在方金河的家感中：当然，哥哥买房最重要的原因是推迟年龄。延龄是种在金山土壤里的种子，它与金山的太阳和风水一起生长，如果把延龄连根拔起，种在开平的乡村，那么他怕是宁愿去死也是不肯的。而周天化的故土疏离感在他和征兵军官的一段对话中得以表露。周天化说："加拿大参加战争了，我是加拿大人，所以我要参军。"军官说："你不是加拿大人，你没有加拿大国籍。你是中国人。"周天化争辩着："我不是！我出生在温哥华，我从来没有去过中国，我不知道中国是什么样子的。"

由此可见，无论是"自我"还是"他人"，与本土疏远的、土生土长的、自顾自地认为自己是加拿大人的华裔，已经成为第二代中国人不可分割的特征，也是区别于第一代中国人的一个显著的社会特征。正是对"加拿大性"的强调使得他们对于自己所属的种族界限变得模糊。然而，在再现的这一过程中，方延龄从内心里就极度排斥中国性，盲目地与加拿大性（确切地说是白人性）融合。而周天华在与中、日、英、加等国人的来往中被赋予多重性格，但在与战争、种族歧视的同体对抗中逐渐迷失自我，最终在多元中迷失自我。

在《金山》的第一、二代华人，如方得法、方锦山、方锦河、猫眼等那里，故乡是维持自身中国性的源泉。思念故乡，就意味着对自身中国性的确认。因此，当返乡、战争、移民政策、种族歧视等因素导致思乡之情无法到位时，想尽一切办法不断向中国汇款成为情感和身份的寄托。但在方陵的地方，家乡的情感维护不仅消除了仇恨，也发展成为一个精神上的焦虑和压抑的文化领域：阴暗的小屋，昏暗的灯光，吵架，麻将，烧焦的牙齿，烂英语，餐厅油烟的味道，穿大衣等，导致她严重的身份焦虑。

当教育主任沙利文太太要求和她的父母谈谈她的学业，并暗示这次谈话对她今年能否毕业很重要时，方延龄害怕暴露她父母丑陋的形象，这让她感到羞辱和恐惧——"父母？她那个瘸了一条腿，牙齿被烟熏得焦黄，英文烂得跟淘米的箩筐似的父亲？她那个衣裳头发上沾满了餐馆油烟气味的母亲？让这两个人在众目睽睽之下走进沙利文太太的办公室？"这体现了方延龄对自己中国本性的厌恶和轻视，同时也从另一个层面体现了她对莎莉文夫人所代表的白人人性的屈从。Mark Currie 曾经说过："身份是关系，即身份不在个人之内，而在个人与他者的关系之中。"即是说，方延龄对中国性的排斥和对"白化"的憧憬，将在其与异族的交往中得以呈示。

除了莎利文太太，同在一个班级的同学庄尼是方延龄最为看重的跨种族交往对象。从最初的吸引，到离家出走的过程，再到抛弃观念，方延龄展现了她"白化病"的生活原则。为了满足与庄尼一起生活的需要，方延龄开始把自己塑造成一个白人："现在延龄已经把长头发剪短了，烫成了一头波浪鬈。延龄也学会了把眉毛刮成细细一条，涂上青蓝色的眼影和桃红的唇膏。对着镜子映照的时候，她开始想象着她的身上是否真的流动着几滴法国血液"。① 虽然，方延龄还是被庄尼抛弃了，但其白人形象的自塑行为却保留下来，并且变本加厉，从外在转向内在——"后来跟的男人都是番仔（洋人），在家里，在工作场所，说的都是滴溜溜的英文"——方延龄通过语言的转换加速自我"白化"，同时，还以白人形象为镜像，在其映照下对待和教育自己的女儿艾米，对她的长相"高鼻梁，深眼窝，栗色头发，棕色眼睛，皮肤白得几乎接近贫血儿童。假如不仔细看，很难在那张脸上看出任何黄种人的特征"，很是喜欢。然而，方延龄这种对白人认同的极端追求，依然无法实现"穿着溜冰鞋"的理想，正如庄尼所言，"走到哪里，也走不出别人的眼睛"②。在他者之眼中，方延龄永远都是一个黄皮肤的中国人。这种不可更改的族性事实与极力否认的人生追求之间的巨大冲突，造成了方延龄的悲剧人生。这可能是方延龄一生处于婚恋残缺状态所蕴含的寓意。

方延龄的身份认同困惑，是由华裔加拿大人与加拿大人身份的二元对立，或是本土意识与新居意识的不兼容造成的。因此，她的困惑具有双重性。相比之下，周天华的突出特征不仅是二重性，而且是多元性的。

从文本语境的角度来看，周天华的多样性表现在身份、情感、位置和空间的多样性四个方面。首先是身份的多重性：他不仅是中国人，也是日本

---

① 张翎.金山[M].上海：华东师范大学出版社，2009：323.
② 张翎.金山[M].上海：华东师范大学出版社，2009：348.

人,在加拿大出生和长大,所以他可以是中国人、日本人和加拿大人。其次是他情感的多样性:他与加拿大人的深厚友谊以及他对马来西亚丛林中的日本士兵的愤怒;他正在热恋中,思念着日本女孩香子,却娶了猎兰,并生了孩子;他憎恨加拿大的白人,却不得不服从他们的命令;他作为中国人参加了抗日战争,却被当地的中国人杀害。可见,在他的情感世界中,既有同胞之爱、友情、爱情、亲情,也有愤怒、厌恶、冷漠等。第三是角色的多重性:他先被招募在加拿大陆军35团,然后作为一个士兵待在英国SOE特种部队,然后是一个活跃在英国和日本军队中间的"双面间谍",之后是英国和共产党游击队之间的联络人、人质、战士和伊班人的罪人,最后是队长巴里的跑步者。第四是空间的多样性:他从加拿大出发,在中国昆明待了3个小时,然后被空投到马来西亚沙捞越的丛林中;在加拿大,他从温哥华市内煤气镇的唐人街启程,行程两千多公里,到达落基山脉中的城市卡尔加里;在沙捞越丛林中,他先后去过日军的司令部、英军的指挥部、共产党游击队的密林营地、伊班族的领地等几乎丛林中所有武装力量的基地。

这种多样性明显增加了周天华接触中国文化、日本文化、本土文化和西方文化的机会,这意味着为他带来一次多样性文化之旅是可能的。然而,事实上,加拿大是他的祖国,但白人的统治令他厌恶;他是在加拿大的中国人,却听不懂沙捞越丛林里的中国人说的话;他是日本后裔,他最初的友谊来源和爱慕对象是日本人,但他不仅在沙捞越丛林中变成了日本人的一条狗,而且还杀死了一个日本人。因而,无论是在加拿大,还是在沙捞越丛林,他一直都困惑于"我要去哪里?我为什么要去?"这样一个他无法想清楚的生存问题。换言之,他并没有在多元的文化涵化过程中寻找到足以令其安身立命的文化归属。这样,"我要去哪里"的问题就转换为他不知道"我是谁"这个认同问题。不知道自己是谁,也就无从知晓自己来自哪里,更不必说去往何处。此刻,周天化已经成为无源之水,无根之木,对他而言,作为人应有的意义已经彻底匮乏。因此,周天华的形象不能被简单地理解为一个具有"国际性"的人,或者是一个被许多属性分割而成为每个属性的"他者"的人,尤其是在他对世界感到厌烦的前提下。有人指出，"无聊是一种缺乏意义的绝望，是一种把一切都卷入虚无之中的可怕情绪"，也就是说，周天华变成了一个毫无意义、缺乏意义的人。这或许是他不顾猜兰的要求，甚至得知有了自己的孩子也"必须往前走"，实际上是奔赴死亡之途的原因所在。

到目前为止，"迷惘的一代"的形象已经在作品中被展示出来。然而，无论是从方延玲的二元困惑，还是从周天华的多元困惑，我们都无法感受到或找到陈约翰所暗示的作家塑造与建构中所隐藏的困惑与困惑。相反，在整个文本的背景下，我们不仅看到了对华裔美国人的意识在故事中的解读，感觉混乱的故事发展情节，同时也深刻体会到了作者对操作和控制的信心塑造形象的叙事技巧和分析结构的应用程序设置。

虽然我们将《金山》和《沙捞越战事》都算进了历史的相关题材当中，但实际上，这些小说只是放在新移民加拿大的华裔语言小说的语境中进行讨论。它们具有一定的特点，其中之一就是历史与现实情况和结构的对比。因此，仅从文本的历史语境来理解和解读文字是不够的。为了充分理解方艳玲和周天华的性格特点和他们的转变，有必要继续探索和思考他们与现实语境的相关性和可能性。

在《金山》的现实语境中有一处颇有意味的情节转折：中风以后，方延龄"竟将她的英文一把抹没了"，说起了"荒腔走板的广东话"，而且性情大变，无论是在康复医院还是养老院，"每到一处，无不大吵大闹"，直到"转进了一家华人开的养老院，话语通了，情景似乎得了些缓解"。这一语言与华人身份的骤然回归，显然与她以往对中国性的极力排斥姿态形成了鲜明而又强烈的对照。与自我"白化"的代际传递类似，方延龄同样强迫女儿艾米回到故土，去接续已被自己亲手斩断的族性之根。这实际上也是《金山》现实情境的主要情节脉络。经过一段情节的跌宕与起伏，一直坚守独身主义的艾米，却在短短几天的寻根之旅后，突然要在方家的碉楼里举行婚礼。这固然有"惊诧"的叙事效果，但我们更看重婚恋由残缺到圆满的蜕变所具有的寓意。

事实上，从自我的"白"到乡土寻根的代际传递的角度来看，方延玲和艾米更像是一种代际同构。也就是说，他们的角色、功能和意义的负载是相似的。如果不考虑剧情，可以把他们看成是同一个中国形象。从这个角度来看，爱情婚姻从不完整到完整的演变就是指华裔美国人自我身份认同从不完整到完整的实现。具体来说，是对中国性的极端排斥向中国人身份的回归。正是在这个意义上，方延龄的人生悲剧才得以淡化，甚至转化为对幸福完整人生的希望。

《沙捞越之战》的现实情况并不是由人物来构成和演绎的，而是由叙述者在故事之外的支离破碎的介入和提醒所构成的。通过某些"花招"，总是暗示我们应该关注多元主义混乱的历史背景，即对日战争和加拿大的种族歧视。在赴死之途时猜兰和周天化的对话中，叙述者有一处这样的提醒："当兵的，你不要再往前走了，他们会杀死你的。"她已经知道他的名字，称他为士兵。这个有意义的提醒，激励我们透过混乱的多样性，揭示隐藏在其中的命运，它被战争所定义，被自然所不可逃避，被统一所设定。无论周天华处于什么位置，有什么样的情感，有什么样的地位，有多大的活动空间，他始终是一个军人。虽然他和日本人在加拿大有着一段深厚的友谊和刻骨铭心的爱情，但面对战争，他们作为海外的敌人也不得不离他而走；尽管他有真正的日本血统，但对沙捞越的日本人来说，他仍然是一名英国士兵，仍然需要一剂毒药；无论他多么同情日本战俘，在当地的中国游击队队员眼里，他们仍然是敌人。正如神鹰所说："对敌人的仁慈，那就是对于人民的犯罪。"他很快就发现，他的怜悯是以牺牲了他的一个同志为代价的，而且他还必须亲手杀死日本俘虏。无论他的空间有多大，无论他的步伐有多快，他仍然无法走出战争的阴影；不管他对孩子的关心有多么沉重，不管他对孩子的思念有多么沉重，他都不能仅仅因为"他是在执行他必须执行的命令"就停止他的脚步；正如他的名字所暗示的，虽然他是日裔，出生在加拿大，但他仍然是一个中国人，然而他被战争射杀了。由此可见，这场战争最终将周天华的多元性全部屏蔽，作为一名中国人成为他唯一的属性。

周天华彻底失去了他存在的意义，是当他选择去执行命令而抛弃了生存带来的困顿，身份给予的迷惘，并且完全不顾及猜兰和孩子而执意要疾走一天一夜的时候。正如著名画家沃霍尔的名言"我想成为机器，我不要成为一个人，我想像机器一样作画"所喻示的那样，周天化已经不能作为一个人而存在了，他完全就是一个战争机器。有人指出，"他失去了自己的存在，变成了没有差别的主体，这就是厌倦情绪之所以产生的根本原因"。战争将周天华彻底掌控了，当他连自身的多元性也被战争而磨灭时，他也就成了"没有差别的主体"。可见他的厌倦情绪，或者说他的虚无皆源于此。

萨义德曾对读者提出过这样的要求，"在阅读一遍文字时，读者必须开放性地理解两种可能性：一个是写进文字的东西，另一个是被它的作者排除在外的东西。每件文化作品都是某一刹那的反映。我们必须把它和它引发的各种变化并列起来"。通过这一启发，我们可以明显地发现文本中确实存在一系列的"空白"。例如，在战前，没有加拿大国籍的周天华为什么要坚持说自己是加拿大人？周天华为什么有着那么强烈的参军之心？为什么征召军官在他参军前说不是兄弟，而在他参军后却强调各民族之间的兄弟情谊？所有这些"空白"指的是什么？又意味着什么？它的揭示离不开叙述者的提醒。

这一次，叙述者并没有直接介入叙事，而是以老兵李泰鸿当年执意要参军的理由作为周天华参军的理由：他说当时在加拿大，华人在社会上受到当地白人的严重歧视，不仅没有投票权，就连在就业时都不能从事白领工作。只有当他穿上加拿大军队的制服时，他才觉得自己像个真正的男人。不难看出，这些值得思考的"空白"与加拿大华人的种族歧视历史密切相关，直接指向"人是什么"的存在性问题。这意味着中国人所遭受的种族歧视已经危及他们作为"真正的人"的生存。在这一点上，战争和种族歧视是很常见的：尽管它们之间存在巨大的差异，从本质上说，它们都有二元对立的思维特征，如敌人和自我，胜利和失败，生命和死亡，优势和劣势，文明与野蛮，他们追求单身的美学及其有效性。

这种共通，并非偶然。萨义德还说过："在场和缺席不再仅只是我们的感知功能，相反，却变成了被作家赋予了意志的行为。"原来，它是作家运思与构建的果实。下面的一段话可以引以为证："当他骑马离开城市向落基山脉走去时，……当时他一直问自己：我要去哪里，我为什么要去？现在，行走在这片浓雾密布的丛林里时，他再次想着这个问题：我要去哪里？我为什么要去？……"

时间、空间、环境的变化并没有改变周天华存在的本质。换句话说，对于周天华来说，战争与种族歧视是一直存在于危机中的。因此，"一体性"与"多元性"之间不可调和的矛盾造成了周天华不可逆转的悲剧结局。对于这种生存困境，"他知道这个问题超出了他的思考能力"，超出了角色的认知，但在作者的刻意控制之下，被赋予打破死局的可能性。因此，没有必要探讨新移民作家的突破方式及其意义和价值。在历史写作中，新移民作家确实在面对与中国人的差异时表现出自信，甚至提出了对未来的理想展望。

移民到加拿大的华人人口在不断增加，华人社区的规模也随之不断扩大，人数的增加让华人在加拿大主流社会中的影响力日益增强。19世纪的加拿大社会，华工地位低下，基本上没有人权，也没有政治权利。到20世纪初期和中期，中国人仍然必须在唐人街才能有工作，经营餐馆或洗衣店，依靠自主创业来解决他们的就业问题。直到20世纪60年代，中国人才能够申请并从事其他职业。自20世纪80年代末以来，香港的中国移民为加拿大温哥华带来了大量能够带动经济发展的资金。近年来，大批中国技术也随着移民来到加拿大，为加拿大华人社区的发展注入了新鲜血液。随着全球化和世界经济一体化的快速发展，加拿大主流经济意识到中国市场不容忽视，开始大规模挖掘中国人潜在的经济实力，发展市场经济。弘扬多元文化成为当今加拿大的一项基本国策，加拿大华裔的经济地位和社会地位发生了质的变化，这在加拿大华裔文学主题的转变中起到了决定性的作用。

适应新的环境是需要时间的。移民时间越长，笔下的乡愁就越少。进入21世纪以来，加拿大华裔作家逐步融入本地社会，早期移民作品中叶落归根的乡愁情绪已经渐渐淡化。梁锡华在《怀乡记》的前言里说："多年前写过'怀〔乡〕记',乡字加括号,以示加拿大为异邦。但这本集子没有括号。这说明了我今日观念的不同。"闲适的生活使他们有心境关注周围的事物。除了亲情、爱情,他们也关心起了别的族裔的命运、文化宗教、自然风景,有了更多的生活情趣。刘慧琴的《被遗忘的角落》描绘了加拿大原住居民在温哥华生活的一角。2004年中加笔会出版的小说集《西方的月亮》和《叛逆的玫瑰》中,东西两岸十六位作家的作品无一不是东西方两种文化交融结合的产物。陈浩泉的《与日月星辰同在》、冬青的《菲沙河之恋》、林婷婷的《快乐的E时代人》、黄佩玉的《太阳般的孩子》等,或以优美的笔调描绘出加拿大美丽且粗犷的湖光山色,或以娴静的手法展现加拿大平静生活中的喜乐哀怨。他们的作品逐渐摆脱了存在压力和文化冲突的刻板印象,更多地关注超越种族和地域方面的内容。美国著名的华裔作家张玲在接受《北美时报》采访时说,她早就已经度过了最开始移民时所需要的适应时期,环境变异所产生的不安让她在早期的移民作品中呈现出一种很是激越的情绪,而经过十多年的移民生活,她现在已经进入讲述一个和平故事的时候。在海外的生活让她洞察到人类差异和冲突背后的无穷共性。"在地面生活里我们或许有很多不同,一旦精神飞翔起来的时候,那些不同就变得渺小而无关紧要。其实我认为人类的许多精神特质是共同的,所以我的作品中更多的是去关注超越文化、肤色、地域等概念的人类共性。我的故事是纯粹的人和人之间的故事,而不是所谓外国人和中国人之间的故事。我笔下的'老外'首先是人,其次才是洋人。"种族和空间的概念被淡化,人类的融合与爱的主题日益凸显。但是,这并不表明未来加拿大华裔作家不再触及种族这一主题。华裔家庭的出身决定了他们写作中的族裔意识。如李群英所说,华人家庭"犹如一粒中草药丸……吞下它,我的脑子便会清明起来"。只是种族不再是他们写作的唯一主题,同时种族作为塑造人物的载体,并非一定是华裔作家作品的中心。他们写的首先是关于人类的故事,其次才是关于华人的故事。加拿大华裔剧作家陈泽恒的戏剧《爸,妈,我和白人女孩同居了》的成功,有力地证实了故事的真正力量——跨越代沟和文化分歧，缩短人际距离。只要戏剧中有超越种族的四海皆有的主题，不管观众文化背景如何，都能成为他们之间的纽带。我们在听故事或读故事时，会寻找共有的经验。普世性的主题，总能让人觉得故事和自己有关，无论讲故事的是谁，故事讲的是什么，讲故事用的什么语言。王选的《罂粟原子弹》讲述了温哥华吸毒街一个吸毒者的故事，笔墨不多，却将毒品的危害描绘得极度震撼，这种感受便没有种族之分。

早期加拿大华裔作家作品中对浓浓乡愁的倾诉，对艰难历史的重现，对种族主义的鞭笞，对华人形象的重塑，都是在特殊的社会历史境况下对生存的呐喊和对自由、平等的渴望。如今，加拿大华裔作家逐渐摆脱生存压力和文化冲突的窠臼，而将关注的焦点聚集到超越种族和地域的人类共性上。普世性的主题具有超越文化背景的感召力量，这正是加拿大华裔文学得以繁荣的活力所在。

第三章 北美华裔文学伦理主题分析

第一节 文化翻译主题

美国华裔文学的发展已有一百多年的历史,自从19世纪中期华人移民扎根异国彼岸以来,在很长一段时间里,华裔文学作为华人的声音一直处于失语状态。华人的生活经历和心理感受从未出现在主流社会的关注之中。直到20世纪六七十年代,随着一大批优秀的华裔作家和作品的面世,这种状况才得以改善。经过几代人的辛勤耕耘和不懈努力,华裔作家目前已经成为美国文坛一支不可或缺的力量。他们的文学作品和研究成果对中国本土文学的发展做出了重大贡献。进入21世纪以来,美国华裔文学的影响力越来越大,新一代移民作家以更广阔的视角和更具颠覆性的创作来诠释着中华文化的魅力,引领华裔文学进入全新的发展阶段。哈金作为新移民作家的代表性人物,他的小说将华裔文学的地位提升到了前所未有的高度。目前,国内外对于其人其作的评论和分析已有不少,但利用文化翻译观来解读其作品中的华裔文化身份以及边缘文化对于西方文化中心主义的解构和重建的论述却不多见。本篇以哈金的代表作品为切入点,利用霍米·巴巴的文化翻译理论阐释哈金对于母语文化既不归化也不异化的翻译策略,并对华裔文学创作中的文化翻译现象进行了历史性的梳理和总结。

一 文化翻译观的基本内涵

众所周知,异域文化在所属国文化中生存和发展的难度极大。在西方主流文化圈中，东方文化虽然带有独特的魅力和神秘性，但仍不免带有落后和古板的形象特征，以东方主义视角来看待异质文化，甚至贬低、妖魔化东方的做法似乎更为西方读者所接受。在赛义德的东方主义研究中，我们发现西方通过话语霸权建构了一个与西方完全对立的愚昧落后、残暴专制的"东方"，从而站在人性、道德、正义的高峰，堂而皇之地对东方实行殖民统治。而随着帝国主义殖民统治的结束，所谓的新东方主义应运而生。"它以一种貌似宽容的姿态让来自第三世界的知识分子以第三世界本土资料提供者的身份踊跃发言，并让他们在其话语中心占据一定的位置。"①但这种声音无疑处于"边缘化"地带，只是西方笼络和控制弱小民族的一种柔性手段。对于华裔移民作家来说，为了争夺"话语权"和实现由"边缘"向"中心"的过渡，不可避免地要将本民族的文化移植到西方的土壤当中，而这种文化的翻译活动对于处在生存夹缝中的华裔移民作家来说是要冒很大风险的。早期的少数族裔作家在不属于本土文化的异域世界为了生存而创作，将二元文化对立以激烈的碰撞和冲突的形式展现出来，运用"异化"的文化翻译方法来吸引读者的好奇心与关注度，这种方式会将本民族文化置于目标文化的对立面或从属地位，根本无法完成从边缘到中心的"去他者化"的任务。随着民族自觉和少数族裔身份的逐步建立，更多的华裔作家试图调和两种文化之间的差异和对立，尝试在对立中构建交流与融合的桥梁。因而，他们采用"归化"的翻译策略来移植本民族的文化内涵，通过改写本民族文化来方便西方读者阅读，这虽然能取得不错的市场反应，但也有失去所属国文化身份的弊端。当然，以上两种翻译策略都具有唯一的目的，那就是在"他者"的世界里争取属于自身文化特质的话语权，或在"他"与"彼"的世界中转换身份，谋求本族裔赖以生存的话语空间。但在由"异"到"同"、由"彼"及"此"的过程中，西方文化的主导地位却没有受到任何严峻的挑战。

为了打破西方话语权的霸主地位，与赛义德齐名、被誉为"圣三位一体"

---

① 应雁.新东方主义中的"真实"声音——论哈金的作品[J].外国文学评论，2004（1）：32.

的后殖民主义理论家霍米·巴巴提出了更具颠覆性的理论。为了将弱者的声音从暴力镇压文化力量中解放出来,霍米·巴巴通过文化翻译理论提出了"混合"和"第三空间"等概念。他认为,保持两种文化的纯洁是不可能的,文化并不是简单的"自我"与"他者"之间的二元关系。[①]它们之间存在着一个独立的"第三空间",只有在这个空间里,文化的差异和话语的意义才能得到阐释。[②]这种通过多元文化的渗透和相互作用颠覆文化霸权并使之与外来文化相融合,进化为全新的世界性文化的策略从根本上取消了"中心"和"边缘"的界限,是少数族裔文化在西方世界发展繁荣的重要前提。

二 两种不同的文化翻译观

众所周知,作为处于边缘地带的华裔移民作家,母语文化情结既是他们创作的灵感和源泉,又是制约他们突破和发展的瓶颈。如何将中国文化更好地介绍给西方读者,如何在两种文化的冲突和碰撞中寻求自身的定位,并建立属于自己的文学传统,始终是华裔作家面临的巨大挑战。美国华裔文学在一百多年的发展历史中,围绕着对于母语文化的态度曾发生过激烈的争辩。争论的焦点在于对于所属国文化到底持"异化"还是"归化"的翻译态度。早期的华裔作家为了谋求主流文化的认同和接受,按照西方主义观点来描述中国,创造符合西方模式的东方形象。华裔文化被翻译成了"落后""呆板""软弱"等各种负面形象的代名词。无论是邪恶的"傅满洲"或是谦卑的"陈查理",东方文化除了给人神秘和新鲜的体验外,总体形象则是一无是处,甚至是令人反感的。当然,这种异化母语文化的翻译策略可能是无意为之,但作为一种处于从属地位的少数族裔文化,通过贬低或丑化自己的文化特征来完成向中心化的过渡是不可能取得成功的。这种通过推崇西方价值

---

① 李新云.“第三空间”的构建——论后殖民理论对中国翻译研究的启示[J].广东外语外贸大学学报,2008(9):66.
② 倪蓓锋.论霍米·巴巴的文化翻译[J].中央民族大学学报,2011(5):129.

观,毫无节制的异化翻译也会将两种文化置于格格不入的对立状态之中,逐渐失去争取自身话语地位的机会。

随着中国形象和国际地位的提升,尤其是民权运动的发展以及随之而来的民族身份的觉醒,第二代和第三代华裔作家对于华裔文化的思考更加理智和深入。他们试图将华人文化融入西方主流社会之中,通过调和二元文化的矛盾对立来彰显华裔的声音。以汤亭亭和谭恩美为代表的女性作家在华裔文化从边缘迈向中心的过渡中起到了巨大的推动作用。她们的作品多以中国女性移民及后代为主角,描述在远离母国的大洋彼岸华裔移民的生活和奋斗的经历,作品中中国女性独有的勤劳、善良、坚忍、温柔等积极形象渐入西方的文化视域当中,对华裔文学创作的繁荣起到了巨大的作用。例如,汤亭亭在《女勇士》中将现实中的"我"与中国传统故事中的女性英雄巧妙结合在一起。通过木兰进山学道,带领乡亲反抗压迫的故事来为异化为"他者"的中国人正名,甚至"我"还幻想着"在美国来回冲杀,夺回在纽约和加利福尼亚的洗衣作坊"[①];小说同时塑造了远在异国他乡的蔡文姬的化身蔡琰,一个深陷异族社会而又不屈不挠与生活和命运抗争的勇士形象,从而树立了全新的华裔文学传统。而谭恩美采用了一种更为温馨的语调描述了四个华裔家庭中的母女故事,母亲们"吃喝玩乐,输输赢赢,赢赢输输,讲各种趣事,把每周都当新年过。什么东西也不去想,快乐只能在和牌中寻找到,什么都不想,只在和牌中增添快乐"[②]。通过母亲们牌桌上的故事来加深西方文化中成长起来的子女们"家"的概念,而这种中国文化的核心概念,是"任何一种别的文化都不可比拟的"[③]。通过上述言论可以发现,那些华裔女作家尤其是以汤亭亭为代表的作家作品"标志着从分离和异化逐渐走向调和,实现了肯定的自我创造,而不仅仅是对自己的种族根源完全给予否定"[④]。而

---

① 汤亭亭.女勇士[M].李剑波,等译.桂林:漓江出版社,1998:45.
② 谭恩美.喜福会[M].程乃珊,等译.上海:上海译文出版社,2006:12.
③ 徐行言.中西文化比较[M].北京:北京大学出版社,2004:49.
④ 胡亚敏.谈《女勇士》中两种文化的冲突与交融[J].外国文学评论,2000(1):73.

调和东西方矛盾的归化翻译,就意味着将中国神话和故事适当改写并移植到主流文化的土壤之中,使之更容易为西方读者所接受。但同异化翻译一样,这种归化翻译策略还是建立在西方文学霸权的基础之上,不过是争取文化地位和认同的一种手段而已。

不同于以往的华裔文学创作,哈金作为第一代新移民的代表作家,对待中国文化的理解更加深刻。他淡化了所谓的"中心"与"边缘"的概念,在两种文化之间建立了不从属于任何一方的中立地带,这种"在文化翻译上采用了异化和归化兼而有之的手法,体现出了一种杂交性"[①]。他二十多年的移民生活和写作生涯为读者奉献了许多优秀的文学作品。其成名作《等待》描写了中国东北一名军医与妻子和情人之间长达十八年的婚姻纠葛,在平白而简朴的写实叙述中再现了大时代背景下普通人的情感世界和对人生无奈的感慨。此书一经出版立即引起了美国文坛以及评论界的极大关注,并荣获了包括美国国家图书奖及美国笔会/福克纳小说奖在内的多项大奖,更难能可贵的是他坚持用英语写作,其创作难度之大,倾注心血之巨,影响效果之广,为历来所罕见。

哈金的成功除了源于他深厚的文学底蕴和创作天赋外,在对中国文化的诠释过程中不留痕迹的操作,也起到了巨大的作用。作为西方主流文化所承认和接受的华裔文学作品,其独特的乡土气息和对人性的普遍关怀更吸引了众多的关注。哈金在介绍中国文化时并没有将故事的叙述角度局限于美国本土,而是以中国人的视角来讲述平凡人的生活,摒弃了以往华裔作家凸显或调解二元文化对立的两种习惯手法,通过白描的叙述策略展示人性的弱点以此来引起读者的共鸣,这种另辟蹊径的书写策略与霍米巴巴所倡导的文化翻译理论暗中契合,可谓独具匠心,也受到了包括西方读者在内的广大读者的欢迎。

---

① 陈榕.异化为表,归化为里——解析哈金的中国情境小说[J].广西社会科学,2008(7):131.

三 文化翻译视角下的中国故事

读者从哈金的小说中明显能看到霍米·巴巴文化翻译理论的影子。以西方母语作为叙述语言的外在形式来表现东方文化的异质内涵就是"混杂"的必要手段。哈金作品的文本魅力通过这种手段得到了无限度的放大。作者以一种独立于文本之外的叙述视角讲述遥远地域的普通人的生活,用细致委婉的笔触来展现人物的生活境遇和在命运旋涡中的挣扎。英语的外在表现形式和东方的文化内涵在独立的交流领域即"第三空间"完美地统一起来,令读者为故事中的普通人的际遇而唏嘘感慨。潜移默化的文化移植在归化的语言当中发挥了最大的震撼作用,这正是他取得成功的秘诀。哈金认为华裔作家试图打碎语言的障碍回归本民族文化传统的愿望是普遍存在的,但回归之路却是很难找到的。大多数处于两种文化中间地带的作家都会受到中心文化甚至本土文化的疏离和排斥。所以利用自身的边缘化优势,在这个独立的"第三空间"创造一种你中有我、我中有你的文化混杂体则显得更为实际。作为华裔离散作家的代表,哈金的经历与作品为少数族裔作家找到了一条新的创作途径,即通过平等对话与互相渗透来体现文化翻译中既不"异化"也不"归化"的态度。

首先,英语是哈金在进行小说的叙事时采取的外在形式。对于20世纪80年代后期移民美国的哈金来说,用英语创作本身具有相当大的挑战性,美国文坛名宿厄普代克就曾批评他的英语"累赘"。[1]但朴实而流畅的写作风格在商业社会的今天却何尝不是返璞归真的美?诚然,英语写作有取悦西方主流文化的良苦用心,毕竟这是他当时在异域国度赖以生存的唯一手段,哈金曾说过,"我写小说在某种程度上是根据生存的本能,就一步步往前走了,我想这是主要的原因……"[2]。毫无疑问,英语作品在美国有比中文译本更大的读者市场,而用中文写作的华裔作家尽管拥有固定的读者群体,却

---

[1] John Updike. "Nan, American Man", the New Yorker, vol. 83, 138, Dec.3, 1997: 100.
[2] 哈金.历史事件中的个人故事[J].华文文学,2011(2):60.

很难真正地进入主流文化的核心圈，这种对外族语言的排斥是一种文化的自我保护意识。作为一名作家，目标群体的选择直接决定了写作的形式、题材、风格和历史背景等因素。哈金的移民作家身份导致其必须写美国人看得懂的中国故事。英语书写在读者接受方面具有巨大的优势，但如何用英语来创作"边缘文化"中"边缘人"的故事，如何让美国读者在心中认同和接受这种异域文化的影响而不产生抵触，对于哈金来说无疑是一个巨大的挑战。后殖民主义理论家霍米·巴巴提出，所谓的边缘文化与中心文化的定位是相互的，没有中心文化，也就没有了边缘文化的存在，文化翻译其实就是一种跨文化的交际，而这种交际是建立在平等共存的基础之上的，语言就是这种交流的载体，通过目标语言的使用，模拟西方人的思维和阅读习惯可以使作品更显真实。换句话说："任何翻译理论无论表面上看起来有多么统一，在同一性的骨子里都意味着混杂。"[①] 虽然书写形式和叙述的语言模仿不能改变作品的"他者"地位，却能为不同文化的交流提供必要的平台。正如霍米·巴巴所说："模仿是同源系统中的功能，模仿者是模仿者，模仿的目的是在相似和不可信之间创造一种'他'。这个他者介乎于模拟者与被模拟者之间，既与两者都有相似之处，又不同于任何一方。"[②] 哈金采用英语写作并没有放弃自己的族裔身份或是将东方"归化"于西方，目标读者的母语使用只是为他与主流文化展开对话提供了一个契机。像哈金一样，很多流散作家漂流海外，他们在用非母语进行文学创作的同时，也促进了英语的进步和多元化趋势。正如哈金在列举约瑟夫·康拉德和纳博科夫的例子时谈道："结果，英语不得不变得有些异化。然而这在美国华裔文学作家创作的小说中，不过只是常规技巧而已。在这些作品中，我们阅读时因为文化的不同难免会觉着有外语腔，但这正是外来者对英语做出的贡献。"[③]

[①] Bhabha, Home. Nation and Narration[C]. New York: Routledge, 1990：112.
[②] 汪民安.文化研究关键词[M].南京：江苏人民出版社，2007：200.
[③] 高伐林.华裔作家哈金用语言体现移民的挣扎[N].中国新闻周刊，2008（11）：64-65.

其次，从创作题材来看，哈金并没有为了满足西方猎奇心理而利用特殊的政治环境或敏感话题。"尤其'文革'之后，大时代一直是一个热门的话题，而且是一个在西方人那里最容易讨巧的话题。"[①]这篇小说讲述了一对夫妻坎坷的离婚经历。男主人公孔林是一名中国军医，在包办婚姻下，娶了同为东北人的妻子，然而当他与部队里的护士曼娜相识后，坠入了爱河后，想与原本就没有感情的妻子离婚时，却遇到了困难，因为身为军人，若是想离婚，就必须满足已分居18年的前提条件，当孔林终于达成与妻子离婚的愿望摘下爱情的果实时，他发现这颗果子并没有原先想象的那么甜美，而传统婚姻在他眼中也并不像之前那样一无是处了，所以他就开始了一轮新的等待。小说的故事情节并不复杂，讲述了一个性格懦弱、优柔寡断的男人与妻子和情人之间的感情纠葛。没有跌宕起伏的故事情节，没有波澜壮阔的社会图景，没有新奇而独特的结构安排，没有为爱情而勇于抗争的豪情，有的只是一个平凡而又真实的故事。小说从等待开始，也以等待结束，好似一个圆圈。[②]小说中三个人都在等待着自己的解脱，但当他们以为获得结果的时候，又开始了新的宿命的轮回。小说既没有对东方形象的刻意维护，也没有歪曲地表现东方文化的愚昧和落后，从而去挑战或迎合西方读者心中刻板而又根深蒂固的东方观念。这部小说将故事置于两种文化的中立地带，揭示的是个人在社会价值和自我价值中的选择，用现实生活中普通人的尴尬境遇来揭示人性的弱点，表现出人在与命运抗争中的软弱和无奈。这种人生遭遇不管在东方还是西方都是普遍存在的，小人物在大千世界中的生活经历往往引起读者的关注与同情。

尽管作品设定的时代背景从"文革"时期直到八十年代，但人物的生活环境和个人命运并没有惊涛骇浪式的波折起伏，他们之间的矛盾冲突似乎与时代毫不相干。孔林作为小说的主要人物，一生平平淡淡，哪怕是追求爱

---

① 王瑞芸.谈哈金小说写作中的无我状态[J].华文文学，2006（2）：15.
② 郭栖庆.无奈的等待，等待的无奈——哈金和他的获奖小说《等待》[J].外国文学，2001（4）：88.

情都处在一种被动的压力之下，他谨小慎微，处处看别人眼光行事，尽管跟妻子没有任何感情，也不敢挑战舆论的压力，为了自由恋爱去承受名誉的损失。妻子淑玉勤劳本分，对丈夫言听计从，帮助家里的生计，哪怕是离婚都无法唤起她的不满和怒气。曼娜在经历一连串的恋爱失败后，对孔林寄予希望，同时也在漫长的等待中消耗了青春和健康。三个人的情感经历就是整部作品的核心，与时代背景没有太大的关系，作者举重若轻，在动荡的年代选择了生活中波澜不惊的一面，这多少出乎人们的意料。

可见，在将东方文化翻译到西方语境的过程中，哈金小说并没有走入某种特定的范式，既没有刻意迎合西方读者猎奇心理的故事情节和文化陋习，也没有西方推崇的个人主义和英雄情结，有的只是细腻的情感和对人性的深入挖掘。作者看起来高高在上，没有是非对错，也没有黑白曲直，用写实的叙述语言留给读者无尽的思考空间。这种跨越不同文化隔阂，引起不同族裔读者普遍共鸣的叙述手法和文化翻译观上的中立态度，使作品带有一种亲和力，东方的故事与西方的语言在这个独特的异质空间达到一种完美的融合。这种顺理成章的融入过程由于文化翻译中的杂糅式的改写而变得出乎意料的自然与真实。

四　两种文化的平等对话

霍米·巴巴的第三空间"并不是独立于两种文化之外，又或者简单地调和两者之间的差异，而是一种殖民主义和被殖民主义之间的相互渗透和运动"[①]。在这里两种不同文化不断地运动、交换、颠覆着各自的固有特征，文化翻译中的"他者"和"自我"的概念逐渐淡化，形成了一种类似于平等"谈判"的"边界协商"，并最终形成了一种脱胎于多元文化共存基础上的全新范式。正如巴巴所言，"处于文化隙缝中的干扰空间恰恰可以创造新的事物"[②]。

[①]赵稀方.后殖民理论[M].北京：北京大学出版社，2009：108.
[②]Bhabha, Home. The Location of Culture[M]. London and New York: Routledge, 1994：28.

哈金小说中的描述让西方读者近距离接触了当时的中国社会尤其是农村地区的生活面貌和人们的精神状态。在这里，我们看到很多有关中国的特色文化，包括特殊的文化符号和文化象征。例如，在开篇描写淑玉的样貌时，作者使用了具有很强民族特征的形象和词汇。举例来说，淑玉的一双小脚、黑色的绑腿和挽成素髻的头发；家里年画上穿着红色肚兜，骑在一条大鲤鱼上的胖小子；桌子上《乡村建设》的报纸以及外面生产队集合的钟声，等等。小说中随处可见的中国元素和文化信息每时每刻都在提醒着读者，这里是不同于西方世界的东方国度，不过这些充满了异域风情的文化，在目标语读者的眼中充满了生动和鲜活，十分新鲜和真实。这种让读者既不感到排斥又明显具有疏离感的异域文化氛围正是哈金构筑的一个独立的文化翻译空间。两种文化在作品中互相渗透彼此的边界，并影响了读者的直观感受。东方的语言和文化是西方价值观的保护壳，那些观念深深隐藏在下面。书中曼娜对于爱情的执着和大胆的追求，孔林对于爱情犹豫和彷徨的态度，都能体现出东西方文化对待爱情的不同态度。在谈到小时候被人称为天使时，曼娜曾问道："什么是天使？天使长得什么样子？"孔林解释说："天使就是为了完成上帝的使命而被上帝派来的人。他像个胖小孩，身上长着三对翅膀……"[①]这个情节显然在当时的语境下是有些突兀的，西方文化形象和东方的社会政治环境同时存在于文本结构当中，看起来哈金似乎有意识地杂糅了两种文化并使之相互渗透，形成了一种独特的翻译体验。

在这种翻译策略的指引下，哈金的书写没有采用异化的翻译手法，而是通过给予目标文化价值一个种族差异性的压力，来保证外来文本的语言和文化价值的差异性，从而将读者引向作者。同时也没有完全放弃自身的族裔特征，让作者从属于读者。故事中的人物既不是美国人，也不像地道的中国人，很难看出明确的身份界限和族裔特征，而是具有各自性格的普遍意义上的人。边缘文化与中心文化的二元对立已经变得不再重要，尽管小说《等待》

---

① 哈金.等待[M].金亮，译.长沙：湖南文艺出版社，2002：48-49.

仍然没有脱离"中国情调"与"中国故事",但"跨界"的叙事风格显然已不再属于"自我"与"他者"的范畴。作者的眼光聚焦的是超越一切种族之上的对于人的生存和价值的思考,对于生命和爱情的怜悯与尊重。

哈金作为新一代中国移民作家,他的生活经历与土生土长的华裔移民截然不同,他对中国文化有着更直接的体验,对中国社会的生存状况也有更全面的了解,对待文化翻译的态度较之先前的华裔作家也有了更深层次的考虑。他的高明之处在于,从非"此"即"彼"的选择中退居幕后,既不是从源文化到目标语的归化翻译,也不是从目标语到源文化的异化。他站在主流文化边缘地带,将东方的文化符号用西方的语言转述出来,创造了与中心文化平等交流的对话契机,让两种文化通过不断碰撞、渗透和流动,在一个独特的领域空间展现出来。这里所谓的中心与边缘并没有绝对的界限,二者只是多元文化中的两极,从任何一方去往另一方的单向翻译都是不完整的。他认为移居作家只有在边缘空间才能区别于本土作家,塑造自己的民族身份。由此可见,华裔作家只有站在中立地带,即两种文化的接轨处才能更好地观察两者的交流与运动,创造出一种独一无二的世界性的新鲜体验。也只有这样才能取消二元文化的对立,并从内部对西方文化的霸权主义进行彻底地消解与重建。

总之,哈金的创作没有站在东方主义的立场上去疏离中国文化,也没有将中国文化改写成西方观众眼中乖巧的"宠物",而是将东西方文化和价值观巧妙地融合、混杂在一个特定的场景中,形成了一种全新的体验。他说,"伟大的中国小说意识的形成将取消'中心'与'边缘'的分野,将为海内外的中国作家提供公平的尺度和相同的空间"[①]。只有写出真正为不同文化所认同的作品才能称得上伟大。而这种文化翻译策略为华裔文学的深入发展开辟了一条全新的道路。

---

① 哈金.伟大的中国小说[DB/OL].http://www.douban.com/group/topic/1021697.

第二节 作家退场与零度写作

美国华裔作家哈金的小说《等待》在西方文学界中取得了辉煌的成就，1999年获得了国家图书奖，2000年获得了美国笔会/福克纳奖。他的作品以其对人性的深刻探索和反思而受到评论家的称赞。小说用简单的语言生动地描述了平凡世界中普通人对爱情的期待和无奈。美国笔会称赞哈金是"在后现代异化时代仍坚持现实主义路线的伟大作家之一"。作为一个作家，作家的情感和立场往往全都被填充在文本当中，这同时也就表示它能够影响作品本身的审美价值。而哈金则将作者的身份隐藏在幕后，采用"无我"的叙事策略来表现作品的价值。

叙述作者追求一种风格——不在，也就是不仅要取消作者对文本的干预和介入，而且要将作者所包含的思想和情感排除在政治观点和美学价值之外，消除作者在文本创作中的主导地位，读者对作品的判断才是真正的价值，即零度写作之前必须要遵守的一项原则。法国结构主义的代表人物罗兰·巴特认为，要使写作有其未来，就必须把写作的神话翻倒过来，"读者的诞生应以作者的死亡为代价来换取"。在巴特看来，语言结构是一种抽象的真实领域，自有其本身之美，它既是一种"界限"，也是一条"地平线"，作家不应将自己的情感和观点掺杂于语言结构的整体性之中，进而破坏作品本身的流动性和读者的接受体验。作家的消退并不意味着将其完全排斥在语言之外。文本本身就是"有"与"无"的对立统一，作家要还原语言结构的历史面貌，将自身的情感压制到最低，与作品同时平行存在。

在美国华裔文学的创作中，对文化身份的追求和两种不同文化观的冲突，使作家始终是其作品的主体。作为一个少数族裔，要想让自己的作品被西方文化所接受，本土文化必须根植于主流文化之中，以第一人称讲述故事无疑是最方便的创作方式。然而，女性作家在这方面更加主观，从以往华裔美国文学作品中可以看到，其对传统文化的翻译和介绍以及母女关系在文本中的反复出现,似乎是作者那只看不见的手一直在操纵着故事的发展和读者的情绪。哈金作为新一代的中国移民作家,并没有把移民的挣扎和西方文化的融合作为其作品的主要情节,而是以一种未经操纵的方式,书写了一个发生在中国农村的平凡故事。在这种语言结构中,作者与作品是疏离的,这给了文本更大的自由。

首先,哈金的作品中的时代背景为那个充满了不稳定的"文化大革命"时期。个人的命运和生活都无法被自己掌控而被卷入时代的潮水当中,而这个主题正好满足了西方读者的好奇心。然而,作为一个为生存而写作的少数族裔的作家,哈金"忽略"了《等待》中的这个特定时期的历史和政治因素,仅仅描写了普通人之间的情感纠葛。作者的意识形态、道德价值和历史责任都被稀释到可以忽略不计的程度。虽然在作品中仍能看到一些专属于那个时代的文化符号,像知青话语、红卫兵话语、人民公社话语等等,但忠实于还原时代面貌也是现实叙事的客观需要。整个故事围绕主人公孔林为了能够与医院的护士曼娜生活在一起,年复一年地回到鹅村与妻子淑玉办理离婚手续而铺展开来。然而因为自己军医的身份,程序申请总是失败,漫长的马拉松式离婚仪式耗尽了三人的精力和希望,最后等来的结果仍旧是无尽的折磨。作品中的人和事仿佛置身于时间的长河中,个人的幸福在命运面前被无情地剥夺了希望。在封闭的历史空间里,哈金用平静的语调讲述着小人物的喜怒哀乐。

其次,哈金在描写中将自身的是非标准以及道德评价摒弃在外。哈金笔下的孔林在故事中是一个软弱和没有主见的军队医生,他和原配淑玉因为包办婚姻没有感情基础,在认识了年轻漂亮的护士之后,他为了能够与曼娜生活在一起,决定舍弃掉妻子与孩子。但是当他终于有机会和曼娜在一起时,又对淑玉常年的守候而心怀愧疚,于是他回到家乡请求淑玉原谅自己,并开始期待起了曼娜病重去世后,与她团聚。当他回到城里时,听到曼娜在外面兴高采烈地大笑,他感到一阵心酸。故事进行到这里后戛然而止,给读者留下了无限的想象和情感回味。等待的故事仍在以圆的形式继续,但角色发生了变化。哈金没有站在道德高地上,对左右摇摆、不敢与命运抗争的孔林进行某种道德批判。至于曼娜，那个敢爱敢恨，总是相信孔林能和她在一起的女人，作者并不表达任何不必要的同情，但客观地描述了主人公的痛苦。哈金没有让爱情故事变得情绪化或惊天动地，但主要情节则以一种冷静、毫不妥协的叙事方式继续展开。读者没有感受到作者对作品中人物命运的关心。这种"中性"的态度保证了符号语言的流畅和完美。

最后，值得一提的是，哈金的故事不是用他的母语写的。他用简单的象征语言让生机和活力充斥在看似简单沉闷的故事中的每一个角落里。这种有点像新闻的、带有异国情调的中式英语将这个故事的真实性最大限度地摆在了读者面前。当然，当作者退居二线，放松对语言符号的控制时，他并没有完全从作品中隐藏起来。哈金正是用这种叙事策略来挑战西方主流文学对东方文化的偏见。他的目标是超越思想文化的束缚，创造一种适合群众的生活感。在它自己的体系中，作者自己扮演着记忆和拼贴的工匠的角色，尽职尽责地表达着生活的真实面貌。

福柯在《作者之死》一书中曾说过，如果一部作品对创造不朽负有责任，那么它就成了杀害作者的凶手。作者与文本之间的矛盾与对抗，抹去了作者独特的个人印记。哈金的《等待》之所以成功是由于他使用零度写作技巧有意消除主观意识的作家文本控件，但真正的零干预本身就是一个从无到有的过程，是从零开始创建的虚拟和物理过程。看似中性词语背后的故事总是体现了作家对生命和人生价值的追求。

第三节　北美华裔文学伦理主题综述

当下，美国华裔文学的发展已经处于欣欣向荣的阶段，国内外针对美国华裔文学的研究爆发了前所未有的热情。美国华裔文学从无到有，从边缘走向中心的奋进之路为其他少数族裔文学的发展提供了有力的借鉴。但作为美国本土文化眼中的"他者"，华裔文学在不断前进的道路上，也面临着本土化与回归东方的伦理困境。在分析和批评美华文学创作的同时，梳理和探索美华文学的"他者"伦理及"他者"叙事，是当代文学批评伦理转向的一个重要方面。

作为后现代术语，"他者"是法国哲学家列维纳斯的核心思想。列维纳斯说目标不能在自我中心，但必须承担起道德责任，特别是对其他人的责任实验对象必须面对他们的道德责任，才能承担起用他者的理论进行构建的责任。因此，尽管作为美国少数族裔的华裔文学从诞生的一刻就面临着自我与他者、建构与消解的伦理困境；尽管面对西方主体文化的强势，华裔文学文化主体性在吸收和同化异质文化的影响下，通过自身他者伦理的镜像，完成了与西方本体文化的面对面，为华裔文学赢得了话语权。

本研究引入他者伦理体系阐释文学问题，有助于打破学科壁垒，跳出纯文学审美研究的窠臼，从他者伦理对华裔文化身份和主体性建构进行解读，为学界进行相关方面研究提供新的批评路径和诠释平台。目前，不论是国内还是国外，对于美国华裔文学的研究成果大约有以下几个方面：

一　从跨文化的角度，对美国文学中的中国元素、中西文化冲突等方面进行阐释

有关此类内容的研究还有吴冰的《从异国情调、真实反映到批判、创造——试论中国文化在不同历史时期的华裔美国文学中的反映》，李亚萍、饶芃子的《从"怀乡"到"望乡"——世纪美国华文文学中故国情怀的变迁》，庄伟杰的《异同中互动的跨文化风景——美国华文文学与华裔美国文学辨析与描述》等。卫景宜将汤亭亭的三部小说作为专门研究的范本，将他关于传统中国和文学经典的相关修改和重新塑造的思想在其专著《西方语境中的中国故事》中进行了详尽的阐述。

二　从文本角度研究美国华裔的文学性

陈爱民的文章集中讨论了华裔在自我表现的过程中，围绕着语言出现

了两种截然不同的表现形式。蒲若茜的专著《族裔经验与文化想象——华裔美国小说典型母题研究》研究在中国文学和语言的欧洲研究的历史、文化、地理、种族和性别的综合理论透视美国小说中出现的"唐人街,母亲与女儿、父亲和儿子"的典型。

三 从流散文学视角阐释文化身份的寻求过程

刘桂茹的《论华裔美国文学的书写策略》(2016)认为华裔文学为建构其族裔属性的书写策略不应仅仅被视为简单的艺术创作,事实上它更是一种建构文化身份、寻求文化认同的"文化政治"行为。张琼民族专著《从族裔声音到经典文学:美国华裔文学的文学性研究及主体反思》通过有关华裔美国文学的文学研究和思考,对族裔内外的"去民族化"进行了深刻的破译了解。

四 从女性主义观点塑造美国华裔的家庭伦理

陈晓辉博士的博士论文《当代美国华人文学中的"她"写作:对汤亭亭、谭恩美、严歌苓等华人女作家的多面分析》对于这些作者之间存在的文学特征和表征方面的细小差距,以美国华人女性文学的视角进行了多面分析。关合凤在《夹缝中的女性人生——论〈女勇士〉中的女性形象》中,根据女战士形象分析了不同形式的女性形象,显示了在种族和性别层面上为中国妇女创造新的性别认同的困难。

五 华裔文学的伦理转向

陈博、王守仁的《文学批评伦理转向中的他者伦理批评》在总结这一哲学思想在中西方文学批评实践中运用现状的基础上,尝试结合对后现代文本的具体解读,以"他者之脸""欲望"与"言说"三个关键概念为线索做出系统化构建他者伦理批评视角的尝试。蒲若茜从文学伦理学的角度出发,在《华裔美国文学研究的新视野——评〈"和"的正向与反向:谭恩美长篇小说的伦理思想研究〉》一文中深刻批评了谭恩美作品中出现的母女关系、两性关系、姐妹关系等有关伦理的关系,还包括其中的民族文化和政治关系。

综前所述可知,美国华裔文学的研究成果主要集中在文化研究、文本分析、族裔身份、女性主义等方面,而运用他者伦理对华裔文学在二元文化夹缝中的生存状况进行总体梳理和分析的研究还不多见。

(一)美华文学批评伦理转向的必要性和重要性

早期的美国华裔文学多表现的是在异域生存的艰辛和荣归故里的得意,例如天使岛的华人诗篇,华人对自己的伦理身份认识还停留在中国人、美国客人的阶段。之后的美国华裔文学,明显可以看出迎合美国主流文化的倾向,例如刘裔昌的《虎父虎子》、黄玉雪的《华女阿五》等,这些作品的作者通过对中国文化中异域情调的夸张渲染,来迎合美国主流文化。在此阶段,华裔作家站在美国主流文化的视角来审视自己的伦理身份,这种审视带有种族歧视、东方主义的影子。但其后的赵健秀、徐忠雄等作家,在其作品中塑造出新的华人男性形象,试图打破美国主流文化对华人纤弱形象的定位,以此来重新定位自己的伦理身份。汤亭亭和谭恩美则从女性视角去解读华裔的家庭伦理关系,从母女关系和家庭责任方面探讨东方特有的伦理观。而在任璧莲的《莫娜在希望之乡》中,作者的思想摆脱了固定的伦理身份限制,认为个人生理上的特征并不能决定其伦理身份,而是可以根据自我的价值取向,以自我选择来确立自己的伦理身份。美国华裔文学对自我伦理身份的认识,大致沿着这一规律发生演变。通过以上分析可以看出,尽管在各自文化和价值体系中对自然伦理、社会伦理和文化伦理有着不同的关注和审视,华裔文学还是通过对人类共同命运和生活困境的书写,来塑造新时期作为美国人的美国社会伦理观。

(二)他者伦理观为华裔文学研究提供了新的哲学方向

20世纪末文学批评的伦理转向,为作家重新审视自身族裔的伦理身份提供了契机。由于华裔作家长期客居异国他乡,在西方主流文化的视野中,华裔文化以"他者"形象出现并被排斥于主流文化之外,从早期美国华裔作家多以传记体例出版作品可以看华裔文学的地位。在汤亭亭、谭恩美、任璧莲等美国华裔作家出现之前，很多华裔作家都为了能够更好地被美国主流社会接受，在他们的作品中都会对华裔文化形象进行一定程度上的丑化。他们在塑造东方表征的伦理形象时将"他者"融合于本土化伦理模板之中，以求能够成为美国文化中的"我者"。而这种途径确实更容易在美国多元文化社会背景下，被西方伦理体系同化与统一，从而实现将"他者"文化融入自身体系之中、不断壮大自己的内在要求。但根据列维纳斯的观点，"我者"与"他者"是互为存在的前提，"我者"对"他者"的遗忘、压制和占有所造成的损害最终将对"我者"的建构造成伤害，最终消解"我者"的存在，从而引发西方道德和社会的危机。由此可见，华裔文学的独立不能寄希望于放弃自身的伦理他者地位，"他者"与"我者"在文学中是镜像般的共生体。只有承认"他者"地位，"他者"的合理性才能成为东西方文化共同繁荣的基础。

（三）后现代语境下华裔文学中的"他者"显现

后现代主义具有颠覆、破坏、离心力、移位、差异的特征，在打破传统政治、历史和文化壁垒方面具有积极作用，但它也导致道德损失、信仰丧失、真理丧失和价值观缺失，这让许多学者对后现代主义感到不安。文学伦理的转变始于后现代主义的解释。回归道德是对新世纪文学批评的重要呼吁。华裔文学叙事中东方伦理的"忘我"与列维纳斯的他者伦理有着相同的本质。在后现代语境中，重拾伦理身份的碎片，建构符合自我身份的伦理道德，无疑是华裔文学独立与繁荣的必经之路。在"他者"和"我者"之间无论放弃还是选择都是一种自主性行为，本身并不能消除"我者"与"他者"的地位。"他者"的彰显为构建全新华裔文学伦理观提供了契机。

（四）他者伦理的文化符号

他者伦理有很多种解读的方式，因为它具象于文学。他者叙事、他者身份、他者文化为解读华裔文学提供了多种视角和研究途径。汤亭亭的他者叙事为读者塑造了一个重情重义而又敢于挑战权威的女勇士形象；谭恩美用母女关系中的文化冲突和伦理错位重新阐释了东方伦理的缺失和回归；哈金将伦理叙事空间虚构于时空之上,对人性伦理进行了严肃的拷问;任璧莲通过伦理身份的不同选择,试图打造"我者"与"他者"之间沟通的桥梁。因此,从上述论述中可以明显看出,华裔文学能够进入更深层次的发展,与他者伦理研究的发展有着不可分割的联系。

第四节 北美华裔文学历史文化主题

一 文学与历史的关系

文史向来不分家,文学中饱含着本民族特定的文化传承和情感寄托。历史与文学之间本来就是互为补充、相辅相成的关系。它们之间有着联系也有着区别。历史可以通过文学重现,文学可以展现历史的存在。文学的素材和内容可以取自真实的历史事件,同时对历史的重现诠释也能为读者带来全新的感受。新历史主义是20世纪80年代兴起的文学批评理论,它是新历史主义文化思潮出现的标志,也是当代西方学术思想的一个重要转向。新历史主义的基本核心是互文性理论。这一理论被美国学者格林布拉特在《文学》杂志特刊上大肆宣扬。他反对历史是所有文学的创作背景,而且认为文学应当与历史是平等的地位,因为它们都是文化的一部分,应当将文本作为一种历史解读的手段,对历史进行重新定位和评价。新历史主义的先进之处就在于,它解放了文学作为历史附属物的传统观念,打破了历史与文学的界限,但同时也会在很多语境中导致历史灯塔的丧失,成为历史虚无主义。格林布拉特的初心并不在于让文学超过历史高高在上,只是想将文学和历史、哲学、宗教、艺术等作为共时性话语,从而能够对主体文化进行一个全新的阐释和塑造。从本质上说,新历史主义是一种语言文本和文化文本的历史主义,它们通过虚构、想象或隐喻与历史联系在一起。它的特点是批判性、可分解性和颠覆性的后现代主义,强调主体对历史的干预和改写。新历史主义的出现是对传统历史主义和形式主义的双重否定。它突破了文学学科的刚性壁垒，拓展了多维度的研究空间，走向了开放的跨学科研究。新历史主义与文化研究的结合表现出强烈的政治倾向和意识形态，具有消解和补充历史唯物主义的双重性质。但要注意文学不能完全歪曲历史，那会为我们的研究带来迷惑和错误的认知。所以对待文学、历史，创作者和读者都应持谨慎的辩证观点，全面客观地去评价和审视。

因此，作为中美文化交流的桥梁，在美国华裔文学的创作中，将中国历史与传说"挪用"到陌生的西方语境之中，用文学文本与历史文本的互文性来重新定位和解构历史是一种行之有效的创作手法，因此运用新历史主义的理论研究华裔文学具有很强的针对性。在研究美国华裔文学的过程中，通过分析和梳理华裔作家对中国历史文化的再现有助于我们深刻理解文学与历史的本质，正确地看待美国华裔文学发展的历程以及其作品的社会意义与价值。

二 文学与历史的互文性

我们需要明确一下美国华裔文学的相关概念，这是在对它和历史进行梳理时的前提条件。对于美国华裔文学的界定一直以来众说纷纭，有关其定义范畴上的争论始终悬而未决，成为国内外文化批评界热烈讨论的一个话题。有人认为，美国华裔文学的主题应该由地域和民族来界定。例如，美国华裔作家和评论家赵健秀认为，只有在美国出生和长大的中国人才能被认为是美国华裔作家。另一些人则定义文化属性，认为美国人应该用 Chinese 来对 American 进行修饰；还有的人则认为具有中国血缘的美国人才是全面正确的界定。因此往往有较多的华裔美国文学研究对象，赵健秀认为，大量的作家如林语堂、张爱玲不属于美国华裔文学作家的范畴，而张敬珏的《亚裔美国文学研究目录》则收录了林语堂、张爱玲、黎锦扬、聂华苓、陈若曦等作家，最近发表在《哥伦比亚美国文学》上的关于华裔文学的文章，也包括林语堂和张爱玲的一些作品。但无论根据哪种分类标准，美国华裔文学研究首先关注的应该是海外华裔与中国文化之源的联系，以及对待中国历史文化传承的态度。对此，我们从以下三个方面加以阐述：

首先想要追溯美国华裔文学的历史的话，最早应当是从19世纪中叶的自传体小说开始。美国华裔文学的发展自始至终都与中国的历史文化有着内在的联系。历史文本与文学文本都是文化的重要载体，它们之间是相互关联、相互解读的关系，极好地表现出开放的互文性。据互文批评理论的作者克里斯蒂娜所说："任何作品的文本都像许多行文的镶嵌品那样构成的，任何文本都是其他文本的吸收和转化。"文学作品也是对历史主体的补充和阐释，并可以成为历史的检验。长期以来，探索历史轨迹一直是构建美国少数民族文化认同的必要因素和手段，本土文化和历史事件的再现是所有华裔作家都无法回避的问题。美国华裔文学之所以能在美国主流文化的鸿沟中生存并表现出来，很大程度上就是通过追溯历史、追忆过去来探索自身的文化特征，为了重塑华裔美国人的历史身份，作者将自己的主观意识和感知融入文学作品中。

其次，新历史主义认为，文学和历史作为平等的文化传播工具，通过相互影响和作用，为读者解释文化提供了正确的方式和机会。美国华裔文学已经从历史的束缚中解放出来，获得正确的重建的历史，但与此同时，需要注意的是，过度的误解和蔑视的历史也将落入历史的空虚，导致混乱和困惑自己的民族和文化身份。

最后，通过对历史事件和传统文化的再现，美国华裔文学的创作找到了新的突破口。文学作品与历史文本的交织为华裔美国文学带来了突破性的机遇。尽管中国作家大多属于第二代、三代移民，缺乏在中国文化中成长的环境，但他们利用从祖先和各种渠道获得的故事来重建中国民族的历史记忆，并融入自己对历史文本的理解和解释，将历史与现实有机结合，使读者感到耳目一新，为打破美国主流文化的壁垒做出新的尝试。在这一过程中，中国几位著名作家的代表作品都对中国历史事件进行了互文化重构。

三 美国华裔文学对中国历史的再现

美国华裔作家对待历史和文学的态度有三种：首先，是以汤亭亭作为代表的华裔作家群，在新的语境中，将历史事件与现实情感巧妙地结合起来，忽略历史，突出美国华人群体的奋斗和艰难的生活历程。这次改写的艺术效果是显而易见的，为中美文化的交流做出了一次有效的尝试，但它也可以被视为对中国传统历史的误读和扭曲。其中要谈及的就是汤亭亭的成名之作——《女勇士》。这位华裔文坛支柱在这部小说里借鉴了很多中国的传统故事。最耳熟能详的就是木兰从军和岳母刺字，这些都代表着中国的传统文化符号。汤亭亭突破了历史的藩篱，将现在与过去、现实与想象相结合，给读者呈现了一个全新的、充满战斗精神的现代女性形象。汤亭亭对于历史文本从来都是抱着全盘接受的态度，她在采用这些素材时赋予它们自己的想象，并加以重写。尤其是突出了中国传统女性坚韧、艰苦、节俭等优秀品质，剔除了忠诚、愚昧、温顺、怯懦等刻板形象。这种对历史文本的重写是汤亭亭对中国传统文化的独特见解。面对美国主流文化的排斥，面对中国移民的沉默和失语，尽管英雄形象原型可能并不符合传统的中国女性，但奇幻想象力和历史背景的有机结合，使读者对中国文化有了不同的理解，让西方尤其是美国的主流文化能够更加愿意去接受文化的融合。汤亭亭通过改写中国的历史符号，在中西文化之间架起了一座沟通的桥梁，使其成为华裔美国人新的标签，这对于中华文化的传播无疑是十分有意义的。历史形象是否应该在文学中完整地保存，一直是一个有争议的话题，赵健秀曾对汤亭亭的创新进行了严厉的批评。他认为，中国作家应该继承和忠于自己民族文化的历史遗产，以保持民族独立。虽然这个问题一直是批评家争论的话题，并且直到现在都还在延续着。但不可否认的是，《女战士》是美国华裔文学共同创作的先驱，不仅为确立美国华裔文学的新形象和新身份进行了有益的探索，而且在美国华裔文学史上具有里程碑式的意义。汤亭亭的另一部名作《中国佬》采用了宏大的叙事策略，充分展现了华裔美国家庭的历史，讲述了被西方主流文化抹去的华裔美国人的历史记忆。它重申了华裔美国人对美国社会的贡献和价值。在书中，她通过重写、戏仿等手段，巧妙地将武则天、女儿的王国等中国历史文化移植到美国这片土地上，塑造了具有坚韧不拔的优秀品质的勇敢顽强的中国人形象。在这部作品中，历史文本与文学文本相互引用和解释，具有许多互文的特点，使读者对美籍华人的移民历史有更深入、更直观的了解。

在美国华裔文学的发展史上，有不少中国作家通过恢复历史来重建民族文化。谭恩美是在汤亭亭之后，美国华裔文坛中颇负盛名的华裔女作家，在她的文学创作中再现了自己祖国的文化和历史事件。在其代表作《喜福会》中，她对麻将文化以及中东地区扑克牌的含义进行了较为客观的阐述。该作品真实地反映了20世纪四五十年代中国人民的生活和所经历的苦难。例如，对日本侵华战争中桂林百姓躲避战火的描写，"我再不想去爬山，尽管它们是那么可爱。我怀疑那些山已被日本人践踏过了。我整天就呆坐在房内的暗角里，一手抱着一个襁褓中的婴儿，双脚总是处于紧张的戒备状态；只要空袭警报一起，我便像动物般直奔山洞里。但你不可能长久停留在黑暗中的，用不了多久，你的内心即开始萎靡，你会渴望光亮，在岩洞里听得到外面震耳欲聋的轰炸声，然后砾石雨点般劈头盖脑地倾覆下来"。这段文字描述了战争的残酷以及它对普通平民的伤害。在日本侵略者的轰炸下，中国人民的生活陷入苦难之中，桂林旖旎的自然环境也遭受了荼毒。战争在中国的历史上，在中国人民的心中留下了不可磨灭的伤痛，同时作品中也展现了中国人民勇于面对困难、永不放弃的精神。虽然这部小说没有涉及严肃的政治主题，但它仍然具有中国近代史的沧桑和沉重感。谭恩美将历史时代背景和社会背景作为小说的镶嵌板，让西方读者感受到中国妇女身上所拥有的吃苦耐劳、不屈不挠的优秀精神品质。虽然谭恩美笔下的艰苦抗战不是直观的体验，中国的抗日战争只是一个名词，但小说中的母亲吴美丽的记忆，如分离的姐妹们的聚会，为那些在历史上失踪的移民文化做了一个生动的注释。"一路上，逃难的人群中，不时传来日本人血洗桂林的消息，那真是太可怕了。直到桂林失守的最后一天，国民党义正词严地表示，桂林是安全的，是受国军保护的。就在当天日本兵入侵桂林后，满街还散乱地丢弃着关于报告国军大捷的号外，而它们上边，则躺满着无辜者的尸体，就像砧板上的鱼一样，横七竖八的。他们多为女人、老人和小孩，真叫人惨不忍睹。"谭恩美在小说中通过个人记忆的泪水，从中华民族的历史时期来着手进行创作，尽管从她的作品中并不能看出壮丽的抗日战争，而且在书中对于底层的百姓的认识出现了有失偏颇的地方，但将他们冒险的生存这些优点都展现得淋漓尽致。这种与历史资料的互文性，体现了作者对历史观察的视角和认知，也满足了非本土文化读者对中国近代史的好奇心和欲望。在小说结尾的时候，"我"终于踏上了故土，看到故乡时，感慨油然而生："我终于看到属于我的那一部分中国血液了。呵，这就是我的家，那融化在我血液中的基因，中国的基因，经过这么多年，终于开始沸腾。"历史带来的血肉分离难题，在姐妹的深情拥抱中，在对共同母亲的怀念中，终于得到了解决。谭恩美并没有过多地渲染双方共同书写的历史。她以华裔美国人的身份解释了那段历史，这也意味着只有寻找华裔美国人共同的历史根源，才能真正让他们实现独立和自由。

不同于赵健秀对唐、谭隐喻的重写和对原始历史面貌的坚持，新一代移民作家对中国历史的再现采取了第三种态度。他们中的一些人是改革开放后移民的中国作家，对中国历史非常熟悉。或者说在美国出生的，对中国的历史文化有一定的缺乏感和疏离感。但他们却不约而同地回避了重大的历史事件，或者故意与历史保持着时空距离。历史事件不仅可以成为中国文学的创作材料，而且还可以作为作品的主题，从而营造出一种不同于普通写作的浓厚氛围。例如，美国国家图书奖得主哈金在他的代表作《等待》中，将故事背景设定在"文化大革命"期间的中国北方。他将一个看似平凡的爱情故事投射到时代背景中。故事情节与那个时代的历史主题没有明确的交集，主人公仿佛生活在自己狭窄的情感世界里，迸发出了一种个人对生活的无奈和对命运的叹息。虽然历史在现实生活中留下的印记经常在小说中出现，但这些痕迹与作品的主题始终保持着距离，仿佛它们是两条平行线。可见，保存历史而不掺杂个人感情和观点的客观态度，以及让读者自己去探索和理解历史的写作策略，更符合当前美国华裔作家对历史的再现的态度。在这部小说中，哈金讲述了中国军医孔林与妻子为了离婚在18年里经历了各种波折的故事。故事的发生地点被定在了东北的一个农村，主人公因为封建包办婚姻制度而被父母安排和一个他不爱的女人结婚生子。后来，他遇到了一个在军队医院工作的名叫曼娜的美丽的女护士，并且他对对方产生了好感。但由于军规和家庭的阻挠，他想要和妻子离婚的愿望一直没有实现。在必须分居18年后的单方面的离婚制度下，三人开始了漫长而无望的等待。当孔林终于等到期待已久的自由恋爱，想要去享受这一段幸福时，他突然发现等来的新爱情并不都是好，而传统的婚姻也不都是坏，体贴的妻子和女儿仍在等待他改变主意，所以新的等待又将以圆圈的形式开始。故事发生在"文化大革命"这段国内政治极其不稳定的时期，哈金没有太多着墨于政治和意识形态的差异，但却通过普通人的婚姻纠缠巧妙地推出了一个宏大的历史画卷，其中有着各种各样的人物，他将历史上的个人命运和无助的时代洪流生动地呈现在读者面前。他详细描述了小人物的心理塑造和性格发展，并将小人物的命运与当时的历史背景紧密地联系在一起。小说中的主人公孔林在面对离婚问题时的软弱、无能和彷徨，除了自身的性格还和当时的历史环境是密不可分的。"造反派在大城市武斗""医院里的医生护士分成两派对政治路线争论不休"，孔林劝曼娜不要参加任何一个聚会，他们只是对自己的生活和人际关系感兴趣，他满心希望的是能够尽快结束与乡下妻子的名义上的婚姻。哈金对历史的"冷漠"并不等同于对历史的抛弃，实际上是对历史客观性的一种尊重。他希望读者能够更好地理解"小人物"在大时代背景下的命运。

在其后发表的《战争垃圾》中，哈金讲述了抗美援朝中的士兵在战争中所遭遇的创伤与痛苦，突出人类对于战争的反思。这种态度也与华裔作家的独特身份以及对历史的慎重有一定的关系。书中描写了1951年至1953年抗美援朝战争中一个普通战俘的经历。主人公俞元在战斗中被俘，他最大的愿望就是摆脱那种把俘虏当作浪费生命的人，回到祖国与家人团聚。然而，敌对势力为了分裂战俘的团结，公开挑起两派战俘之间的矛盾。有些暴徒甚至对那些选择带刀等武器回家的战俘进行攻击，并在他们的身上刻反动标语，以敦促战俘到台湾去，为国民党制造舆论。俞元对此十分厌恶，而在一场冲突中因昏迷而被刻在身上的反动口号,成为他未来生活中不可磨灭的印记。《战争垃圾》详细描述了普通中国士兵在战俘营的生活状况和心理活动,突出了战争对人性的破坏,揭露了以美国为首的联合国军队对待我国志愿战俘的骇人听闻的行为。为了获得第一手资料,哈金多次前往朝鲜半岛,看望了许多当时的老兵。作为华裔美国作家,他的小说始终处于历史的框架中,但同时又具有历史之外的视角。作为一个旁观者和编年史者,他致力于描写历史洪流中的个人遭遇和对人性的探索。通过以上分析可以发现,文学文本与历史的互文性可以帮助读者更好地了解整个历史,恢复移民的民族记忆,从而确立自己的文化身份。没有历史就没有未来。虽然美国华裔文学对中国历史有着不同的和复杂性的态度,但不可否认的是,探寻美国华裔作家的民族根源是美国华裔作家的共同愿望,也是他们能够在西方文化中占有一席之地的重要保证。

四 历史与现实的对话

虽然华裔文学作品常以中国历史为背景,故事大多描写移居美国的移民及其后代,但作品所表现的主题却往往倾向于东西方文明的对话与协商。而且华裔文学的崛起与中美之间的国际关系有很大的联系。美国华裔文学不论是诞生还是发展,包括后来的流变都发生在历史推动的基础之上,所以,只有正确认识美国华裔文学的历史,才能够正确理解不同世界的华裔文学,给出最精确的评价。美国华裔文学和美国华裔历史之间相较于他国的文化和历史,有着更加密切的联系,这从很多细节之处就能够看出。例如,很多华裔作家都会采用文学的形式来复原曾经发生在美国的却被掩盖了的历史,尤其是美国西部大开发的这段历史。而二战中中美的反法西斯同盟也为饱受《排华法案》压制与迫害的美国华裔文学带来了新的发展契机。由此可见,美国华裔作家及其作品的走向也是取决于美国主流社会还有他国带来的影响的,所以,历史为美国华裔文学提供了许多素材。

随着改革开放的到来,以及中国的国际地位和国家实力的快速提升,新的移民潮和留学热也为华裔作家群体输送了更多的新鲜血液。新一代移民作家具有更加国际化的视野和更加深刻的人文情怀，他们对中国历史文化有着自己独特的见解和领悟。这批接受着美国先进文化教育，并且能够流利地用英语来进行创作的华裔作家们实际上有着共性："美国化"。并且是最为美国化的华裔作家，是所有华人当中无限接近美国的群体。他们在血统上确实是中国人，然而他们从小到大接受的都是美国式教育，所以他们对美国的文化有着专属于自己的认知，无形之中就将美国文化内化了。他们身上有着双重文化身份，正是因为如此，美国的主流社会才不会轻易接纳他们，而恰恰是这段独特的经历，让他们有着不同于其他作者的心理成长，他们"通过文献、历史、古典名著、梦境甚至愿望"不断构建起了他们想象中的共同体。种族歧视让他们将创作目标定在了对历史的重新塑造上，致力于在美国历史的断裂处建构美国华裔的历史和美国华裔的国家主体身份。他们对待中国历史的态度显得更加客观、独立，往往将中国历史与美国历史、移民经历、现代生活巧妙地结合起来，具有更加新颖的立意和深刻的洞察。

第五节 北美华裔文学家庭伦理主题

一 母女关系主题

《喜福会》是美国华裔女作家谭恩美的代表作品，主要讲述的就是四对母女之间的小故事。母女之间的复杂关系恰好表现出了中国文化和美国文化之间的激烈冲突，最后二者的有效沟通和融合也象征着两种文化的融合。这部小说被称为华裔文学的奇迹，在刚出版时就达到了近30万的销售量，而且在当时连续畅销了9个月之久。获得了"全美图书奖""全美图书评论界大奖""海湾地区小说评论奖"和"联邦俱乐部金奖"，并被翻译成25种文字，好莱坞曾将其拍成电影，在全世界广为流传。毫无疑问，小说中感人至深的母爱，独特而充满异域风情的文化元素以及东西方文明的激烈碰撞都是其成功吸引大量读者的重要因素，对于这些方面一些评论家已做出许多相关的研究和评论，并给予了高度的评价。但也有些评论家对其作品颇有微词，认为她的作品文学技巧性不高，中国方言的大量使用干扰了英语读者对故事情节的理解，同时对中国古典神话和传说的理解也有失偏颇。谭恩美本人也认为评论界过多关注作品的东西方文化主题，以及跌宕起伏的母女关系，忽略了文本自身的美学价值和写作技巧。对于一部成功的作品，不仅要有吸引读者眼球的故事，还要有巧妙的叙述模式和与故事中人物身份相符的叙述语言，即与故事内容相得益彰的完备形式，因此本文另辟蹊径，运用相关的叙述学知识，以谭恩美的代表作《喜福会》为切入点，对其叙述策略、叙述技巧和叙述语言进行系统和全面的分析与解读，从而论证这部作品在形式和内容两方面的高度统一。

西方古典的叙事学与结构主义和形式主义之间有着密不可分的联系。谭恩美的就是运用了现代经典叙事理论的叙事策略。结构主义者认为文本是一个独立的、自给自足的主体。在他们看来结构对故事的讲述有着十分重要的影响。当普通读者第一次接触这本小说《喜福会》时，也许会感到费解。因为故事的安排不是通常意义上的线性结构，而且这些故事又不是一个人物所讲述的，所以各个故事之间看起来好像没有明显的联系。谭恩美在进行小说的叙述结构安排时，可以说是采用了特殊的结构方式。首先，谭恩美采用了四——四结构，即整部作品分为四章，每章又包含由不同叙述者轮流讲述的四个故事。每章开头都有一个标题，并附有一个充满寓意的寓言，在这里我们能看到中国传统小说特别是宋元话本小说对谭恩美的影响。其次，谭恩美采取的这种结构也与小说的中心意象——中国麻将暗中契合。小说标题源自一个小的麻将团体，整个故事就是在这张小小的麻将桌上展开的，坐庄的顺序暗含着故事的顺序。最后，母亲的故事集中在第一、第四章，而女儿的故事在中间的第二、第三章，这也象征了母亲总是保护着女儿们。总而言之，谭恩美把中国传统小说叙述模式与西方现代叙述理论相结合，创造了一种独特的叙述模式。

在叙述话语层面,谭恩美在小说中采用的是第一人称的视角,两国之间的差异和冲突,在多方位的叙述视角和不同的叙述者身上体现得淋漓尽致。实际上,谭恩美通篇主要采用第一人称叙述者"我"来讲述故事,使读者更能贴近作者的心理。根据申丹教授的理论来看,通常采用第一视角来进行叙述,可以更好地进行自我回忆,还有经验自我。经验自我可以被称为内聚焦的视角,读者在这种视角之中具有更加深层的体验,当然多视角的运用能反映出不同人物的观点,也能够让叙述的故事更加可信。除了叙述视角,本文也注意到了小说中不同的叙述声音,我们分清了"谁在看?谁在说?"的区别。我们如何理解作者在讲故事呢?在这一部分中,本文主要介绍了三种叙事声音——作者的声音、个体的声音,还有共同的声音。学者认为集体叙事声音是指具有一定规模的某一群体被赋予叙事权威的一种叙事行为。这种叙事权威以文字的形式固定在文本中,通过多方位、交互式授权的叙事声音,也通过群体明确授权的个人声音。母亲在美国属于边缘群体,她们在价值观、思维方式或者是在受教育程度方面,与文化、宗教属于美国本土的女儿之间,存在着巨大的差异。在启蒙和教育女儿的过程中,一代说"一个字"的形式和人群轮流的形式上的"轮言"用得相对来说会较多一些。可见在《喜福会》中,这种集体叙述声音突出了母亲们的地位和她们所代表的中国传统文化。

《喜福会》采取了与众不同的叙述语言和语篇特色,尤其是中国方言和寓言故事的大量使用。母亲们属于第一代移民,她们的英语支离破碎,并夹杂大量汉语方言,比如一些中国地名和食品名称,有时她们的句子甚至不合语法,通过把这些中国土语和东方文化元素糅合进标准英语语言的叙述,谭恩美生动再现了第一代华裔移民的语言特色,以及她们所代表的中国传统文化。《喜福会》的魅力不仅在于故事表达的人类共同主题,而且在于其背后所隐藏的情节的安排,对视角的仔细选择,令人信服的叙述声音和独特的叙述语言。可以说谭恩美不仅是一名出色的故事叙述者,也是一名小说叙述的文体学家。

谭恩美的第四部小说名为《接骨师的女儿》,于 2001 年正式出版。小说中的故事与谭恩美的真实生活有很多相似之处。在写小说的过程中,谭恩美接连遭受母亲黛西和她最好的朋友在几个月内相继死去的厄运,这些事情给她带来了巨大的痛苦。随后,谭恩美将原本已经打算出版的《接骨师的女儿》的稿子重新拿了回来,并对原作做了重大修改。故事从一个中国裔美国女儿露丝开始展开,她在写作方面有困难,与她的室友原子和母亲路玲有很多矛盾。然而,在阅读了母亲在中国的回忆录后,露丝决心找到一个新的自我,决心写一个关于她家庭的故事,并大大改善了她与男友和母亲的关系。

在小说中,谭恩美仍然使用她擅长的写作手法,以讲故事的形式来对小说内容进行铺展。露西负责讲述美国现代史,而路玲则讲述中国历史。这两位叙述者并行描述了"古代""落后"的中国和"现代""先进"的"文明"美国,导致读者在阅读时会将这两者进行鲜明的对比。"这部小说以美国作家钟爱的叙述方式,将旧中国描绘成地狱,与之形成鲜明对比的是,号称天堂的美国,使得美国主流读者对其津津乐道。"

谭恩美在书中对宝姨的描写,充分展示了她深受东方主义影响的事实。宝姨生活在旧中国,婚前,她是一个接骨师的女儿,过着幸福的生活。然而,当作棺木生意的张姓老板要她做妻子被她拒绝后,宝姨的生活发生了彻底的改变。在宝姨和墨家刘的儿子成亲的日子里,张某打扮成土匪的样子,将她的父亲和丈夫杀死。一天之内失去了自己最爱的两个人,让宝姨伤心欲绝,吞下滚烫的墨汁,想自杀,结果不仅毁了容,还成了一个哑巴。之后,她又生了一个女儿,作为保姆住在刘家。当小婴儿路玲长大后,她不知道家族的世仇和自己的真实身份,接受了张氏儿子,那个杀死她父亲的棺材贩子的儿子的求婚。宝姨对路玲的决定非常生气,她不愿意女儿嫁给杀父和杀夫仇人的儿子,为了阻止他们的婚姻,她在女儿结婚前自杀了。

整部小说在压抑的情绪中渗透着沉默的可怕。一方面,宝姨在失去亲人之后吞墨自杀的行为让她失去了语言的能力,但这只是身体上的残疾。然而另一方面，宝姨作为旧中国男权专制下的典型人物，受到世俗舆论和封建礼教的双重压迫，直到生命的最后一刻才用自杀的方式告知女儿真相的无奈更令人扼腕叹息。通过书中一个例子我们可以看出，倡导"三从四德"的封建礼教社会是如何吞噬一个追求理想爱情与自由的年轻女性的。路玲的身世并不好，母亲宝姨未婚先孕生下的她，这对于那时候的礼教来说等于是道德败坏。作为母亲，她也失去了和女儿自由相处的条件，同时，这个未婚子的身份，也让她难以启齿。虽然她有勇气为自己选择丈夫，但在结婚那天丧偶后，她必须服从命运的安排，牺牲自己的母亲身份，否则刘氏家族和她自己家族的威望将被摧毁。而这也使得长大后的路玲把宝姨看作她们家的保姆，拒绝听从宝姨的任何建议，执意嫁给仇人的儿子。小说中的悲剧读来令人唏嘘，完全符合东方主义对中国的刻板印象，在美国白人社会拥有了大批拥趸。但仔细阅读这部小说，就会发现谭恩美在某些地方夸大了事实，将旧中国的女性形象原型化，不利于两种文明的平等对话，这与她远离中国文化并受西方主流文化影响过深有关。

二 男性形象演变主题

20世纪中后期华裔文学的异军突起主要是由于一批杰出的女性作家脱颖而出。受当时的社会现实和女性主义的影响，她们在成功刻画生动的女性形象的同时，有意或无意地排斥并贬低了华裔男性形象。造成这种结果的原因一方面是确立华裔女性平等身份和社会地位的需要，另一方面也有迎合美国主流社会的价值观的客观要求。著名华裔作家赵健秀认为，华裔的美国女性作家的作品对中国男人的描写和形象塑造是不公平的，他们形象太残忍、琐碎，不是扮演反派角色，就是一个被动的消极角色。在追求自我和进步的过程中，中国女性扮演了一个被动的保守角色。赵健秀的批评不无道理。例如，汤亭亭在她的文学作品中描绘了许多最令人讨厌的中国男性角色。小说《金山勇士》讲述了一个名叫唐敖的中国人的故事。小说描述了很久以前，一个名叫唐敖的人，漂洋过海寻找"金山"。当他来到女儿国时，被女儿国的臣民捉住了。然后,他被解除了武装,戴上手铐和脚镣,换上了女人的衣服,另外两个女人进来给他缝上了嘴,给他戴上了耳朵和眉毛。唐敖是进入南海"金山"的中国男工人的代表。他在女儿国的经历就是中国人在美国的经历。金山的梦变成了现实的监狱,而唐敖求生的本能使他成了统治者的玩物。他在女儿国的经历"可以被解读为对男性权力的颠覆和解构"。在小说里经常可以看到,男人被"阉割"甚至角色出现异常的意图,比如在《金山勇士》小说"中国之父"的部分,中国父亲一系列男性的功能被"阉割",他们可以生存,但生活支柱是妻子。与此相反的是,汤亭亭在自己的小说中塑造了许多的"女勇士"形象:率军起义的花木兰、能文能武的蔡文姬等等。这些"女勇士"敢于挑战命运的压迫,克服了种种艰险,冲破美国主流文化的束缚,最终实现了自我的良好发展。

还有一位对美国文坛来说十分重要的华裔女作家是谭恩美,她的小说主要是以华裔家庭中母女之间的矛盾作为内容,所要凸显的,也是华裔女性身上所具有的那些优良品质。而小说中的男性却做着与他们身份不符的"女性化"工作,缺少男人的担当甚至残忍地迫害女性。比如在小说《喜福会》中,莹莹的老公就是个吃喝嫖赌的花花公子,《灶神之妻》中的文福更是一个毫无节操的卑鄙小人。赵健秀说过,这些女性作家试图使美国华裔文学女性化。他认为汤亭亭是美国文学中华裔美国人刻板印象的"黄种人的代言人",并把汤亭亭、谭恩美和黄玉雪等华裔美国女作家称为"敌人"。赵建秀认为,她们是既得利益者,正在败坏美籍华人的男子形象。他们对中国男人的描述是"虚伪""女性化""自私""狡诈"和"没有男子气概",这就让华人男性的形象在白人眼中一落千丈,十分低级。在赵健秀看来,这些华裔美国女作家的成功是以牺牲华裔美国男人为代价的。赵健秀的小说《唐老鸭》是对美籍华人男性"女性化"的刻板形象的有力反击。他将中国移民祖先在美国修建铁路的历史与中国古典小说中的英雄故事结合起来,讲述了一段被白人话语回避和忽视的历史。

随着时代的发展,经过几代华裔作家的努力,华裔男性形象有所改观。

美籍华裔作家任璧莲的首部长篇小说《典型的美国人》，展现了拉尔夫这个张家唯一的男性传人的奋斗历程。在小说中，主人公张意峰出生于上海一个传统的中国知识分子家庭，从小就受到中国传统文化的熏陶，将家族发扬光大作为自己的人生目标。他心怀明确的求学之心去美国，为了顺利修得博士学位，他打算恪守本心，专注自己的品德修养与才能培养。然而，到了美国纽约之后，他发现这是个世俗的充满诱惑力的城市，是一个不同的世界。起初他仍是坚守自己的初衷，努力学习。可是在这样一个灯红酒绿的花花世界中，坚守自己、不为外部世界所影响，是尤为艰难的。环境的改变使得他对一切事物都感到新鲜，即使是之前避若蛇蝎的女人，在他看来都是迷人、充满魅力的。

他将自己改名为拉尔夫·张，而后又喜欢上了漂亮的外国留学生凯米，将之前自己绝不与女性谈情说爱的决定抛之脑后。然而，当他将追求的希望放在了通过节衣缩食来送礼物上时，他的满腔热情又被那个大块头的美国女人凯米给浇灭了。凯米身上代表着当时美国社会典型的对物质的崇拜，她之所以和拉尔夫聊天只是觉得他与她以往交往的那些美国男人不一样，身材短小像个玩偶，并非真的喜欢他。拉尔夫也只能买一些小礼物来讨好她，而凯米对这些从来都是看不上的。两人所谓的爱情还未开始就已经夭折，拉尔夫一厢情愿的单相思也遭到了无情的嘲讽，令他切切实实地感受到了美国社会的拜金主义与唯利是图，也让他对自身处境有了一个清醒的思考。他只有努力学习、拼搏奋斗才能让主流社会所承认，才能获得自己想要得到的一切。

系主任老赵是拉尔夫成长路上的精神世界的引路人，一个没有任何关系和资源的少数族裔要想在美国实现梦想只有通过自身的努力。在小说里，老赵是慈父严师的存在。从小到大，张意峰都是在父亲的严苛教育下长大，小说开头便已交待张意峰的父亲是一位前政府官员，同时也是位正直的学者，他经常斥责儿子懒惰、胸无大志，是个饭桶。正是因为在中国父权文化威压下，拉尔夫从出生起就被家族寄予了比女儿更高的期望，他是家族传宗接代的希望与象征。虽然故土家园已变得遥远而模糊，但是长期受这种文化熏陶的张意峰仍旧受其影响，并且当他被老赵开导时，感到"神情恍惚，带有一种恋母似的快感"。那种类似于父亲般鞭策的严厉话语，让他感到一种被人关心的幸福感，是一种对故土家园的眷恋与怀念，同时也从侧面表达了作者对本族文化的认同与归属。拉尔夫有这样的感受，证明他内心深处还是渴望成为一个能够使父亲骄傲的人，传统儒家文化还是深深地烙印在他灵魂之中。他认识到只有通过不断奋斗与努力，提高自己的实力与地位，才能不被白人社会看不起。拉尔夫的这种积极上进、善于反思的华裔男性形象与以往的华裔男性存在巨大的差异。同样都是为了出人头地或发家致富，以往的华裔男性形象大都处于社会中下层，没有实现"美国梦"的勇气和决心，却总是想着投机取巧，巧取豪夺，例如著名的"傅满洲""陈查理"之流。而拉尔夫却是通过不断反思和提高自我来实现自己目标的正面形象，从而为华裔男性正名。任璧莲在电影《典型的美国人》中所描绘的形象与他之前在中国作品（如作品）中所描绘的中国裔男性不同。在汤亭亭和谭恩美作品中华裔男性的缺失是一个普遍现象，而在《典型的美国人》中华裔男性充当的是主人公的角色。另外与以往的华裔男性形象不同的是，拉尔夫在美国奋斗获得博士学位，并且最终成为教授，这突破了华裔男性一贯以来的文化层次不高、社会地位低的呆板形象。以往的华裔男性都是些从事"洗碗""做菜""收拾家务"的美国社会底层形象。最后拉尔夫的人物形象既有美国人的普遍性，又有华裔美国男性的特性，代表了新时代年轻人对世界观和社会身份的思考，为大洋彼岸的华裔男性塑造了一个积极、正面的形象。

拉尔夫作为一个要在美国这一异质文化中寻求生存和独立的中国人，不可避免地要受到中国文化与美国文化的双重影响。并且他也拥有生活在新时代的青少年这重社会身份，这使得他不同于普通的美国白人，无可避免地成为被美国文化边缘化的他者。中国文化和美国文化这两种属性被无形地杂糅在一起，不可分离，因为中国文化是华裔美国人的根本，而美国文化是他们装扮自己的华丽外衣。小说中以拉尔夫为代表的张家人经历了从对中国文化由坚持到放弃最后重新回归的心路历程。他们最终明白，要在美国社会生存下去，必须传承中国文化的优良传统美德，也必须抵抗美国文化中的极端个人主义与拜金主义。就拉尔夫个人来说，尽管他在追求梦想的过程中走了很多弯路，但是无论是从其在学业上的成功还是商业上试图创业的失败，都可以看出他积极追求、坚持不懈的生活态度。尽管拉尔夫有其自身的性格缺点，但是他从未放弃的人生态度为华裔男性树立了一个与众不同的新榜样，打破了东方主义影响下华裔男性的刻板原型。

第四章 北美非裔文学主题分析

第一节 美国黑人文学的起源及早期阶段

北美地区的黑人发展史可以追溯到 16 世纪，当时的北美洲刚沦为欧洲列强的殖民地。在 16 至 19 世纪期间，欧洲殖民者采用挑起部落战争，贿赂部族首领的手段，从非洲西部欺骗和掠拐了大批黑人奴隶到美洲，其中半数以上运入美国境内，黑人奴隶在距离家乡万里之遥的新大陆艰难生存。黑人奴隶主要在美国南部州的农业种植园和矿山工作，深受白人种族主义者的剥削和虐待。随着美国第一次工业革命的发展，南部的黑人逐渐向北和西北部的城市迁移。1861—1865 年南北战争后虽然北方获得胜利，此后黑人逐渐在法律层面上获得了解放，成了自由人。然而黑人并没有因这些而完全获得和白人同等的地位，毕竟奴隶制的废除明显触犯了南方州蓄奴者的利益。因此在南方内战重建时期结束后，黑人反而受到了新一轮的种族歧视。林肯不幸被刺杀后，美国保守势力上台，继续推行种族隔离制度，禁止黑人在政治、教育、就业、居住等方面享受与白人同等的机会。黑人在当时极度渴望能够在社会上有一定的地位，可以与白人一样受到平等的对待，能够进出白人光顾的餐厅，能够坐白人乘坐的交通工具出行，甚至进入白人的聚居地生活。然而种族歧视在奴隶制曾经盛行的南方可谓根深蒂固。例如，田纳西州于 1875 年率先通过了种族歧视的法案，规定在火车和其他交通工具上进行种族隔离。很快，南方其他各州群起效仿，先后通过了类似的法案，并逐步扩大到全国。不过在当时的政策下，无论黑人移民居住在哪个州，从事什么样的工作,都无法摆脱种族歧视的命运。

根据调查显示,美国所有贫穷线以下家庭中,有41.3%为黑人家庭。不仅如此,黑人的失业率也一直居高不下,一般来说是白人的三四倍,严重时是白人的六到七倍。黑人工人的工资平均只及白人的二分之一到三分之一。城市黑人定居点的人口密度通常是白人定居点的几倍。以美国为例,那里的黑人总体上处于社会的最底层。他们长期以来一直在与不公正社会制度做斗争。二战后的50年代,美国民权运动逐渐开始发展,一方面由于国际上民族解放潮流的影响,一方面也由于种族歧视的日益严重,广大黑人群众纷纷走上街头,开展的抗争运动越来越频繁,规模也越来越大。1963年,"向华盛顿进军"的大游行让民权运动发展到了高潮。当日,20多万黑人和白人举行了美国首都有史以来规模最大的游行示威活动。在林肯纪念堂前,黑人民权领袖马丁·路德·金发表了历史性的演讲《我有一个梦想》。与此同时,反对种族主义和压迫的斗争得到了全世界进步力量的支持。20世纪60年代民权运动的蓬勃发展触及了一些保守派人士的利益,几百年来的欧洲中心主义使得白人至上的思想根深蒂固,而这也导致黑人民权运动领袖马丁·路德·金在1968年被白人种族主义者刺杀。马丁·路德·金死后,全美各地均出现了规模不等的暴力事件。为了平息骚乱,联邦政府甚至还特地调动了大量军警予以弹压。时至今日,美国政府已经给予黑人更多的平等权利。2008年,奥巴马成为美国有史以来第一位非洲裔的黑人总统。从政治、法律角度而言,美国广大少数族裔已实现自由、平等、公正,"种族歧视"已完全成为美国的一项不可撼动的"政治正确"。

不过与非裔群体政治地位提高形成对比的,是新的种族冲突的到来。黑人想要真正在美国社会中获得自由,还有很长的路要走。"白人至上主义"仍然顽固地存在于诸多白人心中,它带来了一种先入为主的个人主观好恶判断观念,让少数族裔无时无刻不感受到那种存在于社会上的隐形种族歧视。2020年上半年由于黑人平民弗洛伊德被白人警察跪颈致死,美国全国爆发了"黑人的命也是命"的抗议活动,这次示威活动愈演愈烈,导致美国黑白人之间的分歧和隔阂更加严重。如果抛开种族差异，美国现存的种族矛盾的根源在于美国社会的阶级矛盾，这是由几百年来黑人长期受到教育歧视、就业歧视从而导致他们的经济不平等地位造成的。由此可见，在争取民族平等自决方面，美国非裔的任务依然严峻。

黑人文学伴随着美国黑人的移民史应运而生，从最初的黑人奴隶哼唱的歌谣，到19世纪控诉奴隶制并积极争取人权的现实主义小说，再到19世纪初的哈莱姆文艺复习以及二战后更具技巧性的人性批判艺术。黑人文学不断走向成熟，具有更广泛的读者和更大的影响力，涌现出一批优秀的文学创作者及经典作品。

《汤姆叔叔的小屋》是美国作家哈里特·比彻·斯托的一篇代表作，该小说是一部关于反对蓄奴制的长篇小说。这部小说对于南方黑人奴隶悲惨境遇的描写以及对罪恶的奴隶制的血泪控诉对当时的美国社会产生了深远的影响，并在某种程度上激化了南方蓄奴州和北方自由州的矛盾，进而引发了美国内战。作为19世纪最畅销的长篇小说，尽管其作者斯托夫人是一位同情黑奴的白人作家，但她的作品在美国黑人文学发展史及黑人争取民主权力的斗争中具有里程碑式的作用。故事讲述了一个善良、信奉上帝的黑奴汤姆一生的悲惨境遇。肯塔基州谢尔比的奴隶制庄园管家汤姆是一个善良、忠诚的黑人。谢尔比先生负债累累，不得不卖掉他最喜欢的两个奴隶——汤姆和小哈利——来偿还他的债务。哈利是爱丽丝的儿子，谢尔比太太的女仆。伊莉莎无意中听到谢尔比谈论卖掉奴隶来偿还她的债务，借着夜色，她和小哈利一起逃离了谢尔比的庄园。后来，他们意外地遇到了乔治的丈夫，乔治也逃脱了奴隶主的追捕，带着全家人去了加拿大。汤姆帮助他们逃走了，但他自己不想这么做，因为他认为这是背叛，他背叛了主人的信任，所以汤姆悲伤地告别了他的家人，跟着奴隶贩子海莉下了密西西比河。在船上，汤姆救了一个掉进水里的小女孩伊娃，伊娃的父亲圣克莱尔买下了汤姆，汤姆来到圣克莱尔庄园陪小女孩伊娃。此后不久，伊娃病了，不久之后，圣克莱尔在完成汤姆的合法释放程序之前在一场意外中死了。无情的圣克莱尔夫人玛丽出卖了汤姆。汤姆落入一个残忍的雷格里种植园主的手中。后来,汤姆因为窝藏一个逃跑的奴隶而被雷格里打死。

小说最令人震撼的是,它大胆地揭露了奴隶制的滔天罪恶。基督教国家的神圣家庭关系在血腥的奴隶制度下变得毫无价值,所有奴隶都是奴隶主的私人财产,他们的家庭可以被奴隶主随心所欲地拆散,丈夫、妻子和子女之间的分离司空见惯。谢尔比卖掉汤姆后,汤姆就不得不离开他的妻儿,告别故土。这样的人间伦理悲剧几乎每天都在上演。除了汤姆,小说还描写了其他被拆散的家庭的悲惨故事。在汤姆第一次被卖到密西西比河下游的途中,一个同船的女奴唯一剩下的孩子又被卖出去,她无法忍受这样的生死离别,半夜跳进河里结束了生命。同样在雷格里庄园凯西在良好的文化环境中长大,拥有较白的皮肤、美丽的外表和得体的举止,因为有着一点儿黑人的血统,结果也一再被转卖,甚至她抚养的子女也被一个个带走卖掉。最终她沦为粗暴残忍的奴隶主雷格里的玩物而备受摧残。这样骨肉分离的场景深深地感染了读者,人类伦理道德的底线被无情地打破,人们内心的良知被唤醒,文学作品的影响力在当时是巨大的。

《汤姆叔叔的小屋》是现实主义杰作,斯托夫人采用了穿插轮叙的方法,沿着两条主线描写了黑奴汤姆和伊莱扎夫妇的不同遭遇。忠厚老实的汤姆总是逆来顺受,最终死于奴隶主的虐待和殴打。伊莱扎夫妇不甘于现状,积极抗争,最终逃离魔掌过上了幸福的生活。作者刻画了一系列生动的人物形象,全景展示了当时美国的社会风貌。作为第一部大获成功的黑人文学作品,著名的美国诗人亨利·朗费罗称其为"文学史上最伟大的胜利"。其原因在于作家必须用道德激情吸引读者,唤醒美国人民的良知,才能让他们看到奴隶制践踏人性的罪恶。在作者看来,奴隶制的根源是人心中的邪恶,要消灭奴隶制就要依靠基督教的感化力量,净化人心。

由此可见,19世纪及以前的美国黑人文学的创作主题集中在对奴隶制的揭露与批判上,他们为保护黑人的生命和生存条件而大声疾呼,寄期望于所谓的正直和公正的白人的同情和帮助,同时作品具有强烈的宗教色彩和道德评判意味。

第二节　20世纪上半叶的非裔文学

进入20世纪，由于美国经济和社会的发展，大量美国黑人聚居在哈莱姆区，促进了新时期黑人文化的蓬勃发展。哈雷姆文艺复兴运动对非裔文学的发展产生了巨大的影响，作家一改之前文学作品中描述逆来顺受的人物形象与写作风格，积极探索本民族的族裔文化，开启了寻"根"之旅，希望获得与白人文化相同的精神力量，实现多民族文化的平等交流和沟通。黑人作家理查德·赖特是其中的典型代表。他创作的包括《恐惧》《逃跑》和《命运》三个部分的小说《土生子》成为黑人文学的里程碑，使黑人文学达到了前所未有的高度。赖特塑造的黑人青年别格，出生在芝加哥的贫民窟，一家人生活极度困难，他的父亲在他小的时候死于南方的白人暴民手中，他跟母亲、妹妹和弟弟相依为命，靠政府救济度日。因此，别格既对白人无比愤恨和嫉妒，又向往着那种白人可以驾驶飞机等的自由生活，而这一切的不可实现都是因为自己是黑种人。他虽然内心抗拒着白人，却又因生活所迫而不得不遵循着白人的生存法则，当了富有白人的一名司机和锅炉工。本来他将开始一个新的生活，但在这天晚上，他为之工作的白人家庭的女儿玛丽和她的男朋友简出去取乐，由别格当司机，小情侣喝得烂醉。返程时别格只能把玛丽抱进她的家，在卧室里他情不自禁亲吻了她。但这时玛丽的盲人母亲打开了卧室门，别格害怕自己被发现，因作为一个黑人跟白人女性在一起而获罪，便用枕头捂住玛丽的头，想装作没人，后来却发现她已经窒息而死。恐惧之下，别格决定把玛丽的头砍下，尸体塞进房子里的锅炉中烧毁，并栽赃给简。从这段对别格犯罪行为的描写中可以看出，那个时代以白人为主导的社会对黑人种族所造成的身和心两方面的无形压迫。白人打死黑人是过失，而黑人打死白人就无法被饶恕，黑人们名义上获得了自由，但内心充满了恐惧和不安，仅仅是一念之差，就能让一个黑人青年铤而走险而失手杀人，成了一个罪大恶极的凶徒。

赖特在小说的前两部分塑造了一个性格鲜明的"坏人"形象。在描写这个坏人的罪行时，赖特没有刻意的批判，也没有表现出过分的情绪，而是"中立"地描写着一个坏人的犯罪心理和行为。读者通过文字的表面在感到不安的同时也会产生深刻的思考。在别格看来，杀了玛丽意味着自己改变了黑人卑微的地位，获得了一种身份认知，这是一种精神的升华，不再像汤姆叔叔那样逆来顺受。别格讨厌以母亲为代表的黑人们的习惯性接受，自甘于低白人一等，所以当母亲求道尔顿先生时，别格显得十分愤怒。

而从社会道德和法律上来讲，别格确实变成了一名冷血的杀人犯。他为了逃避警察追捕和法律的惩罚，将玛丽的尸体塞入炉子中焚毁，并写绑架信栽赃给白人共产党员——简，当罪行暴露的时候，面对大批警察的围追堵截，他不惜与警察展开殊死搏斗，同时由于害怕被牵连，他又残忍地杀害了自己的女友蓓西。最后他还是难逃法网，并为此付出了生命的代价。这部书之所以引发轰动，因为在此之前白人总是认为他们可以任意处置和凌辱黑人，而黑人总是逆来顺受无法反抗。别格的形象第一次让白人老爷们感到前所未有的畏惧，白人开始意识到黑人内心的怒火和力量。

以前的美国主流社会对待黑人种族的态度或是鄙夷或是厌恶，污蔑他们是罪犯、是垃圾、是白人社会的寄生虫。对待这种态度，一般黑人作家或矢口否认或极力分辩，但赖特却挖掘别格的心理，通过黑人犯罪活动的表象，揭示其与美国社会制度之间的必然联系，指出所谓黑人的野蛮残忍并非出于自然或民族的本能，而是由于美国社会不公的制度，从本质上讲正是美国畸形文明的产物。书名为《土生子》正是因为其中隐含着这样的意思。整个西方的评论界都认为《土生子》与《白鲸》有着诸多相同之处。与赫尔曼·麦尔维尔笔下的小说一样，将美国那种充满了不平等与压迫的社会制度暗含在了黑人的犯罪故事中，有着十分深刻的警示意义。例如在小说的开头，赖特就生动地描绘了美国黑人悲惨的生活状况，"别格·托马斯一家四口同住在一个狭小房间里，两张床占去房间的大半。兄弟俩合睡一张床，母女俩合睡另一张床，每次母女俩要起床穿衣，得先叫两个男孩子扭过头去"。然后作者生动地描绘了别格捕杀老鼠的场景，这不仅反映了黑人贫穷的生活条件，也暗示了这种生活环境所形成的主人公的残酷性格。至于小说的最后一部分《命运》主要写作为共产党人的白人律师麦克斯出庭为别格辩护，这可能与赖特本人曾经加入共产党的经历有关。

赖特的作品继承了美国现实主义文学的优良传统，《土生子》明显受到德莱塞的代表作《美国的悲剧》的影响。这两部小说都是根据真实的犯罪故事改编而来的。《土生子》以1938年芝加哥黑人罗伯特·尼克松谋杀一个白种女人的案件为蓝本，二者都把犯罪行为作为故事戏剧性发展的主要线索，也都把主人公的罪行看成是资本主义社会畸形发展的必然产物。赖特认为，压迫人性的社会制度造成了人类精神认知的危机，导致了病态心理的产生。被困在美国社会底层的绝大多数黑人，要么像小说中别格的母亲那样，用宗教麻醉自己；或者像别格的情妇蓓西那样酗酒成瘾；再或者像汤姆叔叔那样，主动地去适应社会环境，对压迫者卑躬屈膝。至于赖特本人，他曾说过，他和比格尔一样，无法忍受这样一个社会，他总是像火山一样，随时可能爆发出心中无限的仇恨。虽然每个人的心理反映方式不同，但都是精神抑郁后的病态心理。

在这部小说中，赖特并没有过分渲染极端的民族情绪，或者攻击白人社会对黑人的压迫。赖特认为过去那种歧视黑人的情况已经得到了改观，社会上的大多数白人就像道尔顿先生那样，主观上对黑人饱含着同情，甚至捐款来改善黑人的生活，但同时这些白人也在剥削着黑人贫民区里工人的劳动成果。例如道尔顿先生不但为别格提供工作机会，还大力参加慈善事业，但他在别格所住的贫民区里拥有大量的地产，这里黑人的贫困与他有着直接的关系。道尔顿夫人在小说中的失明具有象征意义，表明这些"开明"的白人不仅对种族主义视而不见，相反还会加剧这种种族歧视现象，从而显示了资本主义制度隐藏在深处的内部矛盾。作者故意将批评言论指向整个社会，而不是针对个别白人,就是在有意地针对整个资本主义社会的体系。

从总体上来说,《土生子》的创作理念是十分恢宏深邃的,具有很强的现实主义色彩和深刻的社会批判意义。小说通过对一桩刑事案件的描写,使一个冷血狡诈的"坏黑人"形象跃然纸上,当读者被扣人心弦的故事情节和主人公的遭遇所吸引时,也会对造成这场悲剧的社会制度根源进行反思。

第三节　二战后非裔文学的蓬勃发展

二战之后,美国黑人文学的创作进入繁荣时期,主流文化越来越关注非裔文学的发展,涌现出许多蜚声文坛的文学大师,其中的代表人物就是美国著名黑人女作家托尼·莫里森,她的主要代表作有:《宠儿》《所罗门之歌》《最蓝的眼睛》等等。小说《宠儿》更是一举斩获普利策文学奖。

这部小说主要讲述一名叫塞丝的黑奴为了自由而开始的逃亡之旅。塞丝为了摆脱被奴役的命运逃离肯塔基州的农庄只身逃往辛辛那提农舍,但不幸的是她被奴隶主抓到了。为了不让自己的孩子重蹈自己的悲惨命运,她毅然亲手杀死了自己名为"宠儿"的孩子。虽然塞丝有着自己杀子的理由,但是这种违背伦常的行为却遭到了周围人们的排斥和仇恨,孤独与良心的谴责也让塞丝深受痛苦的折磨。宠儿因为死在了自己的母亲手中,所以在十八年后前来讨债,将母亲好不容易渐渐恢复正常的生活打得粉碎。在美国黑人的那段暗无天日的历史中,原本母爱和自由这一对并不矛盾的存在竟然变得水火不容。母亲为了自由可以舍弃掉孩子的性命。而孩子为了讨回失去的爱重回母亲的身边则利用残忍的手段向她实施报复。

一　《宠儿》与《奥德赛》的互文解读

纵观整部作品,"回家"模式贯穿始终,作者对主人公的悲惨命运的描写正是巧妙地运用了与《奥德赛》相类似的"回家"模式,在整体构架上与《奥德赛》有着异曲同工之妙。《奥德赛》主要讲的就是奥德修斯的海上历险征程。奥德修斯刚得子嗣，便别妻远征。战争进入第十年，奥德修斯用木马藏兵，希腊军队里应外合，攻陷敌城，赢得特洛伊战争的胜利。在归乡的路上，海神波塞冬被奥德修斯激怒后直接发动了海难，让奥德修斯的军队葬于大海，只有奥德修斯一个人凭借着自身的聪明才智而免于一死。然而全军覆没并没有让波塞冬完全息怒，奥德修斯尽管生还却在海上失去了方向，故而开启了史诗般的历险征程。奥德修斯在途中遭遇飓风，为了在飓风中不被海妖的歌声迷惑，他要求侍从将他捆绑在桅杆上，而他的侍从们用蜡堵住了自己的耳朵，逃过一劫。飓风把他们刮到妖岛。奥德修斯吃下宙斯送的芳草，幸免于难。奥德修斯与女巫共枕五日（世间五年），女巫指点奥德修斯通过冥土回家。在阴间他遇到了自己的母亲，得知妻子还在等待自己，但是归心似箭的他却被仙女留在仙女岛上好几年时间。当宙斯命仙女放他回家时，奥德修斯已失踪十余年，母亲早已投海自尽，权贵逼其妻改嫁，妻坚定反抗。雅典娜把奥德修斯变化成老人回宫考验其妻子的忠贞。最后，奥德修斯与十多岁的儿子回到宫中杀掉所有奸臣，重整朝纲，一家人再次团聚。在荷马史诗《奥德赛》中，奥德修斯在归家途中历经坎坷磨难，除了奥德修斯之外，其他人都死于海上，他凭着勇敢和信念一次又一次化险为夷，最后，独自一人返回故乡。并经过重重险阻终于拿回了一切。

马克思曾经给予对欧洲文学产生过巨大影响的《奥德赛》以高度评价，说它具有"永久的魅力，是一种规范和高不可及的范本"[1]。传奇英雄奥德修斯式的"漂泊"经历由此成为一种惯有的情节结构模式，并且在欧美小说中被广为效仿，作家均利用这种模式描写小说中主人公历经磨难的旅途经历，颂扬主人公的奋斗精神与自由意志。这种模式通常是以主人公的进取意识感召读者，令人从中感受到希望和力量。《宠儿》在文体结构上能够十分明显地看出运用了《奥德赛》的"回家"模式。同《奥德赛》中的主人公奥

---

[1] 付筱娜.《宠儿》与《奥德赛》的互文解读[J].社会科学辑刊，2012（3）：238.

德修斯一样，塞丝在一些好心人的帮助下终于逃出魔窟，历尽千难万险，回到了自己亲人的身边。《宠儿》借鉴了《奥德赛》的"回家"模式，这种模式不仅以主人公为主线展示出广阔的社会背景和历史进程，而且其最大的优势在于能够将主人公的内心世界通过他的现实遭遇真实生动地刻画出来，有利于塑造出有血有肉、饱满生动的人物形象。对于《宠儿》这样一部旨在通过刻画内心挣扎来反映现实残酷的作品来说，作者选择与《奥德赛》类似的"回家"模式来建构整部小说，无疑是一种明智之选。当然，如果仅仅是对文学经典模式的复制，那是绝不可能创造出有艺术生命力和感染力的优秀作品的，因此，同样是选择了"回家"模式，《宠儿》却有着突破和创新之处。如果说《奥德赛》表现的是"英雄式"的英雄主义理想，那么《宠儿》则消解了这种英雄主义情结，显现的是女性主义的烙印。《宠儿》中的塞丝与《奥德赛》中的奥德修斯漂泊经历相似，她从奴隶主的庄园中侥幸逃脱，她的同伴都以悲剧结局收场，只有她只身出逃，尽管在出逃时她已身怀六甲又惨遭酷刑。从女性主义角度看，这些不寻常的经历对于一个黑人女奴来说，无异于是对女性命运的自我反抗，需要极大的勇气和精神力量。将《奥德赛》中的英雄置换为一个连人身自由都没有的黑人女奴，这本身就使作品具有了一种震慑力量。《宠儿》中的"回家"模式虽然与《奥德赛》有相似之处，但其中明显笼罩着女性主义的光辉。在描述这段富有传奇色彩的经历时，塞丝的小女儿丹芙说："当年逃跑时，塞丝年仅十九岁，她孤身一人，怀有身孕，又累、又怕，追捕者脚步声、枪声、狗叫声紧随身后。"[1] 她的身后留下了血色脚印，一个人的背景在荒野中孤寂而又凄凉；虽然荆棘遍布、险象环生、前途莫测，但为了与自己的孩子团聚，她顽强地跋涉；为了自己和孩子的新生，她一路隐姓埋名，不敢向任何人透露自己的身份；千帆历尽之后终得团圆。她平生第一次体会到了做母亲的幸福感和满足感，因为她终于通过自己的努力，使自己的孩子不再沦为奴隶主的私有财产，而成为一个真正意义上

---

[1] Toni Morrison, Beloved[M]. New York: Vintage Books, 2004: 55.

的人，一个可以享受自由、掌控自己命运的人。"回家"的这种隐喻可以增加小说的感染力。在物质空间与内心世界的双重旅行中，作者刻画了一个为了孩子宁愿放弃生命的伟大的母亲形象，展示了一个与命运抗争的黑人奴隶内心深处蕴藏的惊人力量，更重要的是塑造了一个身心备受摧残却敢于反抗罪恶的奴隶制度的女性形象。悲惨的命运迫使她自我觉醒，而这种觉醒也是其人性的尊严、母性的本能迸发所产生的。她毅然决然与那个已经异化的"自我"分道扬镳，去寻找真实的"自我"，最终将命运掌握到了自己的手中。在莫里森笔下，黑人女性成为故事中富有传奇色彩的英雄，这无疑渗透着浓烈的女性主义倾向，甚至在某种程度上是对传统英雄概念的一种颠覆。

种族和性别双重压迫下的女性形象在莫里森笔下开始成为被关注的焦点，选择女性作为民族英雄史诗的主人公，将本民族的自我发现、追求解放、重塑女性形象的性格特征集中在一个黑人女奴隶的身上，这既不违背民族历史和现状的真实性，也体现了作者一贯地为黑人妇女心灵作史的创作主旨。莫里森的这种以女性为本的创作观念，基本上源于作家自身的黑人女性主义视角。由此《宠儿》凸显出另一特点：突破了传统文学经典中黑人女性形象的刻板模式，不仅塑造出一个个性鲜明、活生生的黑人女性形象，而且于这一形象背后揭示出奴隶制度和男权社会背景下残酷的种族歧视和性别歧视，展示了黑人女性丰富多维的精神世界。莫里森把黑人女性的生存现状和西方女权主义相结合，奠定了《宠儿》在黑人女性文学界的超然地位。

莫里森在最初构思《宠儿》时，清楚地感觉到了此类题材在创作上的艰难——无论从种族问题的视角而言，还是从现代道德伦理的角度来看，都是非常棘手的。尽管种族问题向来敏感又颇存争议，但莫里森对此一直态度明确："黑人写作是降低作品的地位。我的看法刚好相反，不仅没有降低，反而提高了黑人文学的地位。"[①] 这无疑证明了莫里森的创作立场——在很多黑人作家为顺应白人的价值判断而进行创作时，莫里森却坚定地走着自

[①] 托马斯·勒克莱尔.托尼·莫里森访谈录[J].外国文学，1994（1）：27.

己的为黑人代言的文学之路。但《宠儿》出版后却受到众多道德伦理层面的质疑,质疑的焦点集中在小说中主人公塞丝"杀女"的情节上。问题在于,既然作品旨在歌颂黑人奴隶为争取自由生活而表现出的斗争精神和坚强意志,那么作者为什么还要安排主人公亲手杀死自己的骨肉这一情节?作为一部现代经典小说,《宠儿》的影响力自不必说,而且早已进入美国学生必读书目的行列,但小说中的杀婴情节却一直饱受争议,至今仍为很多人尤其是来自异质文化背景的读者所诟病,显现出在伦理价值观念上的重大分歧。针对这一伦理困境,我们或许可以尝试在《奥德赛》中探寻答案。在《奥德赛》中,奥德修斯在用木马计攻下特洛伊城后,掠夺了大量的奴隶和财宝,返回故乡依塔克后,在他的保护神雅典娜的帮助下,又与儿子一起杀死了所有的求婚者,其中掠夺和杀戮的情节在今天看来绝对是违背道德伦理的。《奥德赛》中的伦理困境也在《宠儿》中重现:当学校教师带人来追捕塞丝时,塞丝将自己曾视为"身体最美好的部分"的亲生骨肉拖进柴棚以残暴的手段杀害,甚至还把最小的婴儿往墙上摔。这一情节对任何一个有良知、有人性的读者来说,都是无法接受的。可以肯定地说,《宠儿》和《奥德赛》一样面临着一个伦理困境,甚至比年代久远的古希腊史诗更让人无法容忍。只要从不同角度分析一下这个看似残暴的杀女情节,我们就不难发现,二者在情节结构上的相似正是由于两者在内在价值尺度上所形成的一种暗合。接下来我们将从以下几个方面进行分析:

首先,这两部作品都有深厚的社会历史底蕴。仅从两部作品自身来看,《奥德赛》是对英雄主义精神的展现和赞美,而英雄是将血腥的战争当作展示自己英雄情结的舞台的,是以占有更多的社会财富和战胜敌人作为显示自己超人的武艺、胆识与智慧的手段的。在某种程度上,甚至可以说是战争造就了英雄。而有战争就有杀戮,这是特定历史环境造成的,因此,我们今天再一次跟随史诗中的英雄浴血奋战的时候,所关注的应该是他们身上的英雄主义精神和英雄的历史意义,如果过分强调战争的残酷和对人的生存权利的剥夺则显得有些矫情了。那么,按照同样的思路来分析《宠儿》不难发现,作者在《宠儿》中极力控诉的是奴隶制度的不公和社会现实的黑暗，表达了对黑人奴隶特别是女性黑人奴隶悲惨命运的深切同情，其用意在于借主人公的悲剧遭遇唤起读者的共鸣，是将美好的东西撕碎给人看，而不是讨论社会道德伦理问题。因此，主人公的遭遇越是悲惨，她在绝境中挣扎得越是"出人意料"，就越能形成与读者现实人生的巨大反差，这种陌生化方法的运用也就越能够打动人心，震撼灵魂。作者选择让主人公亲手杀死承载着自己全部希望的女儿，正是表明了在残酷的奴隶制度的压迫下，黑人女性命运的悲惨和无力抗争的绝望，因此可以说，主人公塞丝身上所承载的时代意义和社会意义也远远超过了她作为一个母亲所承载的道德意义。

其次，从人物自身的心理变化来看，主人公的杀女之举也是有着深刻的合理化行为动机的。当原来曾经给予塞丝无私帮助的黑人社团因为嫉妒而抛弃了塞丝的时候，原本令她最为感激、最为她所倚仗的族群让她暗暗发誓："绝不让我的孩子再重蹈我的覆辙。"然而作为一个奴隶的孩子，塞丝深知他们终究无法逃脱命运的枷锁，最后还是无可避免地沦为奴隶，因此，为了让自己的孩子不再重蹈覆辙，也为了实现一个母亲的承诺，她毅然杀死了自己的孩子，因为在她看来，死亡远比一个黑人女奴所要遭受的痛苦来得容易。在作者笔下，黑人奴隶群体不仅是一个饱受欺压的弱势群体，其内部的自相残杀更让人觉得痛心疾首，因此，在主人公万念俱灰、对周围的世界彻底失望的时候，她认为只有亲手杀死自己的孩子才是对孩子真正的爱，而道德伦理此时则显得那么苍白无力。当然作为一个母亲，与生俱来的母性也让塞丝备受煎熬，试想有哪个母亲舍得亲手把自己带到人间的骨肉再送回去呢？而一番煎熬和内心挣扎之后，塞丝仍然选择了这条路，此时的她已经对未来和生活完全失去希望，只求解脱。绝望之下的杀女行为已经不仅仅是对奴隶制度和黑暗现实的血泪控诉，而是一种深深绝望之下的最后反抗。因此，伦理道德在绝望的阴霾中毫无光亮，而且，一个连生命都放弃了的人也根本不可能再去遵守什么伦理道德。这一情节的设置，恰恰是对人性的真实写照，可谓点睛之笔，并且这与《奥德赛》在战争中重塑英雄的用意是类似的。

再次，历史与文化的契合为两个民族跨越时空的对话创造了必要的条件。故事的发生与社会背景和历史环境是密不可分的，从时代背景角度来看，荷马史诗的时代背景与《宠儿》的时代背景有很多契合之处，它们共同构成了一个潜力无限的网络。荷马史诗所展现出来的是由野蛮向文明过渡的时代，这种时代决定了它必将造就一个英雄辈出、英雄崇拜的社会。《奥德赛》所展示的社会背景反映了特洛伊战争的全部过程，战争与荣誉以及战后重建家园与人性回归毫无疑问地成为战后时代的主题；而《宠儿》的历史背景则是废奴运动正在蓬勃进行，奴隶制废除，黑人获得解放，建立新制度和对社会平等的追求也就成为主旋律。由此看来，两部作品虽然所处的时代不同，但基本上都处于废旧立新的历史交替节点上，历史和文化契合。

这两部作品在内在价值尺度上具有同质性。当然，时代的特殊性注定了两部作品的内在价值尺度必然难以与今天的价值尺度契合，因而，在那两个时代人们所表现出来的道德观、价值观和荣誉观为现代人所不理解也是正常的。从这个角度来看，甚至我们可以直接用读者对《奥德赛》结局的解读来反观《宠儿》中的杀女情节。关于《奥德赛》的结局，有人认为荷马的原作应该是夫妻相认、共叙天伦的大团圆结局，至于以后的奥德修斯接受上天惩罚继续流浪，应该属于后人对原文本的有意改写，以达到另外一种文学效果。之所以会产生这样的解读，是因为随着社会进步和时代发展，人类的道德观也发生了新的变化，具有现代价值观念的读者再也无法理解奥德修斯的残忍和暴行，因此就改写了一段以苦行僧的方式来进行道德救赎的情节作为结尾。那么我们由此推及读者对《宠儿》中塞丝杀女情节的争议也就不难理解了，《宠儿》自然难以走出时代差异造成的伦理困境。若从存在主义的角度分析，这一情节恰是塞丝以最极端的方式表达对自由的追求和对现实的超越。如果说莫里森是像塞丝一样的所有黑人女奴隶的代言人，那么小说中的塞丝则是作者莫里森思想的行动者，莫里森以振聋发聩的呐喊发出了女性主义的最强音，这是为自由而战的宣言和战书。而小说中的塞丝，则同样是以近乎荒谬的杀女行为追问着自由的终极意义和价值，因此，在那样非人的世界里，塞丝的行为早已不能用伦理道德和哲学理性来分析了。我们从不同角度阐述了杀女情节的合理性，意在说明不能简单地用现代社会的制度背景和现代人的伦理道德来解释一部过去的作品，而是应当将其还原到当时的历史环境中去考察，并充分考虑到不合理表象下的内在逻辑的合理性，只有这样才能还原一部作品真正的灵魂，才能去发现经典作品的伟大之处而不至于误读。

二　《所罗门之歌》的伦理主题探究

莫里森的另一部小说《所罗门之歌》讲述了一位绰号"奶娃"的黑人青年在美国多元文化激烈碰撞的环境中挣扎生存，并最终走向精神独立的成长故事。小说以"黑人会飞"这个古老的家族传说为叙事线索，塑造了以"奶娃"为代表的一系列令人印象深刻的黑人群像。通过讲述"奶娃"与家人之间的冲突矛盾以及在南下寻金过程中与南方乡镇黑人之间的各种纠葛，揭示出在物质生活高度发展的现代社会，如何才能填补现代人精神生活的空虚，如何找寻自我价值和身份这一人类共同关注的主题。

北方黑人青年麦肯·戴德在史密斯先生尝试"飞翔"的当天，有幸成为白人医院诞生的第一个黑人婴儿，由于麦肯家族经济条件较好，戴德从出生到七八岁一直是由母亲喂奶长大的，所以被冠以"奶娃"这一绰号。小说的主要内容可以分为相互关联的两个部分：第一部分主要介绍家庭背景和社会关系。在这部分，作者介绍了"奶娃"家庭成员的关系与矛盾；他的姑姑派特拉的善良与纯真；"奶娃"和"吉他"之间的恩怨纠葛，等等。第二部分是小说的重点。"奶娃"的南方之行，最初是为了寻找宝藏，然后无意中他发现了家族的历史并追寻家族的线索去找寻黑人的"根"。对应以上两部分的内容，"奶娃"的成长也分为两个时期，前期的"奶娃"是个自私又冷漠的人，他对生活并没有什么激情，因为在四岁时他发现了自己不会飞之后，就丧失了一切兴趣。除此之外，"奶娃"也有着性格上的懦弱和逃避，他没有承担责任的勇气，他既不会爱人，也在现实中迷失了自我。只有在离家后，在旅程之中，他才逐渐发现了自我的身份和价值，对人生和世界的看法也发生了巨大的改变。"奶娃"原本是前往南方寻金子去的，意外地发现了家族的历史，知道了自己是那个曾飞回了非洲的所罗门的后代。莫里森没有在书中直接描写黑人与白人之间的种族冲突，而是通过对黑人神话的改写，挖掘家族历史来展示黑人的纯朴性格与和谐的生活方式，彰显黑人在族裔文化和族裔身份探求上的独立和自由，进而为与白人主流文化的平等对话提供契机。

（一）《所罗门之歌》中的"名称"意象

莫里森小说中的名称往往寓意深刻，带有深刻的文学与哲学思考。《所罗门之歌》中的名称超越了名字的表面意义而具有浓厚的象征和讽刺意味。首先，小说名字《所罗门之歌》不仅是小说名字，同时它也是人名、歌名、地名等，也包含了多种角度的含义。在该部小说中每一个名字的含义背后，都代表着一段独特的典故。而且针对小说中的不同名称，作者偶尔也给予特定的评论和解释。例如，"奶娃"的名字在母亲的眼中是爱的表现，儿子是她摆脱痛苦婚姻的寄托，但"奶娃"的父亲并不认同："这个名字听起来肮脏、暧昧、淫秽。"[①] 同时这个名字也象征了主人公稚气未脱以及对母亲的依赖，这就为他下文去往南方的成长经历埋下了伏笔。"奶娃"祖母的名字——兴·勃德（Sing Byrd）与小说标题也有暗合之意，意指像鸟一样歌唱，正好呼应了所罗门之歌的标题。

其次，《所罗门之歌》中的地名"林肯天堂"，是"奶娃"祖父分得的一块土地，从这样的命名可以看出获得自由的黑人对于白人解放者的崇敬和感激，也象征了他们对于美好生活及光明前途的憧憬。在"自由"的北方，逃难的黑奴以为自己真的可以像白人一样为这个国家和自己未来的幸福去努力拼搏，可就在这块象征着自由、平等、快乐的土地上，"奶娃"的祖父被白人杀死在篱笆上，这是多么的讽刺啊。只因羡慕并觊觎黑人的劳动成果，

---

① 托尼·莫里森.所罗门之歌[M].胡允桓，译.海口：南海出版公司，2010：15.

白人就开枪打死了无辜的黑人，使这里成为暴利和不公的"天堂"。因此，为了不让悲剧重演，黑人必须建构属于自己的民族身份和文化认同，只有这样才能塑造属于自己的完全独立的人格。

最后，《所罗门之歌》中的名称意象可以体现出作者在重构黑人精神家园时的深刻思考。

"奶娃"开启南方之行旨在寻金，因为他的父亲告诉他金钱就是一切，有了黄金就有了一切。然而在与当地人的交谈中了解了自己的家族历史之后，他内心对于真正自我的探寻热情已被点燃，于是这场寻金之旅演变成寻根之行。他先是无意中得知了自己祖父母的姓名，然后在沙狸玛镇时，他在歌谣中听出了所罗门、海蒂、杰克和瑞娜这四个名字，这是他想起所罗门飞跃处和瑞娜山谷这两个在沙狸玛镇参加打猎时听到过的地名。"奶娃"通过对黑人童谣中听到的人名以及上面提到的两处地名的猜测，无意中得知了会飞的非洲人所罗门的真相，同时也得知自己家族正是所罗门的后代，这让他空虚、迷茫的心灵振奋不已。在他知晓了这些名称背后隐藏的历史，被刻意掩盖的秘密，以及那些湮灭在时间长河中的文化纽带后，终于认识到只有抛弃不属于自己的白色面具，追求本真的自我，去往心灵圣歌召唤的地方，才能飞往真正自由的天堂。在沙狸玛镇他参加了黑人的狩猎，在与当地人不断接触和学习中，真正了解到自己族群的特性和长期被物质世界蒙蔽的属于自我的身份特征。精神世界的升华使"奶娃"由一个自私无知的黑人青年走向成熟，认清现实世界的本质。

（二）《所罗门之歌》关于"飞翔"的主题

《所罗门之歌》中的飞翔主题贯穿了主人公"奶娃"精神成长的全过程，小说中提到的"黑人会飞"的传说在全文中有三处体现，分别是所罗门飞往非洲故土的传说、在小说开头史密斯先生从医院楼顶的"飞行"试验以及小说结束时"奶娃"的纵身一跃。通过"飞翔"的主线将"奶娃"的一生紧密地联系在一起，随着"奶娃"对自我身份的认知每多一分，他就获得了更多"飞翔的本领"，莫里森通过古老的黑人传说，引领读者去发现和探寻那最初的

"根"。

从黑人神话的角度解读飞翔的意义，我们能够看到这个传说对于美国黑人民族的发展有着巨大的精神价值。小说开头史密斯先生以通告的形式告诉世人自己要飞走的消息。"兹定于一九三一年二月十八日（星期三）下午三点，本人拟依靠自己的翅膀，从此三医院出发飞向远方。敬请见谅。我爱你们大家。"伴随着黑人传统歌曲，史密斯先生穿戴着宽大的蓝色翅膀在庄重的仪式中一跃而进入空中。伴随史密斯尝试的失败，"奶娃"出生在他"起飞"时所在的医院，仿佛冥冥之中的一种宿命，"飞翔"的梦想不管有多少挫折，黑人民族对于自由和梦想的追求从未停歇。

在"飞翔"这个意向第二次出现的时候，小说借用的是黑人所罗门飞走的传说。"奶娃"到达沙狸玛镇时听到一个黑人被杀却无人采取任何行动时，他大动震怒，而以前他对这种事情并不会感到愤慨；他对自己的反应感到莫名其妙，在这里"奶娃"的民族认同感已经觉醒。在沙狸玛镇他听到了所罗门的故事，"那只不过是一些在这一代流传的古老的民间传说。他们相信在这一代非裔中有很多会飞的黑人都借着这一特殊能力回到了非洲，从这儿离开的就是所罗门"。在听到会飞的黑人的故事时，"奶娃"因为即将获得的神奇力量而兴奋，站在这块所罗门曾经腾空而起的土地上，他惊奇地发现自己已经融入其中。这是血统的吸引，也是对自我身份的渴求，他想知道自己的来历和归处。

这次的寻根之旅为最后"奶娃"自己的"飞翔"埋下了伏笔，他从对命运的消极抵抗和无助的逃避逐渐进入了主动去改变自己的涅槃阶段，直到最后那一跳，他像凤凰浴火般身心彻底地得到了解脱。

（三）"所罗门之歌"出现的场景和作用

实际上"所罗门之歌"就是派特拉吟唱的一首关于所罗门的童谣，而歌中的"所罗门"指的是男主人公的那个黑人祖父。他为了能够逃离美洲奴隶制的压迫，不惜抛妻弃子，利用自己的飞行能力独自回到了故乡。这首"所罗门之歌"在整部作品中起到了关键的纽带作用，它不仅伴随着主人公成长，承载着有关祖父的历史回忆，也述说着主人公在精神成长的过程中付出的努力，不仅如此，这首歌谣也是非裔文化的传承和精神家园的寄托。在小说开篇第一章，保险公司收费员史密斯通过布告的形式宣布自己要飞行，当他站在慈善医院的楼顶时，在楼下的大街上，"奶娃"妈妈即将临盆；此时，在黑人的古老歌曲"啊！卖糖人飞走了/卖糖人飞走了/卖糖人掠过天空/卖糖人回家了"的歌唱声中，史密斯的离开，新生命的到来成为命中注定的循环轨迹。正如唱歌的派特拉姑姑所预言的，"随着清晨来临，一只小鸟即将到来"。史密斯先生披挂的漂亮的蓝色羽翼并没有让他成功实现飞回家的梦想，但却揭开了另一个"飞翔"的故事。在黑人传说中，所罗门是独自飞走的，他的妻儿只能留下继续忍受痛苦生活的折磨。"奶娃"的出生和所罗门的飞行传说在时间上重叠在一起，为下文"奶娃"追寻着这首童谣去寻找家族的历史埋下了伏笔。"奶娃"在四岁时就发现除了飞鸟和飞机之外，再也没有能飞起来的东西了，因此他再也无法对自己提起兴趣了。直到生命中的一次南行才再一次燃起了他对生活的热情。"所罗门之歌"与"奶娃"性格和精神成长密切相关，是整部小说的灵魂。

在派特拉姑姑的家中，当奶娃随着他们去摘紫莓时，唱起了这首"所罗门之歌"，这也是它第二次响起了。不论是从唱歌时体现出的和谐气氛，还是吟唱这首歌本身，都能够集中展现出派特拉一家在价值观上的与众不同。在她的家中祖孙三代人所表现出的关爱、责任以及人与人之间的和谐关系为"奶娃"今后的成长提供了重要的精神动力，从这一角度来看，派特拉姑姑就是"奶娃"精神世界的领路人，这个内容为"奶娃"后面的成长做出了铺垫。"奶娃"为了寻找派特拉的金子而在最后的时候前往弗吉尼亚的边远乡镇，可是谁也没想到，这次远行竟成了对祖辈们历史进行寻访的探险。在偏僻的乡村沙狸玛镇，他听到嬉戏中的孩子们吟唱"所罗门之歌"，才顿悟了"所罗门之歌"的内容说的就是他曾祖父的故事。当他真正解开了祖父母的身世之谜，了解了戴德家族的兴衰起伏的奋斗史，才最终实现了南行的真正目的，那就是抛开现实社会的物质外衣和伪善的人际关系，去寻找精神上的真正自由。总之,"所罗门之歌"出现的时机恰到好处,每当"奶娃"彷徨、苦闷、迷惑、沉沦之时,精神世界的圣歌就会适时响起,召唤主人公完成自己的历史使命。莫里森在进行情节设计时是经过精巧构思的,既做到了顺畅而又不着痕迹。这部小说通过黑人歌谣和作品中具体场景、隐喻、传说等的相互结合,表达了黑人在白人的重压下,寄期望于自由逃离,飞回到故乡非洲的美好愿望。不过,"飞走"并不是真的会飞,"奶娃"明白这只是"离开"的一种代称而已,为了自由选择了离开,以割舍掉亲情为代价而获得的快乐,很令人窒息,因为离开返乡的人品尝到了自由,可被留下的人却依旧在无休止的劳作中被残酷的奴隶制压迫着,不断为了活着而挣扎着。因此,在小说的最后,"奶娃"彻底领悟了过来:"现在他知道为什么他这么爱姑姑了。不用离开这片土地她也能飞走。"派特拉姑姑并不能真正飞走,但是她的心灵却因为饱含着对他人的爱,承担着割舍不掉的责任、生活下去的勇气而不断升华,直到最后达到了内在的解放和自由。

《所罗门之歌》在选题上已经不单单是种族矛盾问题了,更上升到了整个黑人民族的精神层面,堪称史诗性的优秀作品。不仅如此,小说以黑人民族的神话作为切入点写到了非洲的自然环境。在更为宏观的角度上,小说采取的也是全景式的创作模式,前后跨越百年的时间,空间上从美洲到非洲,其间还囊括了黑人民族在北美的百年历史,这就让读者在阅读时可以发现多条线索、多个主题,如此庞大的结构让整部《所罗门之歌》气势恢宏,在升华了小说的结构时也奠定了它难以被超越的历史地位。小说中主人公自我发现的历程同时也是麦肯家族的记忆重建,而麦肯家族的重建又是整个黑人民族千年历史的一个展示缩影而已,这样一层带一层,一环套一环,让所有线索融合在一起,全部汇聚在麦肯家族的三代人的奋斗史中。所罗门从非洲来到美洲之后就从没放弃过对回归故里的渴望,直到他终于可以飞回去,尽管付出了沉重的代价,但他找到了那份心灵的自由。宁愿抛妻弃子也要回到故乡,从侧面就可以折射出黑人在美洲的生活令人无法忍受,也表达出了他们对于传统根基的看重。

"奶娃"按照姑姑提供的线索南行寻找黄金，那是麦肯家族祖辈留下的财产，黄金既是祖辈辛勤劳作积累的物质财富，也是祖辈不屈不挠奋斗精神的象征。找寻黄金也就是在寻找家族的根，而这样的目标转换过程同时也是"奶娃"由幼稚走向成熟的标志。通过"奶娃"对家族几代人的溯源和探究，莫里森回顾了美国黑人男性的精神特质，他们栖息在美洲的大地，通过自己的努力和谐地生活，正如在沙狸玛镇与当地黑人狩猎时，"奶娃"终于了解到不是所有的成功都是建立在金钱和物质之上的。黑人兄弟纯朴的品格和卸下伪装的真诚使"奶娃"终于意识到什么才是真正的自由和快乐。

莫里森在描写"所罗门之歌"唱响时也同时提及所罗门飞走了，却把他的妻儿抛在后面，他们仍然深陷于苦苦挣扎的困境当中，盼望着有一天所罗门能将他们一起接回故土。莫里森笔下的所罗门具备非裔文化中的神秘能力，是美国非裔的精神图腾，但作者在两性间采取逃避策略的做法也受到了含蓄的批评。黑人男女之间能够平等相待，和谐共创未来，这又何尝不是莫里森让"奶娃"对"飞翔"进行了最后选择的意义所在。例如，在书中派特拉姑姑这一人物被塑造成黑人女性解放的斗士。那首"所罗门之歌"穿起了这部小说，她在对曾祖父飞走一事进行调查时，自然也调查到了故事背后抛妻弃子的悲凉，"所罗门之歌"一方面是光明，它代表着黑人男性突破牢笼回归故乡的辉煌，而另一方面却是阴暗的，代表着黑人女性被无情抛弃的悲哀。在祖辈逃离奴隶制的压迫背后，他的后代依旧遭受着非人的奴役，一曲壮歌也谱写出了女性的哀痛，她们没有所谓的自由可言，所以，"所罗门之歌"不该只是男性的自由之歌，也应当让女性的意识得以独立，摆脱枷锁，展翅飞翔。在小说中莫里森描写道："她们与生俱来的对自然的独特感知，对黑人历史的独特讲述，在经历深重的灾难后还能坚强地引导黑人男性走向成熟。"

"所罗门之歌"是一首献给父亲的歌，莫里森称自己的写作是"为了让爹爹得以飞升，孩子们记住他们的姓名"，这一题词表达了莫里森的内心对家人的眷恋，她的书不但是写家人，也是写给整个美洲非裔的精神赞歌。

莫里森在回顾黑人文化的传统和内涵的同时，为非裔的文化身份独立提供了充足的养料，她要实现的并不止于此，她还表现了自己对历史的理解、现实的阐释，表达了作为女性的自己对父辈代表历史的认识和对后辈们的期望。"所罗门之歌"穿插在不同的人物、不同的故事当中，它的旋律缠绕着主题并推动着剧情的发展，因为这首歌谣，整部作品显得更加完整，在主题表达方面也更加深入。

总而言之，托尼·莫里森的小说描绘了一幅丰富多彩的美国非裔族群生存状态的壮丽画卷，这里边带着非裔族群专属的民族特色。自从黑人被贩运到美洲，黑人民族被迫离开养育自己的非洲，他们的文化被白人文化排挤甚至剥夺，黑人的后裔与祖辈的精神联系也越来越淡化，没有独立的民族性，就不可能获得话语权。我们能看到在奴隶制被废除一百多年后的今天，黑人文化仍然作为主流文化的"他者"存在，甚至有沦为白人文化附庸的风险。莫里森很清楚地认识到，美国是一个有着强烈种族歧视的国家，黑人在美国的命运如果仅仅依靠白人的话是完全不会有任何改变的，以暴制暴也并不是很可取的方式，只有当黑人自己学会去认同自我的身份，明白要去继承传统文化，在自身民族的精神财富中去寻找到解开枷锁的钥匙，才能真正得到自由。

三 爱丽丝·沃克作品的解读

相对于莫里森，学界针对另外一位美国黑人女作家爱丽丝·沃克的专题研究并不多。事实上，爱丽丝·沃克在美国文坛上的地位也不容小觑。她经常选取的写作角度是黑人女性的生存状态和思想意识，以此表达出了她超前的寻求女性解放、追求男女平等的自由意识。

当前学界对爱丽丝·沃克的研究主要从爱丽丝·沃克的黑人女性的身份背景出发，研究其小说、诗歌的文学价值和其黑人女权主义思想的内涵，例如，她主张的"妇女主义""姐妹情谊""女性联盟"及其对跨国婚姻和同性恋问题的认识，对其作品的思想和对当代第三世界国家中的女性的适用性却并未展开研究。而国内对爱丽丝·沃克的研究往往限于对其某个文学作品的鉴赏,而忽略了其作品的思想对中国社会现实和中国女性主义文学批评的价值。国外研究方面,美国学者罗伯塔·亨德里克森在《爱丽丝·沃克、子午线和民权运动》一文中探讨了民权运动对沃克及其黑人女权主义思想的影响,国内方面如张晔教授的《黑人文化与白人强势文化的撞击——沃克〈外婆的日用家当〉小说解读》和王成宇、王平的《试析〈紫色〉的语言策略》,也是侧重从沃克的黑人作家的身份以及民族矛盾的角度对其作品进行解读。

如果从女性主义、后殖民女性主义、生态女性主义的视角,来全面深入探讨爱丽丝·沃克的文学作品及其创作思想对处于第三世界、处于父权、性别、经济和文化压力之下的各国女性所具有的现实指导意义,那么研究爱丽丝·沃克的作品和创作思想,对研究世界各国及我国女性所处的国际国内处境,使女性不再成为传统价值观下的被约束者,不再成为男性父权文化、主流再殖民以及"男性主流"意识的牺牲者具有重大意义。我们从反对和抵制男性主流的霸权和歧视,同时倡导和尊重多元与差异,从认识妇女的多样特质及多层次的观点着眼,进而审视各国女性的经济、政治、社会地位,甚至跨国、跨文化的多种因素,最终目的是达到人类性别关系的和谐、各种族之间和睦相处。下面我们将从女性主义、后殖民女性主义、生态女性主义的视角三个方面对爱丽丝·沃克的作品进行全面的研究,分析这位黑人女作家的创作思想和创作手法。这三个方面主要包括:一、女性主义理论批判不合理的社会现实,为争取女性自由、男女平等而斗争,为维护女性的合法权益而奋斗。二、生态女性主义强调人与人、人与自然以及人与社会的和谐相处。男权对女性的迫害就是对自然的破坏,而长期以来男权主宰世界,对女性的迫害达到极致,若不加以提示,生态环境会遭到严重破坏。三、后殖民女性主义又被称之为第三世界女性主义。第一世界女性主义往往是将性别解放作为抗争的中心,而第三世界女性主义融合当地的殖民经济对女性所面临的问题进行探讨研究,寻求解决的合理途径。男女平等这种广而泛之的说法并不在她们的谈论范围之内。她们对于女性主义的关注已经上升到了深层次的细节思考,这种政治考量需要与弱者在全球权力结构中的地位相联系,只有这样的女权斗争才有实际意义，才能真正为落后民族的女性谋福利。不仅如此，对于白人中产阶级女性在关注上存在的盲点，她们也进行了多方位的思考与探索。

爱丽丝·沃克虽然是一位少数族裔作家，但她笔下塑造的不断追求女性解放的黑人妇女形象却深入人心，她的作品展现了黑人女性在命运与精神世界中所具有的不屈不挠的斗争精神，体现了她对于化解男女之间的二元对立，实现两性平等的追求，使她在当代美国文坛上享誉盛名。对于沃克的小说，评论家们多从叙事文学、女性主义等角度来对人物进行分析点评，下面我们将尝试从生态女性主义和后殖民主义的视角来进行探究。

法国女权主义者弗朗西斯娃·德奥博纳在《女权主义或死亡》和《生态女权主义：革命或变化》中首次提出了生态女性主义的概念。

生态女性主义，顾名思义，融合了生态批评与女性批评这两方面的内容，简而言之就是在自然与女性之间建起了根本联系。将人类对自然界的破坏和男权对女性的压迫相关联，这二者的直接联系就将女性主义的维护放在了整个社会的政治、经济背景之下来进行考量，剖析出了"人类中心主义"的内在就是"男性中心主义"的本质，而父权的绝对领导地位则是男性中心主义的核心表现。女性在父权制社会中一直都是处于被边缘化的受压迫地位，这与自然被征服和利用有着异曲同工之处，都是被统治的客体。生态女性主义指出，男性中心主义对女性、对自然甚至是有色人种暴力式的掠夺和征服就是造成性别压迫、种族歧视、自然生态危机的根本原因所在。换句话说，只要解决了父权制的问题，不仅女性问题能够得以解决，就连生态问题也可迎刃而解。所以在生态女性主义者眼中，她们的奋斗目标始终都不简单地是所谓的男女平等，更是包括了解决生态危机和反对一切形式的压迫。

而后殖民女性主义者认为现代女性问题除了应关注传统的性别歧视，还应考量种族歧视、经济掠夺、政治权利结构等多种元素。女性处在什么样的位置就决定了她要遭受什么样的困境。不同国家乃至民族内部的政治、经济、文化构成都不一样，但各种因素都给女性带来了强烈的冲击甚至压迫，从种族主义、殖民主义、资本主义等展开多方位、多层次的文学批评与讨论，对拓宽后殖民主义和女性主义的研究领域，解决第三世界及少数族裔女性面临问题产生了积极的作用。

沃克在自己的小说中构建出了一个类似"孟多"那样的男女平等、人类与自然和谐相处的美好世界，向读者展现出一个没有男权压迫、尊敬女性、崇尚自然与人和谐共处的世外桃源。"孟多"的意思就是"世界"，它是出现在沃克小说《父亲的微笑之光》中，被想象出来的一个崇尚自然与生命、和平与友爱的原始部落，没有拥有男性上帝的宗教束缚，没有资本主义根据财富划分的社会等级，甚至代表等级制度的种姓都不存在于这个世界中，他们的艺术形式都崇尚抛去了那些复杂形式的简约，他们的世界没有黑暗和阴霾，而是一片祥和与明亮。作为自然的一部分，人与自然向来都应当是和谐共生的，而不是一味地掠夺与征服。沃克创造出这样的原始部落，就是想告诉世人，唯有我们回归自然、融入自然，才能够找寻到内心深处的平静，才能够让这个世界呈现出健康的发展态势，建造出真正的绿色生态世界。

本篇通过分析爱丽丝·沃克的创作思想，以及对女性主义、生态女性主义和20世纪80年代兴起的后殖民女性主义理论的研究，阐释了在独特历史条件下，黑人女性所遭受的种族与性别的双重歧视。其次，论述爱丽丝·沃克作品在黑人女性的觉醒、独立、解放过程中所发挥的重要作用，进而揭示出女性解放的首要任务是把女性从男权制的压迫中解放出来，女性需要争取在经济上、精神上和家庭中的独立地位，最终拥有独立的人格。最后，综合阐述爱丽丝·沃克作品对女性主体意识的觉醒、第三世界少数民族（包括黑人种族）的独立自由解放运动，甚至当今女性意识的现状所产生的深远影响。

本书通过研究爱丽丝·沃克的作品及其创作思想，为研究世界各国女性所处的国际及国内处境拓展了研究渠道，使女性不再成为传统价值观下的被约束者，不再是男性父权文化、主流再殖民以及"男性主流"意识的牺牲者。对主流文化中的霸权主义和种族歧视进行抵制，倡导尊重文化差异和多元文化共同繁荣。

不过，后殖民女性主义不论是从理论还是实践上，都有着令人难以解答的地方。第一，文化身份问题。后殖民知识分子大都是在西方生活的、有着东方血统的"东方人"，他们的文化身份经历了变形，知识生产的谱系是西方的，而且他们本身往往来自本国的受过良好教育的上层阶级，他们能否代表和再现第三世界下层人民特别是下层妇女的经验？第二，批判力量问题。后殖民女性主义进行批判的位置在哪里？最初可以说是最边缘，20世纪末期获得高度发展，直指西方文化的中心，然而随着它地位的不断提高和学术中心的转移，是否还能一如既往保持其批判性？是否会转变为另外一种知识继续西方对东方的文化侵略或主导权？第三，实践力量问题。种族歧视、性别压迫还有阶级束缚在后殖民主义中，是结合在一起来探讨的，这虽然从理论上来说是抵制男权的进一步发展，但是，若是男人和女人真的联起手起来去反对殖民压迫、性别歧视和阶级压迫，父权制就真的可以自然而然地消失掉吗？再从实践的角度来说，女性的抗争要如何去进行呢？这些都是在理论研究中必须回应的问题。

文学是在不断前进的，与之相关的文艺批评理论也随之不断发展。女性主义、生态女性主义、后殖民女性主义理论也是随着黑人女性文学的发展而发展起来的文学理论。女性主义、生态女性主义、后殖民女性主义主要研究的是政治、经济、文化及不同国家的殖民结构对有色女性造成的冲击和压迫，女性问题在此结构中与其有着不可分割的关系。所以，女性主义、生态女性主义、后殖民女性主义这三大主义不仅扩展了女性主义的理论边界，也为后期的科研实践提供了新的途径。后殖民女性主义与第一世界文学那种对男女平等所采取的泛泛而谈的形式是截然不同的，它将女性主义与当地的落后的政治、经济结构相结合，企图从中探寻到一条能够彻底解决问题的方式，正因为它将女性受到的不公平遭遇和压迫放在了世界权力中心去思考，这三大女性主义才能够对种族歧视、殖民主义，还有男权主义等问题形成强力的冲击。

爱丽丝·沃克的作品始终与描写黑人的命运联系在一起。1983年，她凭借《紫颜色》一跃成为美国文坛上第一位获得普利策文学奖的黑人女作家。这部小说是一部不断寻求自我解放的宏伟史诗。小说的主人公是一个美国南方的黑人妇女。二战前夕，生长于美国南方佐治亚乡村的十四岁黑人女孩儿西丽被强奸了，犯罪者是她的继父。也正因为如此，在母亲不明真相而去世之后，西丽生下了两个孩子，继父将两个孩子抢走后彻底失踪了。迫于生活的无奈，西丽只能嫁给一个根本就不爱自己的鳏夫。然而在这段没有爱情的婚姻中，西丽还要遭受丈夫的虐待。陈旧的思想束缚让西丽忍受着所有的磨难，所有的痛苦只能通过信纸传达给上帝来纾解。她不爱丈夫，只称呼他为某某先生，她会任劳任怨地去照顾丈夫前妻留下的四个孩子，也会在发现自己的妹妹被继父和丈夫盯上时伸出援手。

大儿子哈波学习他的父亲，在婚后动辄打骂使唤自己的妻子索菲亚，然而索菲亚却与西丽不同，她不愿屈服，不愿对着丈夫俯首帖耳，所以即便是后来与丈夫有了孩子，她还是选择离开，他去寻找属于自己的人生。将莎格接回家中是西丽人生的转折点，西丽的丈夫将这位患有重病的前情人光明正大地接了回来。在西丽的精心护理之下，莎格不仅痊愈了，还与她有了很深的感情。莎格告诉西丽不要一味地逆来顺受，要学会去争取权利，去找到施展自己才能的平台。

在莎格的引导之下，西丽的世界发生了翻天覆地的变化，她学会了站在另一个视角去看待这个世界，去思考自己身上发生的一切。这些都让西丽下定随着莎格离开的决心，所以当她发现丈夫偷藏了妹妹寄给自己的信件时终于决定不再忍受。一怒之下，西丽走出家门去了孟菲斯。在他乡，西丽学会了缝纫技术，不仅成为优秀的裁缝，还开了一家裁缝铺，正式开始了自力更生的生活。而西丽的丈夫在妻子离开了之后，也在思想斗争的痛苦中挣扎着，最后丈夫终于认识到了曾经的错误，抛开了之前的大男子主义，向西丽做出了道歉并获得了西丽的原谅，自此，他们成了好朋友。西丽的妹妹耐蒂先是在一个黑人牧师塞缪尔那儿干活，之后跟着牧师去了非洲做传教士。在这一过程中，她意外发现牧师的儿女竟然是自己姐姐曾经丢失的孩子！但是牧师一家很是贫困，他的妻子也因为染病而身亡。为了种植橡胶，英国的殖民者们不顾当地奥林卡人民的生活习惯，大肆破坏他们赖以生存的土地，甚至摧毁了他们的家园。而塞缪尔和耐蒂也收到来自教会的白眼和侮辱，并没有接收到任何的帮助。他们返回非洲时，当地人民对他们大为失望，纷纷投奔住在森林深处反抗白人的母布雷人。耐蒂此时已经跟塞缪尔结成夫妻，决心带着儿子亚当、女儿奥莉维亚及儿媳妇塔希回国。小说的大结局是西丽与妹妹、儿女团圆，过上了幸福的生活。作者站在黑人女性的角度上深刻描写了黑人女性在当时的生存困境，并对此进行了严肃的批判，这部作品体现了沃克对自由解放的追求，也凸显了她对黑人妇女解放道路的探寻，对于现代女性主义的发展、少数族裔的男女平等及女性的思想解放来说具有重大的意义和影响。

四　非裔文学的寻"根"之旅

1976年，黑人作家亚历克斯·哈利在美国发表了小说《根》，在文坛引起了巨大反响。据作者所言，这是一部经过他多年研究考证后写成的家族史。这段家族史最早可以追溯到那位被白人奴隶贩子从非洲拐到北美的超过六代的祖先——昆塔·肯特身上。整部作品写的就是这个家族从自由人变成奴隶而后又变成自由人的历程，讲述了在美国奴隶制压迫下黑人的黑暗的经历。该书一经出版，就炙手可热。同时，它也在评论界掀起了激烈的讨论，各方对此书褒贬不一。事实上关于《根》的争论，是一个带有高度政治意义和学术价值的矛盾话题，一直以来都是学术研究领域不断探讨的焦点。

《根》从记叙体例上看是一部历史小说，它以昆塔家族的故事为叙述主线，展现的却是美国资本主义一百多年的发展历史。作者以第一人称的口吻，亦幻亦真的笔触，重回遥远的非洲寻找家族的起源，同时也代表着美国黑人为自己短暂的异域历史寻找梦中挥之不去的文化源泉和精神动力的不懈追求。

大家最为耳熟能详的家族史小说，当属哥伦比亚作家加西亚·马尔克斯所创作的《百年孤独》，作者为了书写拉丁美洲的百年风云而采取了以小见大的方式，以加勒比海沿岸的马孔多小镇上布恩迪亚家族七代人的百年兴衰作为缩影，通过一个家族的兴衰沉浮来彰显整个时代的发展与变迁。但在美国，以家族史来展现一个国家的历史风貌的作品并不多见。而《飘》这部描写美国南北战争时期，美国南方地区人们生活的长篇小说，也采用了相同的手法。虽然不是家族史，但是玛格丽特·米切尔却以男女主人公的爱情纠葛为情节主线，以亚特兰大附近的南方种植园为故事场景，徐徐地将内战前后美国南方人的生活铺陈开来，讲述了那个气势恢宏、波澜壮阔的时代。另外，《汤姆叔叔的小屋》也可归为相同类型的作品。它们的共同之处在于从特定的历史时期入手，以个人的经历和家族历史为切入点，从浓缩的社会现实图景来展现宏大的历史画面。亚历克斯·哈利的《根》也采取了同样的方法，尽管没有马尔克斯那种恢宏大气和神秘魔幻气质，但通过黑奴的谨小慎微和只言片语，读者不难想象他们被禁锢、被压迫、被剥脱正常的生活权利和教育后的悲惨际遇。他们的内心渴望着能够改变黑暗的现实，渴望能够接触和了解外面的世界，渴望不再被压制。小镇上的昆塔家族，在小说中一直是黑人了解局势和新闻的唯一信息来源。因为昆塔为老爷赶车，他知道外面的最新消息并传达给其他黑奴。达西识文断字，经常把报纸上的消息告诉大家。到了乔治与汤姆这一代，他们与白人老爷关系更加密切，经常会把从主人们那里探听到的各种新闻带回奴隶巷。轰轰烈烈的南北战争更促进了昆塔家族与白人的联系，他们与社会的纽带更加紧密，更具备了独立的人格和认知。读者可以发现黑奴的后代开始渐渐摆脱家族的束缚，对于导致自己人生悲剧的根本原因也刻意淡化。他们对自己祖先、对非洲记忆的遗忘性也越强，取而代之的是越来越明显的美国性格。昆塔的叛逆逃跑带着非洲原始部落对外来文明的排斥，是一种自然天性的激烈反抗。到了达西这一代，他们已经与白人之间产生了密切的联系，逆来顺受的奴性心理使之接受白人的恩赐，甚至幻想着白人小姐能够来解救自己。而乔治的肤色也发生了变化，变成了黑人们讨厌的浅白色。他不再是辛勤劳作、毫无社会地位的奴隶，变得更加体面，但他还是因为一次斗鸡的失败被主人卖去了大洋彼岸的英国。到了后面的汤姆，已经摆脱了农活，成为一个独立的手艺人。最后我们看到辛西娅，已经读书写字，拥有自己的事业……这部小说用一个家族的人物命运来展示不同时代美国社会的发展变迁。黑人从奴隶的身份中得到解放，终于可以和白人一起走在阳光之下，但其中的心酸和无奈读来令人唏嘘。

随着美国物质生活的不断改善以及黑人身份的提高，非裔后代对非洲元文化的保留也越来越模糊。到了后来，有些后代人甚至反感长辈时不时提起那遥远的祖先昆塔，那种冈比亚河上土著黑人的和谐生活，甚至排斥他们口语中的土音。作者本人对于非洲浓烈的感情和对罪恶的奴隶制的憎恨溢于言表，他说，"我的脑海里开始模糊地投影下一幅我们数以百万名祖先当时被集体运上奴隶船的情景"，"数千名是像我自己的祖先昆塔一样被个别掳走，但上百万名是在夜晚熟睡中，当他们从一片火海中尖叫惊醒过来冲出屋外时，被前来偷袭的入侵者擒住。他们用铁链把每个人的脖子连结成列，有时候队伍可长达一英里之长。我想象着有些人无法承受沿途不断的折磨而奄奄一息或被丢在路旁等死，以及那些抵达岸边的人全身被上油，毛发被剃掉，然后烙上炽热的烙铁印；我想象着他们被鞭笞，然后被拖上船，以及他们如噩梦般地尖喊，双手无助地挣扎和奋力地想咬住一口家乡泥土的情景。我想象着他们被半拍半推地进入那臭气冲天的船舱牢笼里且被链在层层的架子上，而架子上的空间又小得大家必须侧躺，就像抽屉里一排排的汤匙一样……"[1] 作者告诫自己的同胞，忘记历史和文化，就会使整个种族丧失发展的精神动力。尽管在"我"这一代，黑人的后裔已经在社会上有了一席之地，父亲在康奈尔大学得到博士学位并成为教授，"我"成为一名作家，乔治成为美国新闻处的副理，尤里乌斯是美国海军部的建筑师，萝依丝是音乐老师。但这一切都来自黑人骨子里文化的熏陶和家族的帮助，黑奴的后代取得的成就是一代代黑人用汗水、鲜血、屈辱甚至生命的代价换来的，他们一

---

[1] Alex Haley. Roots[M]. New York: Vintage Books, 1994 (1): 685.

直秉承着祖辈的遗志，期待着灵魂归去那魂牵梦绕的故乡。因此在小说最后，作者描写父亲的葬礼时写道："父亲就这样加入了其他祖先的行列。我可以感觉到他们真的在天上看顾指引着我们，也感觉到他们和我一样希望我们家族的故事能够告示世人：尽管历史是由胜利者所写的，但整个历史过程是所有相关的人串连而成的。"①

除了故事的主线绵延几代人的传承及经历，作者也用大量的笔墨描写了非洲部落的男耕女织的田园生活。小昆塔和其他第一代的五岁以下孩童会在村中祖母级的长辈照顾之下嬉戏玩闹。女孩也和男孩一样赤裸雀跃——其中有些才刚牙牙学语而已。每个人都像昆塔一样长得很快，成天嬉笑、尖叫，在村中面包树的大树干旁玩追逐游戏、捉迷藏、驱赶家禽，逗得鸡飞狗跳，鸡羽狗毛满天飞。每当听到祖母中有人要讲故事，就会连走带爬地过来坐好，安静地聆听……作者用一幅乌托邦式乡村生活图像反映了非洲黑人种族的淳朴、善良与和谐，与小说后面的黑奴的悲惨生活和所遭受的非人待遇做了巧妙对比。尽管这部小说在节奏、叙述策略及语言技巧上仍有不足，但其对于非裔命运的担忧和对种族未来的思考引起了社会的极大关注。

第四节　现当代美国非裔文学

当代美国非裔文学的发展不断走向深入，涌现出了一批优秀作家，其中一位后起之秀是美国黑人作家詹姆斯·麦克布莱德。2013年，詹姆斯凭借《天堂鸟》（Good Lord Bird）摘下了美国国家图书奖小说类大奖桂冠，击败了原本具有极大竞争力的托马斯·品钦和乔治·桑德斯等文坛上的著名作家。该小说的入选理由是将"历史与幻想生动糅合的写作技巧"。《纽约时报》评论："这是一部伟大的作品，一个充满快乐的故事，作者发掘历史宝库的天赋和音乐般的艺术形象与语言使其成为经典。"《华盛顿邮报》评

---

① Alex Haley. Roots[M]. New York: Vintage Books, 1994 (1): 688.

论:"这部小说令人愉悦并具有想象力,同时故事也体现了深刻的人文关怀。在某种程度来说可以媲美荷马与马克·吐温的作品。闪光的人物将带领我们穿越那段黑暗的历史长廊,指引我们真理所在的地方。"《芝加哥论坛报》更是直接称赞詹姆斯的这部小说是超越历史的佳作。

美国主流媒体的评论都是对《天堂鸟》的推崇和赞赏,可见它在美国文坛上的影响力。我国学者对于《天堂鸟》的研究尚处于起步阶段,只有陈妍颖在《当代文坛》上写过短篇评论而已,而针对该作品在作品结构、写作风格、语言技巧甚至文本译介等领域的相关研究,尚属空白。但是很明显,这部以真实历史为背景的小说,对于研究当代美国的非裔文学有着十分重要的价值,通过研究其中塑造的人物形象,能够更深刻了解那些人物背后所代表的历史意义。

小说作者詹姆斯·麦克布莱德不仅是一位当代知名黑人作家,还是一位音乐人和电影编剧。他在各个领域的建树并没有湮灭他的创作才华。他的自传《水的颜色:一位黑人对他白人母亲的礼赞》(The Color of Water: A Black Man's Tribute to His White Mother),曾雄踞《纽约时报》畅销榜长达两年之久。他塑造的主人公小亨利已经成为当代美国文学中的"哈克贝利·费恩",两人都处在大时代纷繁复杂的历史背景下,都勇敢地去寻找真理与自我。作为黑人孩子,亨利的视角和对种族主义的感受也明显不同于白人,具有令人信服的"真实性"。詹姆斯·麦克布莱德的另外两部小说《圣安娜奇迹》(Miracle at St. Anna)和《雷德胡克的夏天》也同样引发了阅读高潮,被改编成同名电影后在社会上引起了轩然大波。

《天堂鸟》主要讲述的就是废奴主义者约翰·布朗带着 12 岁的黑人男孩亨利·沙克尔福德一起去冒险的故事。故事发生的背景是美国内战爆发前期,因此布朗与亨利的相遇也与那时在堪萨斯州因为废奴制争论而发生了暴力事件有关,因为这场暴力事件,亨利的父亲惨死,他也只得被当作女孩儿而跟在布朗的身边。诙谐幽默是贯穿整个故事的写作笔调,作者用看似轻松的笔触通过孩子的视角将那一段黑暗的历史铺展开来——呈现在读者面前。

主人公亨利（又名"小洋葱"）与马克·吐温笔下的哈克有着很多相似之处，他们的冒险经历都伴随着各自的成长经历，以及对寻找真理和真实自我的渴望。

一 一段心灵的朝圣之旅

亨利与哈克贝利·费恩最根本的区别在于，亨利是一个彻底的黑人男孩儿，而哈克贝利·费恩虽然是废奴拥护者，却始终是白人身份，远没有亨利切实身处在奴隶制中的那种刻骨铭心的感受，因此，亨利的形象在艺术真实性方面是要高于哈克的。不仅如此，亨利为了解答内心的疑惑，探索自己的身份价值，从未停止过寻找之路。小说从一个黑人孩子的视角出发，用诙谐的语调，挣脱开传统历史题材小说的束缚，逐步引导黑人在残酷的压迫中一步步走向民族觉醒，作者站在一个新的审视角度带着读者走进那一段动荡的历史岁月，重温了当时轰轰烈烈的黑人废奴运动，让历史在想象与真实的结合中以一种全新的形式展现在读者面前，带给读者全然不同于以往的阅读体验。相较于成人来说，孩子眼中的世界还是比较单纯的，以这样一种视角去解读成人黑暗又复杂的世界，再加上运用充满了方言特色的语言和轻松的笔调来彰显历史的积淀，让这部原本就很幽默的冒险小说升华到了自我救赎和对生命意义探寻的高度，跨越了种族文化的壁垒。

作为新时期黑人文学的又一经典形象，书中的亨利不仅仅是一个黑人奴隶的后代，同时也是一个心灵朝圣者。他的奇幻之旅不仅讲述了白人与黑人的仇恨与对抗，还客观地再现了白人之间、自由黑人与黑人奴隶之间的种种冲突，他所关心的是真理和公义，是最终自我在文化身份上的定位。在对作者本人进行访谈时，他就说过，"奴隶制很难探讨，因为人们总将眼光集中在陈腔滥调和制度本身的残忍上，但我们需要找到一个谈论过去的方法，给彼此喘息的空间"，"如果不这样做，交流就不会发生，相互理解的能力也就烟消云散了。"[①] 历史是不以种族的不同而改变的，作者将此作为一次

---

① 陈妍颖.历史和幻想相糅合[N].文艺报，2013（12）:20.

跨越种族、实现民族融合的契机，并以此进行了文学创作。马克·吐温的小说是成长小说，作为致敬马克·吐温的作品，成长性也体现在小说《天堂鸟》的故事当中。但是与马克·吐温塑造的形象不同，马克·吐温笔下的哈克是正直又勇敢的形象。

《天堂鸟》中的亨利用搞笑的语言和戏谑的口吻将小人物的形象生动地镶嵌在宏大历史的背景板上，作者以此来凸显社会现实与梦想之间的巨大反差给年青一代的成长带来的巨大冲击。历来经典的文学形象无一不是经受过心灵洗礼，历经挫折才化茧成蝶。哈克和亨利从青涩蜕变为成熟的少年形象，他们代表了不同时代的美国风貌。与前辈相比，詹姆斯笔下的"小洋葱"不是哈克式的英雄原型，也不是塞林格笔下霍尔顿式的反英雄形象，他只是一个平凡的孩子，这也体现了黑人少年成长际遇的普遍性。与哈克同黑人奴隶吉姆在密西西比河上冒险的经历相仿，亨利被当作女孩子跟随着约翰·布朗向起义地点进发。从最开始的迷惑和无所适从，到自我意识的觉醒和顿悟的发生，他中间分别经历了性别意识、文化身份和自我认知等不同阶段。由于是非裔的后代，亨利并没有哈克与生俱来的优越感，也不可能站在所谓的道德制高点去俯视社会的不公与罪恶。他只是用好奇的眼睛去观察周围的一切，为了保命去隐瞒自己的真实性别。例如，在小说开头，亨利自嘲地说："我天生就是一个有色人种，但别忘了，我已经作为一名女性黑人生活了17年。"他从没泄露过自己的性别身份，直到最后去监狱见约翰最后一面时，他穿了自己的裤子和衬衫，这里的小亨利已经准备将自己真实的一面展现给自己的人生导师，这是他人生认知的重要一步，象征着亨利发现自我的过程。而最后，约翰·布朗在回答亨利问题时无疑使其对自我存在的意义有了更深一步的了解。"无论你是什么身份，一定要过得充实，上帝不会偏待任何人。"[①]

---

① James McBride. Good Lord Bird[M]. New York: Penguin Group, 2013: 455.

二 从幕后到台前——黑人身份的觉醒

詹姆斯·麦克布莱德作为新时期黑人文学的杰出代表,对于黑人的文化身份尤为关注。比起前辈非裔文学家对于种族主义的深刻思考,詹姆斯采用了一种戏谑的笔调去描述一段黑暗的历史时刻。出生在白人废奴者家庭中的约翰·布朗对于奴隶制深恶痛绝,1859年他带领跟随自己的21人攻占了弗吉尼亚的哈珀斯·费里,以唤醒广大民众对奴隶制的反抗。在狱中,当"我"问他为什么不选择从防卫不太严密的地方逃跑时,他回答说:"为什么我要那么做?我是这个世界上最幸运的人。永生不在既往,也不在将来。无论永恒有多久远,那个中心点就是生活本身。我已经用自己有限的时间做了上帝要求我完成的事业。那就是我人生的意义。"[①]一个固执而又富于正义感的黑人运动领袖形象顿时跃然纸上。这里的布朗与其他历史文献和记录中的布朗略有不同。在小亨利的眼中,这位老人甚至被描述为"偏执""疯狂"。当然,这种描述并不是说布朗丧失了理智,变得好战和残暴。相反,他对于革命理想和创造人人平等的理想天国充满了梦想和热爱。作为虔诚的基督徒,他甚至在战斗中和自身处于危险时,仍在宣传革命理想和布道。他是主人公"小洋葱"的人生导师,也是小说故事发展的主线人物。

通过对以往美国成长小说的研究,亨利和哈克的角色位置发生了巧妙转换,黑人形象从幕后走向台前。在《哈克贝利·费恩历险记》中,主人公哈克是一个具有正义感而又追求独立和自由的白人形象,他所拯救和帮助的黑人奴隶吉姆尽管忠厚老实,在个性上却显得模糊而虚弱。吉姆对白人具有天生的畏惧心理和奴性,美国的黑人奴隶普遍都是这种心理,为了生存他不得不向北方逃亡,求生的本能促使他对自己的命运做出改变,但这种主体意识是被动而盲目的。反观《天堂鸟》中的小亨利,他走出堪萨斯的政治旋涡,在冒险中去寻找独立的自我,直到最后发现并认识到黑人与白人一样都有追

---

① 马克·吐温.哈克贝利·费恩历险记[M].成时,译.北京人民文学出版社,2005:40.

求幸福和完整人生的权利，这是黑人民族意识觉醒的进步。当然，随着美国社会的进步，作为少数族裔的美国黑人也在斗争中不断地为自己争取到了更大的生存权利和政治地位。文学作品中黑人形象的变迁，也充分反映出他们在本民族文化身份的意识上形成了完整的认知。

三 致敬前辈——《天堂鸟》与《哈克贝利·费恩历险记》的互文性

任何作者在写作时都是在对别的文本进行有意或无意的改写。[①] 从詹姆斯·麦克布莱德的小说中可以看出他对文学界的前辈和大师马克·吐温有着崇尚和致敬，最典型的就是高度互文性同时出现在了《天堂鸟》和《哈克贝利·费恩历险记》之中。首先，从小说的主人公年龄来说，他们都处于正在构建世界观和培养价值观的孩童时期，他们需要学会去辨别世上的善恶美丑，在面对着那些无时不在的矛盾时，他们的内心充满了迷茫和挣扎。在这一过程中，为了寻找到生命的真谛、人存在的意义以及真实的自我，他们选择了冒险之路，哪怕这一路上处处都是危机与挑战。

从两对主人公命运发展主线中可以明显看出作者的意图：对于种族压迫，主人公均是先逃离而后又选择了反抗之路，这是黑人独立意识的觉醒和自我身份意识的突破。哈克与黑奴吉姆在密西西比河上向北部进发，表示黑人在追求自由与幸福的路上得到了富有正义感的白人帮助带领；而亨利和布朗从中部的堪萨斯向东部的弗吉尼亚进军则是黑人在废除奴隶主制度上的不断前进和反抗。很巧的是，这两条冒险的路线构成了十字形，而这恰巧与基督教圣徽的形状相同。引导黑人走向光明的最大动力无疑就是宗教信仰的支持。正如小说中，老布朗在战斗中和在狱中时也不忘向上帝祈祷，黑人得以生存，并最终获得内心自由和平静的最大力量就是对宗教的信仰。这种结构布局也是作者对黑人斗争正义性的一种委婉表达。

其次，道格拉斯这个人物在两部小说中均有出场。在詹姆斯的小说中，

[①] 殷企平.谈互文性[J].外国文学评论，1994（2）：42.

道格拉斯夫人是当时社会上最为典型的伪善代表。她将哈克认作儿子,对他进行所谓的文明教化,然而她的教化对于哈克来说就是精神上的折磨。"她许下了话,要教我学学文明规矩,可是一天到晚,耽在这间屋里,有多难受。你想,寡妇的行为举止,一桩桩,一件件,全都那么刻板,那么一本正经,这有多丧气。这样,到了我实在受不了的那一天,我就溜之大吉啦。"① 在当时的社会上,所谓的社会中的文明人、贵族们都死气沉沉,毫无灵气可言,他们仅仅追随着那些条条框框和道德规范,并以此来要求他人。而这种无尽的驯服和说教对于哈克来说就是来自灵魂深处的枷锁,因为哈克有着自己的个性,他向往自由。小说中出现的这位弗雷德里克·道格拉斯夫人在历史中是有真实的原型存在的,在 19 世纪,他是美国废奴运动中如同巨人一般存在的领袖。然而,实际上不管他演讲得多么激烈,批判得多么诚恳,这位领袖最多的也不过是在布朗起义时给予了一定的经济资助,至于演讲稿中那些激情昂扬的措施,他并没有付诸行动。正如小说中的道格拉斯一样,他支持着黑人解放运动,却根本就没有革命的牺牲精神,因为他的生活是极其优越的,他所处的位置也是高高在上的。关于道格拉斯的外貌和语言描写,作者在亨利与布朗来罗切斯特寻求他帮助时写道:"站台上站着一位与以往我所见过的都不一样的黑人。他是一个健壮、英俊的混血儿,梳着中分的黑色长发。他浆洗过的衬衫干净整洁,他的西装熨得平平整整,皮靴上一尘不染。他像一尊雕像,更像一位国王,骄傲、笔直地矗立在站台上。"② 很明显,道格拉斯是一位不论是身份还是地位都十分显赫的自由黑人,他与那些还在饱受压迫和奴役的黑人有着根本的不同,他甚至有两个妻子在照顾着他的饮食起居。他对哈克的说教与哈克在外边需要面对的那些充满了束缚的教化并没有什么太大的不同。例如,在听到"我"的名字后,他冷漠地看着"我",鼻孔朝天地俯视"我"说:"年轻的女士,注意你的礼仪,你怎么叫这个名字,

---

① 毛信德.美国小说发展史[M].杭州:浙江大学出版社,2004:22.
② James McBride. Good Lord Bird[M]. New York: Penguin Group, 2013: 234.

怎么能这样着装,怎么能不叫我尊称?"① 也正因为如此,亨利并不能很友好地面对他,特别是当他知道了道格拉斯背叛了布朗之后,他甚至想一枪打死道格拉斯。

最后,二者在语言上采用了同样的方式。在叙述故事时,南方本土化的方言是主要载体。就像哈克在密西西比河上流浪的时候,无论是当地居民粗俗的话语,还是哈克本身的痞子气息都得到了极为生动的描绘,这种使用不规范语言和大量使用俚语的语言风格对于当地风土人情和人物个性都起到了烘托作用,使得整部作品都充满了诙谐幽默。马克·吐温中对于语言巧妙的运用,不仅奠定了他语言大师的地位,也让美国文学迈进了有自己专属特色的时代,不再仅仅是随欧洲文化的主流。正如海明威所说:"一切现代美国文学都来自一本书,这就是马克·吐温的《哈克贝利·费恩历险记》,它是我们所有的书中最好的一本书。"②

詹姆斯凭借丰富的生活经验,在小说《天堂鸟》中将使用美国方言的传统进行了继承和发挥,让人们在阅读的时候能够有身临内战前美国南方社会的感觉,对此,詹姆斯·麦克布莱德在访谈中曾说过:"我一直偏爱南方黑人,包括当地白人的声音,小说中'小洋葱'的说话方式和他们一样,有一种没有受过正规教育的有色人种的率直。"由此我们可以得出,《天堂鸟》和《哈克贝利·费恩历险记》从主题到人物塑造再到语言风格上都有着很明显的互文性。

---

① James McBride. Good Lord Bird[M]. New York: Penguin Group, 2013: 236.
② 海明威.非洲的青山[M]. 第一版. 张建平, 译. 上海:上海译文出版社, 2004:21.

第五章　北美犹太裔文学主题分析

第一节　北美犹太裔文学的崛起

北美犹太裔作家在当代美加两国文坛中可以说占有举足轻重的地位，尤其在美国文学界中，犹太文学是仅次于美国主流文学的少数族裔文学。犹太人约有半数定居在美国，他们由于文化宗教的先天优势，在美国主流社会站稳了脚跟，并涌现出大批的优秀作家和优秀作品。索尔·贝娄和菲利普·罗斯就是其中的佼佼者。

犹太民族是曾向世界贡献过《圣经》，为人类文明做出过独特贡献的古老民族，但从公元前70年耶路撒冷圣殿被毁之后的近2000年的时间里，他们因失去家园而被迫流散、迁徙到世界各地而艰难生存，特别在欧美等国，因他们的宗教信仰与基督教教义有隔阂而造成的歧视与对抗，甚至种族灭绝式的屠杀，令整个犹太民族饱受苦难。多灾多难的犹太民族创作出了多部令世人惊叹的文学名著，他们在美国乃至全世界均享有盛誉，曾涌现出一大批诺贝尔文学奖获得者和蜚声国际的文学大师，诸如索尔·贝娄、艾·巴萨克·辛格、马拉默德、诺曼·梅勒、约瑟夫·海勒、菲利普·罗斯等等。

历史上犹太民族移居美国的浪潮大体有四次，前后绵延300余年，尤其二战后大量犹太移民涌入美国，其间便是涌现出众多知名作家。自19世纪80年代以来，大致可以把犹太裔作家分成三代。美国犹太裔的第一代作家初次出现在世人面前大约在20世纪初。其作品的典型主题是描写犹太人在异域的生存状态，个人身份与美国文化身份的冲突与矛盾，以及面对基督教文化精神世界的迷茫和空虚。代表作家有玛丽·安廷和亚伯拉罕·卡恩。他们早年都出生于俄国，后移居到美国。玛丽·安廷的代表作是一部出版于1912年的自传小说《希望之乡》。亚伯拉罕·卡恩的代表作是发表于1917年的小说《戴维·勒文斯基的兴起》。早期犹太文学在作品中对童年都怀有深深的眷恋和刻骨铭心的记忆，小说中主人公即使在美国功成名就，仍然保有对童年的深刻回忆。从这里可以看出犹太裔作家对本民族文化的珍视和对美好未来的憧憬。

19世纪，当大批犹太人抵达美国时，他们发现这里是一个与欧洲完全不同的"自由大陆"，在这片土地上，没有欧洲那么多的宗教束缚和历史传统，它对所有开拓者敞开大门，这片土地上充满着自由竞争而又注重现实和效益。正是在这样一种宽松的环境里，颠沛流离的犹太民族找到了可以尽情发挥聪明才智的舞台。拥有深厚历史文化底蕴、崇尚知识、讲究务实、坚忍勤奋、重视教育的犹太人在进入美国社会后，没有简单地排斥或一味地附庸美国的所谓多元文化，而是在与这种文化和价值观的相互碰撞融合中，逐渐形成了美国犹太文化，这种具有两种文化特点的新型文化形态，使犹太人能够在美国的主流文化圈中成功立足。同时，也全赖于这种新型文化形态，使犹太人在政治、经济、社会、文化等各个领域占有重要地位，推动了犹太裔文学的进一步发展。

二战期间及战后，越来越多的杰出犹太文学代表脱颖而出，出现不少畅销的犹太文学作品。例如：被称为"海明威第二"的诺曼·梅勒的小说《裸者与死者》，苏联籍犹太作家帕斯捷尔纳克发表小说《日瓦戈医生》，波兰籍犹太作家阿格农发表重要作品《过夜的客人》，爱尔兰籍犹太剧作家贝克特发表话剧《等待戈多》，加拿大籍犹太作家索尔·贝娄发表作品《郝索格》，卡内蒂发表作品《迷茫》，南非籍犹太女作家戈迪默的长篇小说《邂逅》，等等，这些犹太裔作家凭借各自的作品先后获得诺贝尔文学奖。随着犹太作家井喷式出现，美国的犹太文学也达到了空前的繁荣。如赫尔曼·沃克的《玛乔里晨星》、迈伦·考夫曼的《为我致候上帝》、利昂·尤里斯的《出埃及记》，以及巴巴拉·普罗布斯特·所罗门的《生活的节拍》、尼尔·奥克斯南德拉的《上帝的变换》。诗歌方面如卡尔·夏皮罗的《一个犹太人的诗歌》《普赖培特河上的沼泽》，约翰·霍兰德的《蒺藜的裂缝》，托尼·库什纳的代表剧作《美国天使》等。在众多美国犹太文学名家中，最负盛名的当属索尔·贝娄、诺曼·梅勒、伯纳德·玛拉默德、赛林格和菲利普·罗斯等。

犹太民族有着很强的凝聚力，这与他们本身的文化中始终包含着"犹太性"的专属特征是不可分割的。犹太裔的深厚历史根源和强烈的文化意识是美国其他族裔无法比拟的，包括白人的基督教文化、非裔（黑人）文化、和亚裔文化。犹太文化在美国的地位从以下几个方面可窥一斑：犹太教派笃信救世主，教义及教规具有很大的独立性，但却能在美国的大城市中生存发展，并拥有强大的政治号召力，其强大的宗教文化纽带作用是其他族裔无法达到的。犹太裔能影响美国政府的重大决策，并大力支持重建犹太国家，使得犹太复国主义运动在美国不断发展壮大，这种政治文化现象，也是其他族裔望尘莫及的。由于犹太人历经磨难，二战时甚至曾面临灭族的危险，对那一段历史，任何犹太人都会铭刻在心，他们每年都会举行的纪念大屠杀受害者的活动及各种展览、电影、文学作品和学术讨论会，使得美国犹太民族的认同感不断加强，犹太民族的"犹太性"得以彰显。

其次，美国犹太文化具有强烈的流散文学特征，由于长期漂泊在异域他乡，他们陷入难以自拔的身份困惑和精神痛苦之中。犹太人始终改变不了自己的祖先，并且忘却不了自己的苦难史和现实社会给他们带来的精神压力和痛苦，这也是美国犹太小说早期的主题。现当代犹太文学在其日趋完善的文学性上主题中明显都具有"回归"意向。犹太裔长期定居海外，与其他族裔共处交融，不可避免地受到其他文化的侵蚀，新一代的犹太后裔对他们的文化身份和犹太性感到迷茫无助。犹太裔作家却从来没有放弃过对犹太传统文化的坚守。他们对犹太人被屠杀的记忆、犹太复国主义的理想、犹太民族宗教信仰的虔诚、犹太民族的神话传说、犹太民族的文化传统等大力宣扬，不断探索犹太人的生存意义与民族存在的价值，并以此号召全体犹太裔"回归"共同的精神家园。

第二节　北美犹太裔文学的旗帜——索尔·贝娄

索尔·贝娄（Saul Bellow），犹太裔作家，出生于加拿大魁北克省，在1924年搬去美国芝加哥之前，一直都生活在蒙特利尔。他的父亲是从俄国移民过来的犹太商人，贝娄是家中四个孩子中最小的一个。1976年《洪堡的礼物》一书将索尔·贝娄送上了诺贝尔文学奖的桂冠宝座，使贝娄当之无愧地成为美国当代最负盛名的作家之一。"融合了对人的理解和对当代文化的精妙分析"是世人对他作品的评价。他的小说《抓紧时光》更是在被瑞典皇家学会授奖时称为现代典型作品之一。

关于主人公对命运的探索和犹太伦理反思的主题，自索尔·贝娄的第一部作品《奥吉·马奇历险记》之后，就一直贯穿延续下去。《赫索格》《洪堡的礼物》《更多的人死于心碎》等对于人性本质和世界本源的思考，使其作品的艺术性和思想性达到了犹太裔文学的巅峰，并发展成为他的一种创作模式。

在《奥吉·马奇历险记》中，奥吉·马奇忙碌一生，到处流浪历险，虽然维护了内心"自我"的人格，却成了脱离现实的乌托邦式人物，最终也不得不与现实妥协，成为游离于社会主流生活之外的"边缘人"。一方面，奥吉对于精神层面独立的追求和为了自由而所做的抗争，都以失败告终。但在另一方面，在一个充满了金钱利益、自私自利的物质社会中，奥吉那种关于"生活轴线"的设想，关于建立孤儿院的真诚善良的愿望，也象征了犹太人对于自我存在的向往。即使他被生活现实所束缚，最后成了倒卖战争后剩余物资的非法商人，但是他内心渴望挣脱枷锁获得精神自由的梦想却在屡屡碰壁的过程中得以表现出来。二战后物质日益丰富的美国社会，在这个犹太人的眼中呈现出来的却是精神的荒原，这种自我身份的危机已经在完美社会口号的掩盖下濒临爆发，有关犹太人"自我本质"的认识也处于困境当中。

《雨王汉德森》是一部以主人公心理成长为主题的小说，反映的是20世纪一个生活富足的知识分子自愿放弃城市生活，走向非洲荒原去完成心灵的自我救赎的过程。小说讲述了美国富翁尤金·汉德森在与土著部族的交往中，经历了从优越到困惑，从焦虑不安到精神升华的过程，小说正是通过大量的心理描写来揭示人物的内心活动，表现人物丰富而复杂的感情以及人物内心转变的过程。主人公汉德森在内心深处一声声"我要，我要"的催促中逃到蛮荒的非洲部落，去寻找远方的精神家园。活着的意义就在于将自己有限的生命引领到更深层次的地方，这是他在非洲终于明白过来的道理，也是他最终选择流浪的目的。

《赫索格》中的赫索格是一位高级知识分子、大学的犹太历史学教授，他学识广博，关心全人类的生存状况。但在他的第二任妻子与他最好的朋友在一起后，他遭受了事业和爱情的双重打击，几近崩溃。他一路逃离到偏远的路德村，其间盲目地书写了大量书信，却从未寄出。他在信中讲述了自己对政治、经济、宗教、军事等等几乎是社会各方面的见解，他一心沉浸在自己构建的理想社会主义的思考之中。赫索格就是这么一位犹太人，明明是高级知识分子，却偏偏在性格上有着无法弥补的缺陷，通过赫索格思维的"混乱"及他写的几十封信的内容可以窥视到20世纪60年代的美国社会与文化，反映出资本主义社会里一个有高度文化修养的知识分子所面临的精神危机，以及他们在现实世界里的迷惑、流浪与追求。贝娄选择一个高度接受美国文化的知识界精英作为典型来剖析解读他的精神状态，在一定程度上真实反映了在当时的社会风貌和物质丰富的外衣下隐藏的精神空虚。这部小说在美国备受推崇，很多人认为赫索格的经历就是美国20世纪60年代知识分子所面临的精神危机的缩影。

在所有的第二代犹太裔作家中，索尔·贝娄绝对算得上是旗帜性人物，由此就可以看出他的作品有着怎样广泛的影响力。其中流浪主题在其大部分作品中都有体现。对美好生活有着追求，对人生意义有着探索，是贝娄作品中主人公所具有的共同特性与理想,哪怕是在流浪中的马奇也有着办一家孤儿院的美好梦想。但是现实总是会无情地摧残他们,这让他们在饱受伤害时不断逃离,让他们在梦想成为英雄的探寻和成为现实受害者的流浪之间达成了一种难以化解的矛盾平衡。理想与现实,英雄与牺牲品,完全相反的处境让冲突与矛盾永恒存在,也让他们一次又一次成为世界的边缘人。即便是在想象中,他们成为无比完美又优秀的存在,但现实中,却始终都陷入孤立无援,始终都是想逃避却避无可避的精神放逐者,换句话说想象中的他们有多风光,现实中就有多卑微无助。例如,西特林承受着前妻对自己的勒索,也心甘情愿地承受着情人的利用,明明是妻子与朋友出轨背叛,被逐出家门的却是赫索格教授。植物学教授本诺在经历了多次的婚姻陷阱后,竟落得个成为邻居性奴隶的下场。他们中的每一个人都曾经对美好家园与爱情进行过幻想和寄托,然而现实却一次次告诉他们,那不过是一片不堪入目的废墟罢了。他们不得不远离物质和贪婪,一次次地逃离现实。

在贝娄的作品中,同为知识分子的主人公们从身份上来说,一开始就已经决定了他们会有着极为相似的命运,因为拥有的知识越多,他们就越容易在思想深处去相信艺术是能够救赎这个被物质笼罩的社会的。因此,他们在肉体上远离繁华庸俗的社会,独自去往不熟悉的远方去体验独立的自我。除此之外,存在的意义是什么也是他们更为关注的精神领地。他们都热衷于人类共同命运、精神家园、灵魂救赎等深刻的哲学思考,热衷于生活在他们的精神的伊甸园,但当他们置身于金钱和权利的社会中,就显得与这个世界格格不入。逃离是贝娄小说中所有主人公在面临着理想被现实毁灭时都会做出的选择,虽然他们明白人生中不可避免地会出现这样那样的不顺心,然而他们并不愿意去接受这样的现实,或者说是不愿意去接受既定的命运,所以他们想去找寻,想去反抗这个让他们极为失望的现实,出走和流浪就是他们选择的一种手段。

犹太人长期处在美国主流文化排挤当中,他们一直都被边缘化、被异化。在犹太文化与美国文化的冲突之下,犹太作家注意到了人性的变异和身份危机,这就是美国社会中犹太人的生存现状。

犹太人始终都相信他们是上帝最初的选民,因此在他们的信仰中,犹太民族就是一个优等民族,这决定了在犹太人的认知中,受苦成为犹太民族拯救世界和人类的存在方式,这也是他们身份价值的意义。"忍受苦难和通过苦难来救赎自己,是上帝的特别意旨。"① 犹太民族的历史写满了苦难,从罗马人到沙皇俄国人再到希特勒,犹太人被残酷地对待甚至被虐杀。二战后,尽管移居美国,但残酷的现实生活,又使他们面临着精神世界的迷惘和空虚。在历史和现实的压力下,他们大多无奈地接受了命运的安排,并对他们自己遭受的孤立、欺凌与不幸,表现出超常的忍耐力。犹太民族的韧性和不屈不挠在他们苦苦追寻"完整自我"的过程中得到了生动的体现。流浪在世界的各个角落,没有故国家园的依托,他们唯有寄托于宗教的纽带来维系精神世界里的"理想国度"。这个乌托邦式的理想国度往往具有强烈的"犹太性",完全区别于其他族裔的文化。大多数学者将"犹太性"理解为以犹太宗教、犹太历史、犹太文化为核心的一种特征,具有强大的族裔凝聚力和文化影响力。在失落的国度,"犹太性"是他们保持自我身份和族裔优越感的唯一依靠。美国的犹太人实际上是十分特殊的民族,他们于二战后大量移民到美国,随后在美国的社会建设中成了中流砥柱。同时,犹太人与信奉基督教的美国人之间的种族矛盾也随之凸显出来。很多犹太人极力要融入美国的主流社会,试图抹杀自己的族裔身份,从而使自己陷入精神世界的空虚和迷茫之中。

索尔·贝娄作为第二代犹太裔作家的代表,虽然他不得不从犹太民族的角度来看待整个美国社会的问题,但实际上却很反感"犹太作家"这样的专有称呼。贝娄对犹太民族的历史和文化进行过深层次的研究,包括对文化现状的反思,因此犹太民族的传统文化在他作品主题中随处可见,犹太人的特质也被他赋予在笔下的主人公身上。不同的是,因为其本身有着在美国的

---

① 王晓敏.二战后美国犹太文学人物和主题的演变[J].黑龙江大学学报,2009(5):13.

生活经历，所以他创作的犹太人物的命运并不是沿着追寻固有身份的方向发展，相较于单一命运轨迹，贝娄更青睐于关注人类的普遍共性和共同命运。

除了"流浪""逃离""族裔身份的回归"等主题，讲述小说中主人公经历的"成长与救赎"也是贝娄鲜明的写作风格。《洪堡的礼物》是贝娄最重要的代表作之一，这部小说为了揭示出物欲横流的世界给人们的精神世界带来了怎样的摧毁，详细地讲述了两代作家的命运，生动地展示了人类社会文明所面临的精神危机。在小说中，曾获法国骑士勋章的中年作家查理·西特林的人生开始走入低谷，前妻不停敲诈他、流氓砸烂了他的奔驰车、现在的情人则不择手段地聚敛钱财，除了崩塌的现实生活，他的艺术创造和精神世界的危机更加严峻。他所相信的"艺术能拯救一切"的信条也无法使他写出优秀作品。他对洪堡心怀愧疚，洪堡不仅是教授他接触艺术的前辈，也是他的知心好友。洪堡带给了他很多精神财富，他却没有在洪堡最困难的时候施以援手，最终让洪堡潦倒而死。小说结尾，西特林不仅在物质上破产了，在精神上也面临崩溃，虽然凭借着洪堡留下的剧本提纲暂时解决了物质危机，但他深刻体会到了洪堡曾经经历过的那种痛苦。因此他顿足悲号道："洪堡，我是多么难过啊。洪堡，洪堡——这就是我们的下场。"

西特林虽然沉默寡言，但最初也是按照洪堡的教导，努力成为一个坚持原则的艺术家，只是随着周围环境无时无刻地侵蚀，他心中的艺术价值被拉入俗世的享乐当中，不再那么神圣与严肃，他开始沉溺于物质带来的舒适当中，但他的精神却试图挣扎出来。他不愿意放弃金钱与地位，也不想放弃造福人类心灵和艺术的目标，所以他一直都处于矛盾当中。他的生活充斥着矛盾和冲突，以至于在这种双重折磨下使得他陷入几近精神崩溃的边缘。最终他认识到只有通过文学艺术才能洗涤心灵，完成自我的灵魂蜕变。《雨王汉德森》这篇小说则充分表达了救赎的主题。主人公汉德森出走非洲寻找人生的意义，最终决定过一种于人类社会有益的生活。汉德森从逃离到回归，精神世界经过非洲生活和经历的洗礼得到升华，他不再是那个继承百万遗产整天无所事事的富家子，他要向家人、朋友乃至全社会传达爱的旨意，去改造麻木、自私的现实社会。

贝娄的作品关联着当时的美国社会，密切到连小说中的主人公从混乱、空虚达到灵魂的平静与和谐的经历，普通人都能够感同身受，从而充分反映了20世纪后期美国知识分子的生存状态。索尔·贝娄的作品很少有激烈的矛盾冲突和轩昂的情绪表达。他试图从旁观者的角度来描述犹太族裔的矛盾心态和心灵之路上的挣扎。在贝娄的很多作品中都同时有两个主人公形象，并且往往是其中一位对另一位进行审视和批评。在前者对后者给予同情和批判的同时，作品表达了对犹太移民身份和现实状态的疑虑，通过这种旁观者的批判和认知，贝娄试图揭示美国社会中知识分子的困惑和疑虑，也从侧面指出只有通过灵魂的救赎和精神世界的蜕变才能完美与现实存在达成和解。

第三节　菲利普·罗斯关于犹太裔文化身份的建构

国外最早关于菲利普·罗斯的研究是以1959年索罗塔洛夫为《芝加哥评论》撰写的《菲利普·罗斯与犹太卫道士》一文为起点，他认为罗斯与犹太生活是紧密相连的，他小说的中心均围绕同样的身份认同问题展开，都是关于同样的"我是谁？"的道德问题。国外学术界对于罗斯的评价多集中于对作者自身价值的讨论。关于菲利普著作的研究，第一部以专著形式论述的是麦克·丹尼尔，他在1974年发表《菲利普·罗斯小说研究》一书。麦克·丹尼尔采用文本细读法，阐释了罗斯作品中的人物形象，并将其分为积极人物和受难人物，从而探讨罗斯的艺术主旨和艺术手法。菲利普的作品在关于犹太民族文化和作者自我探寻的主题方面，《菲利普·罗斯评论》概括了如下几个方面：关于犹太父子、犹太作家和犹太玩笑之间的联系；菲利普受到二战、水门事件影响的心路历程；罗斯关于自我身份的关注和实现过程。乔治·塞尔的对比研究专论《菲利普·罗斯与约翰·厄尔代克小说研究》从民族文化、父子关系、儿子与情人、主题、创作手法等角度阐释了两位小说家的异同，认为罗斯是内省式的创作作家。关于菲利普·罗斯在美国文学史中的地位在米尔·鲍尔、沃森共同编著的《阅读菲利普·罗斯》中有着具体论述，此外，该书还讨论了罗斯在美国文学史中的地位；详细探讨了关于作品中人物的归属感问题；娱乐产业问题和自我书写问题等。艾伦·库伯的专著《菲利普·罗斯和犹太人》从族裔身份角度探讨了罗斯的作品，揭示了罗斯在艺术手法上对犹太性身份认知的发展过程。

若想看有关罗斯几乎全部作品的相关研究，罗耶尔的专著《菲利普·罗斯：一位美国作家研究的新视角》会是最好的选择。对罗斯作品中反复出现的犹太民族性、自我的追寻、美国梦的破灭等主题都有体现。《剑桥文学指南志菲利普·罗斯卷》从美国犹太身份、后现代主义、二战屠犹事件、罗斯的他我、自传性写作等五个方面总结了罗斯的写作现状。

国内对菲利普·罗斯的探讨也分为若干个主题，其中大部分的研究角度是有关异化的主题。异化主题是菲利普·罗斯作品中经常出现的中心主题之一，在《欲望教授》《乳房》《垂死的肉身》这三部作品中体现得尤为明显。国内学术界也将这三部小说称为"凯普什系列"小说。因为作品中对于主人公处在情欲以及道德困境之间的深入描写和思考，使学术界多从荒诞现实和情感异化角度来剖析和阐述罗斯作品中的"异化"。如罗小云的《变形与阐释：菲利普·罗斯的凯普什系列小说》从后现代主义手法——变形艺术角度阐释"凯普什系列"小说，主要探讨作品中所体现的被异化的现代人对自我意识和身份意识的反思。而乔国强在他的《新视域》一书中，探讨了菲利普·罗斯作品中"后异化"的主题，即罗斯作品中所表现的"二战"后的犹太人如何面对二战中的"屠犹"问题，如何正确面对犹太人和不同种族人之间的共存关系等的问题。在菲利普的所有作品之中，身份认同研究永远都是一个十分重要的主题。作为一名犹太裔作家，菲利普作品的主人公也大都是犹太人。学术界对于其作品的研究也更多地注重由其犹太身份和美国身份带来的矛盾和冲突，借助身份认同理论，深入研究罗斯及其作品的身份多重性与现实性之间的联系。

薛春霞的《越界、争执与突破——批评家眼中的菲利普·罗斯》是从犹太传统中解析罗斯及其作品。梁毅的《〈美国牧歌〉中族裔文化身份的危机与重构》则从犹太文化与美国文化的冲突着手,探讨罗斯作品中的主人公如何在异质文化中建构适合自己的新文化身份,一步步实现犹太人身份认同过程中的身份逾越、身份坚守再到身份迷失时不断寻找自身归属的过程。朱焰的《丢失的"遗产"——公民文化视角下的〈美国牧歌〉》则从公民身份角度着手,深入阐述了罗斯对于美国犹太人融入美国文化,追求美国公民身份的反思,论文角度较为新颖,为相关研究打开了新的思路。还有一些学者是对具体文本的解析与自我问题的研究,如陈红梅的《自我、身份及其他:菲利普·罗斯的情欲书写》着眼于罗斯创作中反复出现的情欲描写,详细分析罗斯的作品《波特诺的抱怨》《萨巴斯剧场》《垂死的肉身》等文本,阐释罗斯作品中借助对情欲的描写和追求来表达个体自我的自由、迷失以及反思等手法。在《解读"美国三部曲"中的背叛与自我背叛》中,董芳从菲利普的《美国牧歌》《我嫁了一个共产党人》和《人性的污秽》这三部作品中人物对于爱情、亲情、自我的背叛进行作品阐释,探讨罗斯对美国犹太人在民族文化断裂中背叛传统与自我的思考。另外,还有张生庭的博士论文著作《冲突的自我与身份的建构》详细阐释了罗斯作品中的自我矛盾冲突、身份认同与重新建构的文本内容等问题。综合国内与国外诸多学者对菲利普·罗斯的研究成果来看,大致可以看出学者们对罗斯作品的研究主要体现在身份主题、自我追寻、犹太民族性和其他文本互异性等方面。对菲利普·罗斯的研究虽然已经涉及多个方面多个层次,但是对其作品身份主题与民族文化还有待深入挖掘,对菲利普·罗斯作品中蕴含的意义与影响还有待深入研究。

一 菲利普·罗斯和"美国三部曲"

作为当代美国战后最为重要的,也是特色最为鲜明的犹太裔小说家之一,菲利普·罗斯在美国当今文坛的地位十分显要,其作品常常引起人们广泛而热烈的讨论。他曾获得两项国家图书奖、两项国家图书评论界奖、三项福克纳奖、一项普利策奖和曼布克国际奖，他也是近年来角逐诺贝尔文学奖呼声最高的作家之一。对于美国犹太文学界来说，菲利普与另外三位美国犹太作家算得上"共同构筑了美国犹太文学的基本框架，或者说，共同成为支撑美国犹太文学这座殿堂的四根主要支柱"[①]，另外三位作家分别是辛格、贝娄和马拉默德。罗斯生于美国的中产阶级犹太人家庭，作为犹太裔作家，他的作品多以反映美国社会，特别是多以美国犹太个体、家庭和社区为叙述主体，刻画美国犹太人的生存困境及其寻找自我身份的历程。对犹太民族命运的忧思的"犹太意识"和对美国主流社会所奉行的行为原则、价值体系的认可与接受的"美国意识"，这两种意识在罗斯身上汇成两股力量，使他在两种文化之间抉择、思考，进而以双重视角看待附于自身的两种文化。《美国牧歌》《我嫁给了共产党人》和《人性的污秽》是菲利普的三部以普通移美犹太家庭的生活为背景所写的小说，被合称为"美国三部曲"。

菲利普作为一名美国犹太文学作家，他自身的犹太人身份和所生活的美国环境，都让他的文学作品中体现着犹太文化与北美文化的双向交流与沟通，这种选择与和他有着相同生长环境的作家们相似。菲利普将犹太人身处双重文化强烈冲击下的思想冲突和心理挣扎刻画得十分细致，他极为善于捕捉这种情绪波动来描绘当时美国社会所表现出来的时代特征。"美国三部曲"将故事的关注主体放在少数族裔群体上，尤其关注犹太人及黑人，他们身处族裔文化与异质文化夹缝中，也是在文化身份认同夹缝中苦苦挣扎的民族。他们在社会动荡中一波三折的人生境遇和情感历程，深刻反映了这些群体及个体的身份焦虑和认同困惑，作品剖析了身份危机及其与美国社会、政治、文化的宿命性纠葛。在以白人文化为主流的社会中，犹太裔美国人因自己的身份而产生分裂感和游离心理，他们进入新的环境后丧失了自身传统的民族身份，在新的文化环境里面无法完全建立新的身份，这最终成为他们悲剧的根源。原有身份的缺失，使得他们不得不对自身身份重新定位，以不同的方

---

① 乔国强. 美国犹太文学[M].北京：商务印书馆，2008：441.

式重新进行身份建构。

《美国牧歌》中故事发生的时间大约在美国经济危机发生后到20世纪末这段时间，是"美国三部曲"的第一部小说，主要叙述的是一个犹太企业家的美国梦被毁灭的故事。美国犹太移民后裔塞莫尔·欧文·利沃夫，原本是体育界大名鼎鼎的棒球明星，高中毕业后参加了海军陆战队，退伍后放弃体育梦想，娶了新泽西州选美小姐多恩为妻，然后继承家业成为一个成功的手套工厂老板。进入美国新大陆后，主人公作为第三代移民放弃了传统的犹太人身份，主动追求美国的价值观，渴望融入美国社会。然而因为女儿的一颗炸弹，他在美国实现完美人生的梦想破灭了。

菲利普于1998年发表的长篇小说《我嫁给了共产党人》主要以反民主潮流的麦卡锡时期为历史背景，讲述挖沟工人出身的艾拉，在二战结束后因为成功扮演林肯总统成为一个广播明星，并因此结识了同为犹太人出身的过气女演员伊芙·弗雷姆，并与之结婚。他们的婚姻因为在信仰与价值观上的不同而变得难以维系，最后艾拉被演员妻子伊芙所背叛。在小说中，《我嫁给了共产党人》是伊芙在婚姻以失败告终后出版的一本有关艾拉的书，在书中她夸大了艾拉的身份，捏造一些莫须有事实，迫使艾拉陷入了麦卡锡主义的政治旋涡。

《人性的污秽》这部小说主要讲述了主人公科尔曼·希尔克的悲惨命运，菲利普在书中强烈批判了20世纪末美国资本主义社会的黑暗以及强加于非白种人头上的残酷生存环境。小说围绕着主人公科尔曼·希尔克的身份问题展开描述，揭示了美国社会中非裔美国人在文化身份认同道路上所面临的种种困境。科尔曼·西尔克出生在东奥兰治的一个普通黑人家庭，读大学以前科尔曼的生活一切正常，直到有一次被称作黑鬼，他才意识到自己无论如何都逃脱不了种族歧视。为了摆脱自己的命运，科尔曼决定脱离自己的家庭，对外谎称自己是犹太人，甚至宁愿被别人称作"种族主义者"，也不愿承认自己是非裔美国人的事实，一直背负着"人性的污秽"的罪名前行。

"美国三部曲"的主人公都有着犹太血统或者黑人血统，在充满种族歧视的美国社会步履维艰地追求着不同的"美国梦"。他们身份迥异，但在不被主流社会接受这一点上又极为相似，而不被接受的原因一方面源自他们内心价值观与美国社会灌输给他们的相悖论，另一方面也来自他们自身身份不同程度的缺失。

二 身份概念和犹太民族历史渊源

身份是一个具有多方面含义的概念，不仅是自身的证明，还涉及政治、经济、文化等敏感问题。身份问题是自我意识的重要组成部分，身份是社会对自我主体的认定，个体或群体往往只能改变外在身份，而很难改变由心理、文化决定的身份内核。拉康曾指出，主体的身份并不是自身构建的，主体身份的构建必须是在"他者"的反衬之下才能够成立。犹太民族在历史上长期遭受迫害，不得不流浪四方，却依然以顽强的生命力和过人的智慧屹立于世界民族之林，这与犹太民族深厚而独特的宗教和文化传统息息相关。犹太民族因这种民族文化传统而得以生存和传承，这种沉淀的底蕴充斥在犹太人的生活之中。因此，当犹太民族身处崭新的环境，当"犹太性"被置于新大陆时，这个环境成为区别于其自身和犹太文化的"他者"，其民族无法确认身份，个体就会陷入身份的困境之中，进而在缺乏安全感的情况下陷入身份缺失的困境，最终导致危机的产生。

1654年首批23个犹太人移民抵达美国，从那时起，历史上出现了四波犹太移民浪潮和两次反犹太浪潮。从历史的角度来看，全世界的犹太人，尤其是欧洲的犹太人都受到了迫害，被迫流放。犹太人的历史比较复杂，在德国纳粹"大屠杀"之前，犹太人主要生活在欧洲的隔都，里面有完备的犹太教会所、学校和各种组织，他们定期到会所集体研习犹太教经典，负责后代子女的教育。犹太文化中的复杂性和离散性是犹太民族无根漂泊的体现。19世纪80年代初至20世纪20年代中期沙俄帝国的排犹浪潮迫使200多万犹太人从沙俄移民到美国寻求新希望。尽管犹太人已经习惯了被驱逐和被迫"流浪"的命运，但未知的生死旅途既会让弱小的家庭个体流离失所，也会让其惨死异乡，唯有那些坚强又伴随好运气的个体才能在不断的灾难中存活下来。

大多数犹太人是在二战之后移民到美国的，犹太人原本的传统文明在遭遇到美国社会的物质文明和资本主义制度时，面临着崩溃解体的命运。金钱至上、物质第一是美国人信奉的生活方式和终极信仰。当犹太人离开故土来到美国后，先是传统根基的丢失，接着是外来文化的入侵，他们很快陷入新的价值观中难以自拔。美国犹太人很快就失去了古老的传统，在世俗化的进程中他们不仅在物质上遭到主流社会的压迫，而且在心理上由于没有传统价值的支撑而倍感无所适从。面对异国他乡的陌生环境，这些犹太人在迫切渴望得到主流文化认同的同时，内心深处却陷入身份的泥沼，最终走入进退两难的境地：一方面，他们骨子里坚守传统的犹太文化与信仰；另一方面，他们渴望成为真正得到美国主流社会认可的美国人，而犹太人的身份是他们极度憎恶，想要尽全力去摆脱的。这种处境注定了他们会沦为精神流浪、身份缺失的人。

根据统计数据与资料，犹太裔移民不仅对美国社会的参与度和影响力是十分高的，而且对于美国社会的经济成功和政治形态有着重要的影响。美国犹太人已经成为当代美国社会不可缺少的中坚力量。然而，在罗斯的作品中，犹太人在美国社会中却有一种疏离感，这样的疏离感正是由其自身完整身份的缺失而导致的。在《关于我和其他人》这本书中，菲利普说道："作为一个犹太人，我发现自己处在一种历史的尴尬之中，因为联合国对以色列侵略行为的谴责，在黑人社区燃起的反犹太情绪的影响，许多犹太人面临着一种很久以来从未感受过的疏离。"罗斯在作品中表现的正是美国犹太人身上所具有的边缘人对主流文化无所适从的疏离状态，这种状态源于他们一方面必须肯定自己的传统，另一方面又下意识地吸收美国社会的主流价值观，然而，在两种状态之下的反差也导致他们自我身份的矛盾和缺失。

三 "美国三部曲"中的身份缺失

(一)塞莫尔的身份缺失

《美国牧歌》中的主人公塞莫尔虽说是犹太人,却吸收了现代美国人的主流价值观,为了实现梦寐以求的成功挣扎于两种截然不同的文化缝隙中。作为第三代移民,塞莫尔不同于父辈,他竭力摆脱"犹太性",期望实现完全的美国化,对完美与成功近乎偏执的渴望与追求像一双无形的手,使如同塞莫尔一样追求美国梦的犹太裔移民陷入无法自拔的心理危机与生活危机之中。他通过不同方式主动融入美国主流文化,梦想在新大陆过上田园牧歌式的生活,而且经济基础和教育背景在助他成为一个地道的美国人方面给了他最大的便利。对于长期颠沛流离的犹太人来说,塞莫尔在美国所取得的成功已经足以验证身份,但是这种成就是以远离,甚至摒弃犹太家庭文化传统为代价的,犹太身份的缺失在一定程度上导致了其家庭文化困境和最后的悲剧。

塞莫尔希望通过重新塑造一个有别于犹太人身份的新身份,来赢得自由。他虽然通过自我努力尽可能地去改造了外部的生活,获得了名义上的自由,然而这种打上背叛与谎言标签的方式却让他的内心一直都处于被封锁和压抑的状态。他获得了现实的成功,同时也丢失了自身的完整性。在追求自我认同的过程中,塞莫尔付出了惨痛的代价。他用了所有能想到的所有方式去融入美国主流社会,甚至娶了反犹太天主教的白人姑娘多恩,实现了异族通婚。可这种通婚不仅是对犹太族禁忌的一种破坏,也对他原本的传统家庭带来了严重的冲击和挑战,更是让他的下一代——他的女儿梅丽遭受到了前所未有的信仰痛苦。塞莫尔寄予厚望的女儿并没有按照他的心愿继承家业,生长在犹太教和天主教夹缝里的梅丽,先是变为一个叛逆少年,继而成为一个极端反战分子,皈依了耆那教。20世纪60年代,塞莫尔精心策划了一生的美好田园生活,在社会的动荡之中,被16岁女儿扔向邮局和百货商店的炸弹摧毁了。女儿的所作所为以及自己的生活出现的问题让塞莫尔内心充满了痛苦和困惑。这颗炸弹摧毁了塞莫尔原本平静圆满的生活，将他置于万劫不复的境地。

由此可以看出，无论塞莫尔如何规范自己的行为，甚至摒弃犹太身份，他也难以真正地融入美国正统白人主流社会并被认可。所以当邻居沃库特带他参观沃库特家族墓地炫耀其先人的历史渊源时，他意识到自家170年的石头房子没有根基、没有历史关联，与沃库特厚重的家族历史底蕴相差太多。从塞莫尔为了融进美国主流社会而做的一系列努力中可以看出，犹太人不仅在家庭方面饱受美国文化的侵扰，在社会上同样被排挤和压制。

而塞莫尔的女儿梅丽作为摧毁幸福一家的主导者，看似是迫害者，其实他正是因自身身份缺失而成为异化的被害者的。她完全无法从父亲追逐的美国文化中寻求到归属感，相反，她认为这个身份最好的归宿便是毁灭。菲利普用一种悲悯的情感把梅丽塑造成了一名被迫的反叛者。父母的异族通婚，让梅丽长期遭受着伦理身份不明带来的冲击和混乱，她就像是一个边缘人，无法去找到自己的归属，这种状态造成了她不再去信任家庭，也不再去找寻双方的灵魂归属，最终将双方的身份全都给抛弃了。

（二）科尔曼的身份缺失

菲利普的《人性的污秽》中塑造的主人公科尔曼是一位肤色极浅的非洲裔美国人，科尔曼虽然有黑人血统，却长了一副白人面孔，在社会和种族的压力下他选择隐瞒自己的黑人血统，冒充白人进入美国主流社会。为了摆脱命运，科尔曼与家庭脱离关系，以犹太人身份参军并光荣退役，他对外谎称自己是犹太人，断绝了与家族的来往，割裂了种族的联系，隐姓埋名地生活着。与白人姑娘斯蒂娜的恋情以失败告终后，他没有选择与心爱的有色人姑娘在一起，而是十分理智地娶了犹太女子艾丽丝。

成为"犹太人"之后的科尔曼在事业上平步青云，成了大学老师，而后又通过努力成为雅典娜学院古典文学系主任。然而平静安逸的生活在科尔曼晚年时却被打破了，身为大学教授的他在一次课堂点名上误用了"幽灵"这个词，因为这个词同时也表示"黑鬼"并且具有贬义色彩。在这之后，科尔曼被打上了种族歧视的标签，之前的名声一落千丈，失去了工作，离开了雅典娜学院，也离开了以前的同事和朋友，失去了在工作中曾经得到的一切荣誉。他的妻子因不堪精神重负中风死去，孩子们也都远离了他。

在科尔曼的一生中，他从未停止对黑人身份的抗拒，并积极为实现融入美国社会的愿望付出行动。科尔曼一方面决然放弃了本族身份和父辈的价值观而创造了新的自我，另一方面又因内心传统身份的缺失而备受煎熬。回顾科尔曼的一生可以看出，他的成长从本质上来说就是一个对黑人身份的否定与对犹太人身份构建的过程。一个人的身份不仅是他对自我的认识，也是一个民族、一种文化的特征，对身份的认同就是对自我与民族文化的认同，抛却自己的身份就等于抛弃了自己的民族，否定了赖以生存的根基，是对自我价值的否定，因此科尔曼最终也只能是一叶没有根的浮萍而已。他通过自己的设想和伪装试图摆脱这个圈子，然而在美国这个宣扬自由与民主的社会，犹太人的身份始终看不清摸不着却对自身有很大的影响。还在年轻的时候，他就因为"黑鬼"身份被人瞧不起，与白人姑娘的恋爱以失败告终，甚至连白人妓女都不待见他。为了能够事业有成并成功挤进美国的上层社会，科尔曼最终抛弃"犹太人"身份，扫清了一切有碍自我成长和自我实现的障碍，因为身份缺失导致了他对自我无法完全认同，想要逃离却反而身陷桎梏。

科尔曼的生存处境是在美国生活的非白种人的真实处境的缩影，他们不论是自身的黑种人身份，还是伪装的白种人身份，都不可避免地会陷入生存的两难境地。他们因无法改变的命运流露出无奈和困窘，他们失去社会的认可，自始至终无法完全融入美国社会。像科尔曼一样的人既要追求外在的欲望之物，同时又想坚守自己的道德原则与标准。他们在不断寻求自我的过程中屡遭挫折，为了在社会上找到一片栖息之地，他们掩盖真实的身份，以期摆脱痛苦的人生际遇。科尔曼的隐瞒行为是犹太伦理秩序遭受破坏的引子，他沉浸在谎言中迷失了人生方向，无法去认识真实的自己和看清周围的一切。

（三）伊芙的身份缺失

在《我嫁给了共产党人》中，女主人公伊芙是出生在布鲁克林的犹太人，贫困的成长环境让伊芙厌恶，也让她憎恨起犹太人的身份，而婚姻是她跻身美国上流社会想要采取的手段，一直沉浸在这种谎言中的伊芙，彻底麻醉了自己，在生活的方方面面中，她都会表现出对犹太人的憎恶。她立志改变自己的命运，几经奋斗，经过努力她如愿以偿成为美国最受欢迎的女演员。伊芙对犹太人的憎恨实际上是对自我厌恶的反映，在这个过程之中，伊芙始终处于不断地抛弃过去的信仰再去追寻新信仰的痛苦中，她在精神上成了孤儿。对于像伊芙这样的犹太人而言，自我意识首先意识到的是自己的身份。在美国，为了实现自己的美国梦，人们似乎可以通过模糊身份的界限来达到目的，伊芙就是其中一员。在美国这个新的环境里，许多犹太人为追求以物质财富为基础的"美国梦"，不得不放弃精神追求或改变犹太秉性，但他们往往又极不情愿改变，或者即使想改变也不是一朝一夕的功夫能够做到，所以极易形成一种矛盾心理，这种心理正是因为犹太身份缺失，但新的身份无法建立。

伊芙改变身份首先做的事情就是换了自己的姓氏——弗鲁姆金。在美国犹太人中，像伊芙这类更改姓名的人不在少数，在20世纪三四十年代的美国，出现了犹太演员的更名潮。在美国，社会历史的变动似乎鼓励人们改变自己的角色和身份。换句话说，当时的美国似乎很愿意去为这些人提供自由的条件。历史资料显示，很多犹太人在移民到美国之前，是有着坚定的犹太人信仰和初衷的，但是在美国，为了生存，为了发展，他们选择放弃原本的信仰，甚至是传统的生活方式。

伊芙厌恶犹太人，却嫁给了同样是犹太人的理想主义者艾拉。艾拉出生贫困家庭，当过挖沟工、侍者和矿工，二战爆发后去参军认识了欧戴，成为劳工运动的领袖，后又成为一名秘密共产党员。20世纪40年代，艾拉机缘巧合地成为家喻户晓的广播剧演员，曾经过着平静双重生活的艾拉，一方面追求政治信仰，积极投身于政治事业中；然而另一方面，他深陷资本主义上流社会带来的享受之中，他渴望婚姻，不愿意对这样的生活放手。苦难的经历使他致力于实现社会公平与自由，建立一个没有剥削和压迫的理想社会。然而,他却只对共产主义事业夸夸其谈,一边高谈共产主义理想,一边将资本主义物质利益握在手中。直到20世纪中叶,艾拉的婚姻破裂,自身也被彻底拉进了政治黑名单。然而事情还没有结束,伊芙在知晓丈夫的背叛后选择了报复,她在《我嫁给了共产党人》这本回忆录中揭示了艾拉的政治生活经历,同时也带有极大的夸张成分,甚至是将艾拉污蔑成了苏联的一名间谍。艾拉和伊芙均是出身于犹太人家庭,在美国追求实用主义的社会大背景下,迷失了自我,也失去了原本的身份,最终堕入身份困境中,导致了他们最终的悲剧结局。

四 犹太文学对身份认同的认知

美国作家对少数族裔的身份认同问题,自全球文化多元化以来就一直都是备受关注的热点,其中的代表作家和代表作品就是菲利普·罗斯的"美国三部曲"。这三部作品,十分详尽地描写了二战后年轻一代的犹太移民,在选择抛弃本民族的文化以及身份之后,积极去寻求与美国文化的融合,却难以找到理想中美好家园时所面临的困境。美国犹太文学的兴起,需要回溯到19世纪初的犹太民族大规模的移民,在那之后,美国犹太文学逐渐成了美国文化中极为重要的一部分。1959年,26岁的菲利普·罗斯凭借着小说集《再见,哥伦布》正式踏入美国文坛,这当时在美国文学界引起了热烈的反响,菲利普更是不负众望地屡创佳作,不断斩获文学大奖,成为美国文坛上量与质并存的不可多得的优秀作家。菲利普是一位犹太裔作家,因此,他也成了美国犹太文学的领军式人物。自菲利普开展创作之初,他就已经开始对犹太人在与美国主流社会融合过程中出现的文化冲突、身份困境等主题进行了关注和研究,尤其是在他耗费了半生所写的"美国三部曲"中,更是将犹太人在美国的身份认同困境推向了更深的层次,同时也奠定了他作为美国举足轻重的悲剧作家的地位。在美国多元化背景下少数族裔美国人身份认同和身份构建困境背后所隐含的民族文化的意义与影响是国内外学界研究菲利普·罗斯的难点与重点。

身份认同从狭义方面来说,就是指一个文化群体中的成员,对于除自身文化群体外的文化群体中成员的身份认同或者是文化归属的认同。从广义上讲,身份认同就是指在面对强势文化与弱势文化之时,某一个文化个体会进行一个集体身份的选择,在这一过程中会产生强烈的思想冲突和精神折磨。若是概括其特征,则可以用焦虑与期望并存、痛苦与快乐齐飞这种带有强烈主观色彩的话语来诠释。所有的移民身上都会有一个被主流文化同化的现象和过程存在,这源于他们在新环境下追求美好生活及实现美国梦所经历的必然过程。大批的犹太人从19世纪上半叶就开始向北美洲移民,由此带来的犹太文化与美国文化的强烈碰撞,也拉开了犹太文化走向美国中心的序幕。两种文化中的特质在不断的碰撞中融合,犹太族的移民在这一演变过程中遭受了来自精神深处的痛苦与折磨。与此同时,犹太裔的作家们凭借着对生活的敏锐程度,机警地察觉到了长期下去那些移民而来的犹太后裔,在异国他乡中面临的文化同化危机。菲利普是一名生活在美国的犹太裔作家,他对此有着深刻的体会,在他笔下,年轻一代的犹太人一方面想被美国主流文化与社会所接受而不断排斥自己的文化和民族,想要挣脱牢笼获得精神上的自由,另一方面在这一过程中却始终没有找到理想中的现实生活。这种年轻一代犹太人的矛盾心理,在菲利普笔下被刻画得尤为鲜明深刻。除此之外,非裔美国人在美国社会中遭遇到的身份认同危机,在"美国三部曲"中通过不同种族身份的分歧与冲突被菲利普表现得淋漓尽致。作者从不同角度在不同程度上揭示出了作品中的主人公与作者相契合的在不同阶段所表现出的情欲、冲突、自我意识缺失等问题,揭示出当个体处于不同身份、不同阶段时,其衍生的焦虑、不安、恐惧均是出于自我意识的缺失,以及缺乏来自他者的认同等问题。弗洛伊德通过人们对他人或群体在情感或心理上的趋同行为,引申出了"认同"这一术语,"自我同一性"是美国著名的精神分析学家埃里克森在"认同"概念的基础之上提出的更进一步的概念。在埃里克森看来,"自我同一性"可以分为三个连续发展的结构:最初是个体身份的自觉意识,接着便是个体对所在统一体中的无意识追求,最后就是个体对某个群体产生了心理认同与内心趋向。埃里克将"认同"定义为个体对自我身份的确认。居于主流地位的强势群体一般不存在认同困惑和身份危机，因为他们牢牢地控制着意识形态领域的领导权和话语权。非主流的弱势群体则往往处于失语状态，因此他们常常面临认同困境和身份焦虑。对于文化身份这一存在，英国文化研究学者斯图亚特·霍尔指出："它属于过去也属于未来，它不是已经存在的超越时间、地点、历史与文化的东西。"从菲利普·罗斯的身份背景来看，他是生活在美国环境下的犹太人，他的作品多以美国社会特别是美国犹太社区、家庭和个体为描述对象，反映出了当时社会背景下的美国犹太人的生存困境及其寻找自我归属感而不得的生命历程。

《美国牧歌》中从小便想成为一个从头到尾完整的美国人的瑞典人塞莫尔·利沃夫，实际上是犹太人，只不过是一个出生在美国纽瓦克市的犹太后裔。老天对他也格外优宠：他金发碧眼，拥有健壮的体格和出众的运动天赋，优秀的外形和出色的气质让他脱颖而出，他几乎与正统的白人相差无异。在他的心中，自己就是个地道的美国人。其祖父于19世纪90年代来到纽约，在皮革厂恶劣的环境中挣扎苦活，他的父亲创建了皮件公司并且日渐发达。父辈们完成了自己的美国梦想并且极力维护着犹太族裔的传统文化。塞莫尔继承父业，生活富足，努力追寻并尝试构建自己的美国理想乐园。他梦想着可以求娶一位漂亮的白人新教徒而不是一位犹太女性，他渴望居住在石头房中，希望能够实现田园牧歌式的生活。最后，他一意孤行地娶了多恩，一位信仰着天主教的白种女人为妻。对于住所，他更是丝毫不顾及父亲的意愿，直接搬到了具有170年美国历史的老姆洛克的房中，成了格格不入的外来户。每当看着挤牛奶的妻子和荡秋千的女儿，他感觉到满心的幸福和骄傲，仿佛自己已经实现了梦寐以求的美国梦。当然，有得到就需要有付出，为了融进美国主流社会，塞莫尔付出的是割断种族血缘的代价：他恼怒朋友让他代表犹太社区去参加足球比赛；他愤怒母亲让他去皈依犹太教……总而言之，他厌恶一切与犹太族有关的人和事。塞莫尔十分享受美国式的快乐，他住在白人区，有着白人妻子和邻居，犹太人的身份似乎从他的生命中彻底退出了，他觉着自己已经完全是一个美国人了。同时,他希冀自己的女儿能够继承家业,在自己的庇佑下沿着他为女儿设计好的人生道路走向更大的成功。可是他却忽略了自己女儿梅丽的生存环境和心理压力。出生在犹太家族,父亲与祖父母有着完全不相同的民族倾向,犹太教与天主教的剧烈冲突让梅丽只能在多种文化摩擦的压力中成长。因此,梅丽变得喜欢尖叫,之后又因为受到了很多来自社会的刺激而成了结巴。美国主流文化已经取得她的信任,为了反抗,她加入了"气象员",开始做出种种极端行为,她将炸弹扔向邮局,毫不犹豫地斩断了犹太文化与美国文化之间尚存的牵连。

在菲利普的笔下,通过将美国的政治、社会与普通犹太人的命运关联在一起的方式,细致地表现出了新一代移民到美国的犹太人,在趋向美国主流文化的过程中却始终无法获得理想中的精神家园的生存困境。

《我嫁给了共产党人》的主人公艾拉·林格也是一位犹太人,同样他的家庭也十分贫苦,除了物质条件不好之外,母亲的早逝,父亲的漠不关心都让他们兄弟二人处境艰难。所以艾拉在中学时就辍学去打工了,像是挖沟工人、侍者、矿工之类的苦力工作,他都做过。直到二战爆发,艾拉决定去报名参军。在伊朗军队服役时,艾拉认识了一位工会领袖、共产党员强尼·欧戴,欧戴仿佛是一束照亮艾拉生活的光芒。他自然而然地加入了共产党,在欧戴的引导下,他心中被压抑许久的阶级感与社会正义感被唤醒,于是全身心地投入到捍卫无产阶级权益的伟大事业里,成为一个理想主义者。由于他与林肯长相酷似,所以这让他有了扮演林肯演讲并成为广播明星的先天条件。也是在这个过程中,他与女演员伊芙相识并最终走进了婚姻殿堂。伊芙也来自穷苦的犹太家庭,但她的理想是跻身美国上流社会,过上资产阶级的生活。艾拉与伊芙的婚姻注定是不幸的,这场婚姻的意义对于艾拉来说只是"那个女人,那栋漂亮的房子,那些书籍和唱片挂在墙上的画,她生活圈子里头一票有成就的人物,那些光彩、有趣且高水准的人物,全都是他从未了解的世界"。与此形成鲜明对比的是,伊芙却十分厌恶艾拉的种种生活习惯和工作习性,这是两个完全有着不同追求的人。如果说欧戴是艾拉进入共产主义世界中的引领者,那么伊芙就是将艾拉拽入世俗的存在。伊芙刻意隐瞒自己的犹太身份并冒充自己是白人新教徒,她梦想通过婚姻进入上流社会,她沉迷于资产阶级的世俗生活,她看不起底层百姓,甚至蔑视犹太人,她溺爱前夫的女儿,在家中却让艾拉备受冷落。婚后生活在伊芙豪宅中的艾拉深陷资本主义世俗的泥沼,然而他却还信仰着共产主义,完全矛盾对立的双方使得艾拉在理想与现实的矛盾中精神发生了分裂,这也直接导致了他最后的毁灭。

来自纽约市社会下层的犹太主人公艾拉,为了追求社会正义而在美国遭遇了各种痛苦磨难,以及遭受到了荒诞式的残酷压迫。艾拉在童年时期备受意大利黑手党的折磨,长大之后受自由和共产党的引导,他满腔的热情亟待释放,他热爱着共产主义,秉持着共产主义的信念,与伊芙的结合实属他人生的意外,但作者这样的安排却恰恰鲜明突出了当时的社会背景,理想与现实的对立矛盾,理想身份与现实身份的碰撞,资产阶级与共产主义交织在艾拉的生活当中,最终伊芙在别人引诱下出版的所谓的自传《我嫁给了共产党人》,成为压死艾拉的最后一根稻草,它彻底将艾拉打垮,扰乱了艾拉的生活。

相较于前两部作品来说,《人性的污秽》是最能够淋漓尽致地展现出少数族裔身份认同危机的作品。主人公科尔曼·西尔克是一位非裔美国人,虽然肤色较浅,但不可否认的是他是一个黑人。而他之所以从一出生就能够生活在白人区的一个独门独户的房子里,是源于这所房子原来的房主与邻居之间的矛盾,为了表达对邻居的痛恨与蔑视,他刻意将房子卖给了有色人种。进入大学之前,由于他深得父母和哥哥的护佑,因此得以无忧无虑的成长,几乎没有任何关于身份问题的困扰。然而踏入霍华德大学之后,没有了父兄的保护,他就连在市中心买热狗都会被拒绝,还被骂为"黑鬼";"黑鬼"就像是个诅咒一样一直跟着科尔曼,即使他成绩优异,即使他拳击能力十分出色。这些来自周遭的种种压力和挫折都让科尔曼陷入消沉中,直到父亲猝死、与白人姑娘的恋爱失败,都不断让科尔曼坚定这一切的祸源均是因为自己黑人的身份，为了改变命运，他毅然决然地选择了跟自己的种族断绝联系，凭借着较浅的肤色以及智慧，他为自己构建了一个犹太人的身份。在选择配偶时，即便他对玛吉满腔爱意，但因为玛吉是有色人种，所以他还是为了能够改造基因而娶了一位名叫艾莉丝的犹太女子。他断绝与家庭联系的一系列行为，让他的家人们陷入痛苦之中，然而科尔曼却丝毫不加顾及，一心为了改变命运而我行我素地追求着自己的梦想。以犹太人的身份重新站到社会上时，科尔曼的生活发生翻天覆地的改变，他被雅典娜学院录取，工作进行得异常顺利，凭借努力他成为文学院教授和唯一一位犹太人的院长，他出色的工作能力，以及在学院采取的种种改革措施都让他备受学生与老师的爱戴，他成功地融入美国的上流社会，一切都是那么完美。然而意外却不期而至。"spook""幽灵"一词让临近退休的科尔曼迎来了当头一棒，这个在50年前用于对黑人蔑称的词，使得科尔曼担上了种族歧视的罪名，不仅失去了职位，还要接受无尽的调查。

在美国的主流社会，只要不是正统的白人，那么种族身份对于少数族裔的人们来说就是一辈子洗脱不掉的污点。菲利普在"美国三部曲"中描写的那些犹太人或者是非裔人，有的为了追求主流文化放弃或隐瞒自身的种族，有的在强烈的冲突之中走向了分裂的命运，在历史中迷失了方向，丢失了自我。然而不管从哪一个角度来说，他们最终都会走向同一个结局。"谁是真正的美国人？"是这三部曲的核心问题，也是菲利普所要探索的。"美国三部曲"中不论是渴望牧歌田园生活的塞莫尔、混淆理想身份和现实身份的艾拉，还是伪装成犹太人的黑人科尔曼，他们在某种程度上都反映了当时美国背景下的少数族裔的生活状况。菲利普认为，在犹太人的历史与现实之间存在一个断层，一个隔离少数族裔和美国正统白人的断层，少数族裔仿佛永远是那个被排斥的种族，而美国正统白人则有着一种莫名其妙的优越性。

"美国三部曲"中的美国少数族裔群体，尤其是犹太人都身处族裔文化与异质文化的夹缝之中，在不被接受和认可的惶惑与焦虑之下，他们不断地追寻着各自的身份定位，并以不同的方式构建着自己的身份。他们渴求着自己的身份能够得到他人的认可，他们希望自己能够融入美国正统白人的文化和生活中，而不是需要默默忍受他人的歧视，甚至于连自己的后代都不能过上正常的生活。少数族裔总是渴望能得到身份认同，他们顺从社会的权力规训，用主流社会普遍认同的价值标准和道德规范约束自己，尊重应该尊重的东西，对什么也没有异议，从不因自卑烦恼，也不因迷惑难受。生活在层层交错的权力网中，他们成为自我压抑、自我舍弃的主体，正如《美国牧歌》里的杰里就塞莫尔对权力规训的妥协所言："你做的一切就是妥协。你总是那么满足，执着于找到事情美好的一面。举止适当，默默忍受一切，保持最后的礼节。你是个从不违规的孩子，无论这社会需要什么你都去做。"即便塞莫尔运用自我技术监视并调整自己的行为，他也难以融入美国正统白人主流社会。

五 身份认同与民族文化

对于20世纪的美国文坛来说，菲利普·罗斯是一位重量级的作家，尽管他是犹太裔。他作品中的"犹太性"与"美国性"问题一直是研究者关注的焦点，也是菲利普研究中的一个经典主题。研究领域对这一问题的解释主要表现在两个方面：一方面偏重在菲利普虽身为犹太人，但也勇敢地揭露了犹太传统文化中过时、迂腐的思想，以此表达了一种"爱之深，责之切"的反叛与超越。另一方面偏重于菲利普想成为一个真正的美国人，融入美国社会，但"美国梦"的幻灭使其迷失于欲望都市中。探讨这一问题的价值和意义，不仅在于说明其在菲利普·罗斯思想演变历程中所处的地位和重要作用，更重要的是要思考这种双重身份压抑下的困境背后的深层原因，以适应当代文化语境下的文学文化研究。

阅读菲利普·罗斯的作品可以明显感受到他对身份认同和犹太民族文化的探讨从未停止过，犹太人在20世纪的美国中所表现出来的身份意识、内省意识、抗争意识充斥在作品的字里行间，同时也表达了犹太人在当时面临的焦虑和忧患处境。而这些被激发出的民族意识全部都成了犹太民族在经历过磨难之后，沉淀下来的历史文化之一。通过犹太民族的民族精神，我们也可以感受到它在历史的发展中不断汲取营养来超越和进取，犹太人民不息的生命动力便是犹太民族得以迸发出顽强抗争和文化的强大生命力的源泉。民族文化与身份认同息息相关，少数族裔生活在不被认同的群体里，他们抗争、进取，在一次又一次地尝试与突破之中寻找适合自己的生活方式，而在这些进程当中，不自觉地就会突显出他们与生俱来的特征。菲利普用自己的笔触，向世人展现了美国少数族裔，不仅是生活还有精神层面，犹太人的民族文化通过他人的反省和批判得以被弘扬，犹太人的理论道德也体现了出来。权威学者大卫·谷布拉根据菲利普作品对外在文化和内心自我的关注度将他的创作思想分为三个部分：第一部分是菲利普作品着重体现了犹太青年对文化身份认同的寻求；第二部分是探寻菲利普笔下的犹太主人公对于自己作为主流社会的作家、教师和成人的内在自我；第三部分是其作品表现了塑造犹太主人公成为作家和美国人的文化进程。

民族文化是某一民族的特征，是这一民族经过长期的历史活动不断创造并积累沉淀下来的物质与精神双方面的财富。一个民族的民族文化是否繁荣强大，就决定了这个民族的历史发展是否强盛。罗斯将民族文化发展与个体身份的建构联系起来，在研究罗斯对民族文化与民族身份关系的阐释中不可忽视民族身份建构对个体的主体性发展的重要意义。罗斯认为理想的个体是有尊严，能与他人和谐相处的个体，而前提是个体所在的族群能够得到认同并与其他族群和谐共处。社会学家梅尔文·图明对族裔群体有过表述："在一个更为广泛的文化和社会体系中存在的社会群体，这一群体因自身展现出来的或被认为应该展现出来的复杂的族裔文化特征而表明自身的特殊身份。"然而，犹太民族在遭遇过民族大屠杀之后，这段记忆便根植在内心深处，并且犹太民族也随着美国当代历史的不断进步带来的美国本性的增强而逐渐弱化和异化。这也就直接导致了犹太人对身份认知上的错位与缺失。在社会快速发展的今天，他们找不到自我价值和自我认同。在《美国牧歌》中，菲利普·罗斯时刻提醒自己注意身份认同的问题；《我嫁给了共产党人》

中的主角艾拉在社会中遭遇了种种的不幸，但依旧渴求着在共产主义中投入激情并得到他人认可；此外，《人性的污秽》当中科尔曼甚至假扮为犹太人，从而进入上流社会并得到所谓的身份认同。民族的文化与身份认同息息相关，其中并没有所谓的卑贱之分，只有不同群体不同族裔生活在一起时所体现出来的生活习惯、文化的差异而已。

六　犹太身份构建

菲利普·罗斯的小说大多反映美国犹太青年在恪守犹太传统和融入美国主流社会之间的冲突问题。国内外许多学者对其小说的创作阶段进行了划分，其中最为权威的当属大卫·谷布拉在《菲利普·罗斯的主要分期》（The Major Phases of Philip Roth，2011）一书中的划分。谷布拉对菲利普小说进行划分的依据是菲利普作品中的美国犹太人融入主流社会的阶段性，其目的在于将菲利普的作品纳入美国民族文化身份的建构之中，从而透视当代美国犹太人的生存危机，有利于更好地关注有关种族歧视等社会普遍性问题。居住在美国的犹太人在进行身份构建的过程中，始终面临着严峻的种族歧视的危机。首先，身份问题始终是犹太人无法回避的社会问题，看似在不同的政治历史背景下出现的问题不同，但其实质都是一致的；其次，伦理关系中的冲突给一向重视家庭观念的犹太人，尤其是第一代犹太移民带来了巨大创伤，这也令犹太文化传承陷入前所未有的危机之中；最后，虽然犹太人始终在不断追寻，不管他们对于传统文化、人生价值、自由快乐的追寻，还是对自我身份的追寻，都注定最终要走上迷失、流浪之路。①

（一）政治历史中的个人

菲利普通过对人物悲剧命运的历史和政治原因的书写，从政治批判的角度揭示了美国虚伪政治对思想意识的迫害以及对身份构建的阻碍，从而

---

① 刘颖.迷失在身份荒野中的"精神流浪汉"——戏仿美国梦的《美国牧歌》[J].保定学院学报，2009(6)：124.

证明了外来文化无法解决本民族思想意识等方面的问题。《美国牧歌》《我嫁给了共产党人》和《人性的污秽》是菲利普·罗斯创作的与美国从20世纪40年代以来发生的重大历史事件相结合的三部作品,其中就包括了越南战争、水门事件,还有克林顿性丑闻。这三部作品分别对应了美国的不同时期:激情洋溢的六十年代、充满恐怖疑云的五十年代,以及政治丑闻娱乐化的九十年代。他以如此密集的方式连续关注不同时代中的精神面貌,突出了传统文化对于本民族人民进行身份构建的重要性。

在《美国牧歌》中,塞莫尔策划的田园式美好生活,在20世纪60年代的社会动荡中,变得破碎不堪:原本乖巧的女儿变得越发叛逆暴力,更可怕的是,她变成了一个极端的恐怖主义者,用自制炸弹炸死了四个人。历史的车轮将塞莫尔带进了黑暗的深渊,他深陷其中无法自拔,而打破他美好生活憧憬,将他拖进残酷现实的,正是自己最疼爱的女儿。

"他的女儿和这个时代将他的乌托邦幻想的特殊形式炸得粉碎,病态的美国渗透到西摩的城堡,浸染到每个人。正是这个女儿把他从他一直向往的美国田园中移植出来,将他甩进了与田园相对的混乱、愤怒、暴力和绝望中——甩进了美国的疯狂之中。"[1]

越南战争的爆发还有接二连三的政坛丑闻,都让处于20世纪60年代的美国风雨飘摇,质疑、愤怒、反抗的声音充斥在整个社会当中。"美国失去了道德方向:爱国主义削弱,核心家庭瓦解,公共文化充斥淫秽和暴力,毒品和犯罪日益失控,父亲、教师、教士和国家的权威不断降低,公共秩序和个人纪律土崩瓦解。"[2] 社会上不断涌现出思想和行为都十分激进的青年地下组织,城市爆炸案件在他们的操纵下屡见不鲜,震动了整个美国。其中有一个激进组织名为"气象员",这一组织的成员都没经历过社会的磨难,他们出身优越,备受家庭宠爱,由于在他们眼中,很少见到社会的阴暗面,

---

[1] Philip Roth. American Pastoral[M]. New York: Vintage International, 1998: 86.
[2] 莫里斯·迪克斯坦.伊甸园之门——六十年代的美国文化[M].方晓光,译.南京:译林出版社,2007:2.

因此当那些触目惊心的种族压迫不断地呈现在他们眼前时，心中的那份单纯的正义促使他们要"变沉默为行动，把自己享有的特权分给比他们不幸的人"①。从他们的角度来说，"美国已沦为一个无可救药的种族主义的、恃强凌弱的帝国主义霸主"②。

他们对美国政府实行的强权政治和霸权主义感到极度不满，对于资本家毫无人性地剥削穷人感到极度痛恨，他们抗议白人带有严重种族歧视的统治，他们化身越南人、黑人、穷苦人民的保卫者。温和的方式已经唤不醒这个被黑暗笼罩的社会，所以他们选择对这个充满迫害的世界进行轰炸，想通过这种极端的恐怖方式来炸醒人们的意识和良知，去拯救这个世界。梅丽就是在深受这种社会氛围的影响，从而成了"气象员"的一名激进恐怖分子。她为表达对越战的抗议而在当地的邮局掩埋了炸弹，这一极端的行为不仅是对美国政治进行抗议，更是对美国沉沦社会的反抗。梅丽觉得他们家与周围的一切都格格不入，像是突兀地镶嵌在不同的背景板上，因为他们家在老里姆洛克，这里既没有历史的底蕴，也没有传统的历史沉淀，就像是没有根基的浮萍。但是这里的人家大多都是世代居于此地，并且他们祖先在墓地中的坟墓都数不清有多少座了，这种厚重的家庭历史传统是塞莫尔一家远远无法比拟的。在这里祖祖辈辈生活的原住民眼中，外来户是打在他们身上的标签。事实上，塞莫尔的父亲就曾提醒过塞莫尔此处曾是三K党活动猖獗的地区，曾在20年代烧过犹太人的十字架，而长期居于此地的居民也大多数都是历史上反犹分子的后代。这种种信息都表明了不同族裔之间的矛盾和异化。塞莫尔的父亲曾提及"他们不会给犹太人一些机会的"。然而塞莫尔一心沉浸在自己的幻想之中，觉得年轻一代的美国不会再像从前那般对种族有着顽固的偏见，将父亲的忠告完全抛诸脑后，幻想着未来的美好生活。"人们已经

---

① 莫里斯·迪克斯坦.伊甸园之门——六十年代的美国文化[M].方晓光，译.南京：译林出版社，2007:4.
② 莫里斯·迪克斯坦.伊甸园之门——六十年代的美国文化[M].方晓光，译.南京：译林出版社，2007:9.

可以和谐相处,所有的人,不管他们出身何处。""什么犹太人的怨恨、爱尔兰人的怨恨,都见鬼去吧。"① 由于他的理想根基始于40年代,那个年代信奉秩序、规则,是以"被培养成没有发言权,按照传统的得体行为做事","从没有负面的价值观","从未有意识地去质疑成人世界"。"循规蹈矩、民族同化和百分之百的美国化"② 的美国理想,是他从小的奋斗目标。他自顾自地沉浸在自己编织出的美好生活中,无视自身与大环境的格格不入,也丝毫不关心女儿生活其中的痛苦。塞莫尔进行身份构建的方式是以完全抛弃传统犹太文化来进行的,舍弃本民族历史,彻底接受其他民族文化,他的一生最终以悲剧惨淡收场。同塞莫尔对美国具有的完全归属感形成鲜明对比的是,他的女儿梅丽对美国文化毫无归属感可言。她评价父亲为"那些从不为自己思考的人的鲜活代表","没有任何思想,简直就是愚蠢的自动机械,一个机器人",是"最墨守成规的人"③。作为移民的第四代,梅丽本应该与她的父亲一样成为"百分之百美国化"的产物,但是在电视成为文化的传播媒体后,恐怖和混乱的画面带给她无比的震惊体验,她看到了社会的阴暗面。青少年时期的梅丽曾在电视中看到和尚为抗议越战而自焚,对此她感到十分畏惧、震撼和困惑。然而她对这个时代的迷茫与困惑,无法从美国社会以及那个已经完全被美国文化变为傀儡的父亲那里得到答案。随着有关自焚的新闻在电视中出现得越来越多,梅丽也不断认识到那种温和而又理性的抗议是完全不能够改变这种现状的,唯有极端的暴力反抗才能让人们看到那些不被重视的人,才能试图去唤起人们的冷漠。她选择以加入激进青年组织来解开自己对于这个时代的困惑与迷茫,以极端的方式进行自我身份构建,最终不仅未能实现终止越南战争、帮助受伤害的越南家庭的目标,还对自己和家人造成深深的伤害。

---

① Philip Roth. American Pastoral[M]. New York: Vintage International, 1998: 310-311.
② 莫里斯·迪克斯坦.伊甸园之门——六十年代的美国文化[M].方晓光,译.南京:译林出版社,2007,288-289.
③ Philip Roth. American Pastoral[M]. New York: Vintage International, 1998: 241.

《我嫁给了共产党人》描述的是二战后的美国，麦卡锡主义在那个充满了混乱与黑暗的年代中盛行，跨越了政治边界源源不断地给普通人的情感生活带来伤害。故事叙述者之一——主人公艾拉的哥哥默里选择接受居住在美国犹太人的传统出人头地的方法，度过了自己平淡的一生。与之相反，主人公艾拉则选择以反抗的方式发泄对资本主义制度弊端的不满。这或许与他的成长经历有着很大的关系——暴力的父亲以及社区里恃强凌弱的意大利人使他意识到自己必须通过努力奋斗才能生存下来。他一直都身处社会底层，饱受迫害与欺凌，挖沟工、侍者、矿工等这些出卖苦力的工作他都做过，却只能勉强度日，生活的经历促使他用暴力反抗着周围的一切。后来参加二战，经由一位激进的工人领袖指引，成为一名秘密的共产党员。艾拉身为一名犹太人，本就是被美国主流社会所排斥的对象，而他加入的美国共产党，也是一个被美国主流党派排斥并历经磨难的非主流党派，个人与组织的境遇促使他们在相同的目标下走到了一起。之后机缘巧合，艾拉成为家喻户晓的明星并拥有一段看似幸福美满的婚姻，成功地打入主流社会。但他出生于社会底层，犹太穷苦人的非主流族裔身份注定了他不能真正融入所谓的上流社会中，而他加入美国社会非主流党派的经历更决定了他不断抗争的悲剧命运。最终因为自身的局限性及在政治斗争被诬告回到了最初的起点。在经历政治斗争及生活变故后，也没向这个社会妥协，他卸下所有的伪装，抛掉烦恼与愤怒，以自然而简单的方式度过他的余生。纵观艾拉的一生，尽管他通过政治途径反抗社会失败，但在人生中的每个阶段，他都能牢记自己犹太族裔的身份，准确找到自己的身份定位，全力以赴实现自己的目标，这样的身份构建无疑是成功的。然而他的妻子却与他恰恰相反。为了能够融入美国主流社会当中，他的妻子先是抛弃了自己犹太人的族裔身份，而后又通过贬低犹太人向主流社会靠拢，她甚至选择背叛自己的丈夫，但最后却是以被女儿背叛，醉酒死在了旅馆中结束了一生。伊芙的一生中从来没有停止过反抗那些束缚住自己的枷锁。为了生活得更好，她将本来的名字改为伊芙并抛弃了自己的家人。为了留在演艺圈中，她屡次改换身份，从默片时代的银幕演员成为百老汇舞台剧的演员,包括担任过广播剧的演员。为了能拥有一段相对成功的婚姻,她的下一任丈夫的性格永远都会是与前夫完全相反。伊芙屡遭挫败的原因不在于一直进行反抗,而在于她否定自己的真实身份,甚至厌恶自己的身份。"这女人陷入她自己扮演的角色里去了。反犹太主义只是她扮演的一个角色而已,曾被她察觉不留意间进入她的表演。一开始几乎是无意的。发生在她身上的事不曾被她察觉。"①伊芙以抛弃与生俱来的身份的方式去对自我进行重构,尽全力去扮演她心目中最为理想的身份,可这恰恰就注定了她的失败。当她对自己的身份产生厌恶的同时,也将自我给否定了,就注定了她这一生不会对别人有着真正的关心和爱意,不能与人有着真心的交流,因为她总是想着去伪装和掩饰自己。当她将最真实的自我从身体中抽出抛弃时,留下的就只剩一个没有灵魂的躯壳了。伊芙的角色控制了自己,她好像没有真实地生活过,她为了反抗压迫自身的各种力量而掩盖犹太身份,造成了她悲剧的命运。

《人性的污秽》以1998年克林顿与莱温斯基的性丑闻为背景,辅之以越战老兵的生活经历来描写越南战争带给人们的精神创伤,因此说,作品是在宏大的政治与历史背景下展开的。小说中有两处情节与当时的政治历史背景有密切的联系。一是前文提及的"幽灵事件"——科尔曼用"幽灵"(spook)来批评几个一直未出席的黑人学生时,意图表达对两个旷课学生的嘲讽和气愤,但事实上,当时科尔曼并不知道这些学生的黑人身份。因"spook"这一单词在英文中还有贬义词"黑鬼"的意思,于是雅典娜学院就有别有用心之人将"spook"认作科尔曼对黑人种族歧视的符号并借此将科尔曼打成"种族主义者"。二是在小说开篇就提到的两件性丑闻。这两件事严重刺激了美国社会的道德,第一件事是在白宫中克林顿总统与莱温斯基的风流韵事,第二件就是雅典娜与中年清洁工的春宫性事。因为这两件事情的发生,美国陷入道德迫害的狂欢之中,从表面来讲,这两处污点,也导致了科尔曼惨淡的

---

① 菲利普·罗斯.美国牧歌[M].罗小云,译.南京:译林出版社,2011:140.

一生。但深究其因，他的不幸还是由于对自己民族身份的抛弃，因被美国完全同化而丧失民族特质。青年时的科尔曼为了摆脱受白人压迫的命运，选择脱离原生家庭，抛弃黑人身份，成为一个无根之人。对于他生活造成巨大打击的"幽灵事件"，他本可以选择自暴黑人身份，摆脱"种族主义者"的标签和一系列莫须有的指控。但是这样做无疑会给他的妻子、儿女造成极大的负面影响。为了成为一名地道的美国人，他被迫放弃心爱的本族姑娘娶了一名犹太姑娘为妻，长久地压抑自己的情感。在妻子去世之后，他与一名中年清洁工相恋，释放了自己压抑几十年的情感。归根到底，他后半生的不幸很大程度上源于对自己民族身份的抛弃，以伪装掩饰的方式构建自己的身份。民族身份的放弃不仅对他的人生造成难以挽救的负面影响，也剥夺了他子孙后代的民族归属感。当自己的孩子对家族史感到好奇时，他会直接以不值一提来回避所有相关的问题。后来在他备感失落给自己善良的女儿打电话寻求安慰之际，他的女儿同样以冷漠的态度对待这名曾牺牲自己以顾全大局的父亲。

菲利普的"美国三部曲"把宏大的历史背景和主人公的命运紧密联系在一起，强调了历史之于个人甚至之于公众命运的影响，阐述了身份"不仅是社会、政治和文化力量的产物，也是它们的人质"[①]。其作品中的人物面对主流文化的入侵和同化，抛弃本民族身份，完全接受主流文化的同化，逐渐迷失自我，对精神造成难以痊愈的创伤，最终导致个人悲剧的酿成。

（二）伦理关系中的个人

菲利普在他的作品中描述了各式各样的父亲形象，有权威的父亲，有为家庭做出牺牲的父亲，当然也存在着品行败坏的父亲。父亲不仅在家庭中扮演重要的伦理角色，同时也被认为是人类文明的象征。在犹太人的传统里，"上帝"和"父亲"具有同源性，父亲在某种意义上和上帝一样具有权威性。

---

① Derek Parker Royal. Pastoral Dreams and National Identity in American Pastoral and I married a Communist, Philip Roth: New Perspectives on American Author[M]. Westport: Praeger Publishers, 2005: 186.

由于"父亲"的权威建立在伦理、世俗、神学等各个价值层面之上,因而在犹太人的实际精神生活中,"父亲"的权威也更具牢固和深刻的意义。菲利普笔下的父亲形象不仅代表着权威,也象征着民族文化的根。

长篇纪实性小说《遗产——一个真实的故事》讲述了犹太父亲在生命最后阶段的真实经历。这部小说主要以倒叙和插叙的叙述方式回顾了作者的父亲赫曼·罗斯在晚年与疾病所进行的一年多的抗争。赫曼·罗斯是第二代美国犹太移民,这一代移民的犹太族都有着相同的共性,那就是从小便在美国贫困的生活。为了可以在美国立足,更好地融入美国社会,赫曼·罗斯在中学时代被迫辍学出去工作以补贴家用,后来又以卖保险为生。由于整天为生计而奔波,他基本上不会去教堂参与宗教活动。尽管如此,他还是很注重与本族裔人民的交流往来。例如他不仅会定期去参加"犹太人联邦广场"上的犹太族活动,而且还加入了犹太人的家庭机构。这个机构会在某个犹太家庭遇到困难时给予一定的帮助。这也体现了犹太文化中"个人的力量是单薄的,人多力量大"的思想。[①]

由此可见,赫曼·罗斯一直认同自己的民族身份,并立足于犹太民族传统文化进行身份构建。他一生一直以坚韧英勇的品质顽强地进行着抗争,虽然晚年与病魔的抗争失败,但却将宝贵的"犹太精神"以"遗产"的方式传给了子孙后代,使得他们不至于成为无根之人,进而产生巨大的精神危机。至于他自己,他一生虽然过得节俭朴素,却安定快乐。作为家族族长,他对族中亲戚们的生活情况都了如指掌,提起他们就好像是一直与他们在一起一样。去看医生时,他会下意识地问医生是不是犹太人;当某一支有犹太人的队伍赢得比赛后,他也会特别开心。就连有几个犹太人拿到了奖项这些小事,他都能记得一清二楚。赫曼总能对同为犹太人的人所取得的成就感同身受。因为赫曼是犹太人,所以与所有犹太人有荣乃焉。而这些让他产生极大好感的人,仅仅是因为他们是与他有着相同血脉的犹太人而已。对犹太人的关注,

---

[①] 李俊宇.以《遗产》为例看美国犹太移民的"存活"观[J].长春大学学报,2011(11):81.

也成了他平凡生活中快乐的一部分。

　　由于两代人价值观的差异,作者与他的父亲两人之间一直都存在隔阂,关系比较疏远。在父亲得这场大病之前,对于父亲所要授予的遗产,他的态度是主动放弃坚决拒绝。这一行为实质上是不愿承载犹太民族的苦难历史和沉重传统,并想借此与其犹太身份划清界限以便获得美国社会的接受与认可。遗产是每个"父亲"留给儿女的最后的礼物,也是每个祖辈留给子孙后代的"珍宝",不仅仅是家族的承续,更是民族文化的传承。正当壮年时期的菲利普对此嗤之以鼻,不屑一顾。在经历这场生离死别后,他才深刻意识到之前自己想法的荒谬,也真正感受到这份遗产的珍贵之处。在确诊自己成为脑瘤病人之后,曾经连招呼都不打,就把儿子少年时代积攒的邮票送人,而且让母亲几乎崩溃,崩溃到两人晚年离婚的父亲此时变得有些无助,在生病期间他非常听儿子的话,依赖儿子。他喜欢和儿子聊家常,愿意听儿子给他讲身边发生的新鲜事。有关病情方面的重大决定,菲利普的父亲也会将决定权交到儿子手上。菲利普在送父亲小礼物时,要求父亲先闭上眼睛,"他居然真像个期待礼物的小孩子一样听我的话,尽管脸上并没有露出那种非常憧憬的表情"[①]。此时的父亲早已变得和蔼可亲,儿子也不再像从前那样"叛逆",他们之间的关系逐渐趋于缓和并迅速回温,两人之间的隔阂也在逐步缩小,之前所有的误会争吵和矛盾也随之烟消云散。父亲在散步时会十分厌烦他的假牙,这时就会将假牙拿出,而菲利普握在手中不仅不会厌恶,反而会感到满足;赫曼大便失禁,小说中描写菲利普清理洗手间时的心理令人印象深刻。"你清洗父亲的屎,因为你必须清洗,可清洗完之后,所有过去没有体会的感觉,现在都体会到了。这并不是我第一次明白这点:当你抛开恶心,忘记作呕的感觉,把那些视若禁忌的恐惧感甩在脑后时,就会感到,生命中还有很多东西值得珍惜。"[②]

---

① 菲利普·罗斯.遗产——一个真实的故事[M].彭伦,译.上海:上海译文出版社,2006:6.
② 菲利普·罗斯.遗产——一个真实的故事[M].彭伦,译.上海:上海译文出版社,2006:144.

当菲利普揣着父亲的假牙，手捧父亲的"屎"的时候，仿佛之前的种种不快已烟消云散。再普通不过的"屎"在这里具有特殊的含义："屎"代表着父亲的血统，民族的根与魂。通过这些看似很恶心的物质，菲利普意识到犹太血统才是父亲给予自己的最后的、最珍贵的遗产，他也真正成长为一个有担当，有强烈归属感的美籍犹太后裔。

菲利普构建身份的方式由完全抛弃本民族身份，否定民族文化传统变为回归本民族身份，这样的转变不仅体现了菲利普对犹太传统的道德观、价值观和宗教观的肯定，同时也体现了犹太文化强大的精神感召力。犹太文化有着历史上的传承，长期的文化沉淀为犹太民族带来了深厚的文化底蕴，这就使得犹太移民即使在犹太人的传统文化被漠视时，也无法断绝他们与其固有的千丝万缕、渗入灵魂的联系，这是他们无法割舍的根，也是犹太精神得以生生不息的源泉。

菲利普·罗斯对当代美国犹太人生存状态的呈现与刻画，特别是以身份追寻与建构为主题进行小说创作的行为，体现了他作为一位犹太作家的社会责任。本文主要探索的"美国三部曲"源自美国少数族裔尤其是犹太人的生活，反映了少数族裔在民族文化和异质文化夹缝中的身份困惑以及各自所选择的不同的身份建构之路，其中不乏砥砺奋进的生活历程，但也揭示出族裔群体融入美国主流社会的无奈与艰辛。美国少数族裔在美国这个民族大熔炉中经历着激烈的文化碰撞，他们徘徊于美国主流文化和民族文化之间而变得进退两难。可以说，在犹太人心中，犹太族本身的文化与美国文化处于一个既有矛盾冲突但是又相互影响的状态之中。虽然美国犹太人想要获得内心平衡，想在传统与现实之间找到一个两全的平衡点，想要维护民族情感，但是这种美好夙愿往往伴随着原有身份的缺失和新身份无法建立的困境而产生。

菲利普刻画的美国少数族裔面临主流社会的种族歧视，在探求身份的艰难历程中，经历了群体及个体不被接受和认可的惶恐与焦虑乃至自我毁灭，揭露了美国社会的种族歧视及其话语统治者所标榜的自由民主的虚假。美国的种族歧视是具有历史渊源、从未真正消失过，他们的种族偏见可以说是早已根植在社会深处，是很难拔除的顽疾。菲利普·罗斯通过"美国三部曲"及其他刻画犹太人的作品向人们呈现了当代美国犹太人的生存状态，引起了人们对犹太人生存状态和身份追寻的广泛关注。从更高层面而言，审视当代美国犹太人的生存危机，有利于更好地解决种族歧视以及促进民族团结等社会普遍性问题。对犹太人现实生活的关照和身份建构的关注，也使得菲利普·罗斯赋予了其作品更加普遍和深刻的社会价值和现实意义。

随着美国社会环境的日益多元化，犹太移民的身份建构问题也变得越来越复杂，越来越重要。犹太文化与美国主流文化相互融合的进程开始加快，在这个过程中犹太移民应该如何正确看待自己的犹太民族身份，又该如何正确对待异族通婚以及子女的教育问题，在发展中保留独立性，使"犹太性"和"美国性"达到最和谐的状态，都成为应该思考的问题。在建构多元族裔文化身份的过程中，对族裔文化身份的简单认同并不意味着自我身份建构的成功。犹太移民需要在多重族裔文化间转化并找到一个平衡点来重构适合自己的文化身份，做一个在多元文化身份间自由转化的美国人。当人们在面对纷繁的文化陷入无所适从的迷茫境地时，只有在构建文化身份的前提下进行文化交流，才能在多元文化的交流与碰撞中保持平等的地位，并做到取长补短。

文化都是交互相通的，完全独立的文化形式是根本无法长期存在的。当某种文化不断汲取其他文化养分并将其融合成具有自己文化印迹的一部分，才能使文化生生不息发展下去。文化发展的最理想状态就是多元化的有机整合，你中有我、我中有你，而不是试图以一种身份去取代另一种身份。菲利普面对着美国的文化困境和身份构建无法与世界多元文化发展背景真正融合的危机时，表达了他对人性回归的渴望以及肯定。两种民族文化的融合不能盲从于主流文化，而应该打破传统族裔界限和文化身份观的桎梏，重新建构一种基于民族平等与自由整合的多元文化环境。唯有如此，才能创建和谐的多元文化，实现世界多元文化的共同繁荣。

结　语

长久以来，北美地区的白人基督教文化居于社会的主导地位，尤其在美国主流文化圈，少数族裔的文化尽管偶尔绽放出艳丽的色彩，但仍长期处于边缘化地带。随着美国经济社会的发展，越来越多的少数族裔文学作家为彰显各自的民族身份，为自己族裔的生存地位而大声疾呼。这其中以犹太裔、非裔和华裔文学发展最为强劲，一大批少数族裔作家荣膺诺贝尔文学奖、普利策文学奖、国家图书奖等重要奖项的头衔。他们的优秀作品反映了少数族裔的生活状态和精神困境，同时为少数族裔所遭受的社会歧视和不公待遇而毅然发声。从一踏入这片异国的土地开始，少数族裔就在为生存而奋斗，为重构本民族的文化身份而积极探索。从最初夹缝中的苦苦挣扎到与主流文化分庭抗礼，从二元文化对立到多元文化中的和谐共存，少数族裔文学的成长壮大经历了漫长曲折的发展过程。

尽管三大族裔文学的发展轨迹各不相同，发展水平和社会地位也各有差异，但相似的历史际遇和伦理困境使它们不约而同地选择从自我的族裔身份开始探寻，不断向主流文化"中心"进发。在作品主题选择方面，少数族裔作家大都立足本民族文化，从中寻找族裔身份的合理性和精神源泉，并试图获得与主流文化平等对话的契机。在与主流文化的冲突和碰撞当中，少数族裔作家也在思考着自身的未来，努力寻找到与之共存的沟通渠道；除了族裔身份的回归与构建，多元文化的大熔炉中个人的际遇与成长也是常见的主题，以此为代表的成长小说所描述的个人蜕变，对人性和世界的认知的发展经常能引起广大读者的内心共鸣；除此之外，少数族裔文学较多地从女性主义、历史主义、家庭伦理、精神家园、文化回归等角度来呈现少数族裔对现实世界的真实态度和应对策略。

在我们比较三大族裔文学的过程中，尽管它们都沿着相似的历史轨迹前行，但在各自空间内，它们又有着明显的不同之处。例如，华裔文学作家往往重视家庭成员之间的情感纽带，继而找寻整个华裔社会的文化传统和民族意识，近年来随着新移民的不断加入，他们对于美国华裔社会的反思日益深入，更多青年作家关注普世价值和人文关怀，也从华裔角度对于"美国性"做出了深入的探讨；非裔文学更多的是挖掘自身的文化根源，从而树立民族的自信和精神图腾，返回撒哈拉沙漠以南的非洲找寻历史的足迹，重塑族裔之"根"是很多非裔作家的心声，与此同时对于美国社会的种族歧视和压迫的描写在非裔文学作品中屡见不鲜；与其他族裔不同，犹太裔移民更好地融入美国主流社会，并在各个领域取得了明显的成就，在宗教渊源和家国情怀上对于白人文化的归属感更强，所以犹太裔文学更多的是讲述知识分子对于存在的理解和顿悟。由于历史文化情结，犹太裔文学中也不乏鲜明的犹太主义特色。例如，个人与社会的异化，主流文化圈外的流浪者，精神领域的挣扎、迷茫，精神世界的探索与发展，等等。犹太裔文学更多的是个人对于世界的领悟与自我的反思。同时文学创作技巧日臻成熟，作品的思想性也更深刻。总之，三大族裔文学各有千秋，各具特点。通过对比研究，并结合历史主义与伦理学分析，可以发现这些差异是由不同族裔的文化传承、宗教信仰、思维模式以及生存状态的差异造成的。

综上所述，北美地区的文学创作，在20世纪尤其是七八十年代呈现出繁荣的景象。少数族裔文学的崛起与当时的历史环境和社会发展息息相关。针对这三大少数族裔文学的研究以及其发展都尽显各自不同的特色，散发着专属各自族群的魅力，为读者展现了一场文化盛宴。它们在塑造自身"族裔性"和"文化身份"方面都取得了巨大的成功，也得到了当地主流社会的认可，不可否认任何一种族裔文化都是人类文明发展史上的智慧结晶,丰富了人类的精神世界,激发了我们对于自我和世界的思考与探索。可以预见,随着人类文明和进步的不断发展,少数族裔文学必将为世界文化的大繁荣做出更大的贡献。

参考文献

[1] 罗兰·巴特.写作的零度[M].李幼蒸,译.北京:三联书店,1998.

[2] 马克·吐温.哈克贝利·费恩历险记[M].成时,译.北京:人民文学出版社,2005.

[3] 毛信德.美国小说发展史[M].杭州:浙江大学出版社,2004.

[4] 王守仁.新编美国文学史:第四卷[M].上海:上海教育出版社,2002.

[5] 菲利普·罗斯.美国牧歌[M].罗小云,译.南京:译林出版社,2004.

[6] 史志康.美国文学背景概观[M].上海:上海外语教育出版社,1998.

[7] 刘洪一.走向文化诗学——美国犹太小说研究[M].北京:北京大学出版社,2002.

[8] 范守义.华裔美国人英语文学概观[M].太原:山西教育出版社,2002.

[9] 陆薇.走向文化研究的华裔美国文学[M].北京:中华书局,2007.

[10] 张京媛.新历史主义与文学批评[M].北京:北京大学出版社,1993.

[11] 王瑾.互文性[M].桂林:广西师范大学出版社,2005.

[12] 汤亭亭.女勇士[M].肖锁章,译.南京:译林出版社,2000.

[13] 展江.普利策新闻奖获奖作品全译本[M].北京:中国人民大学出

版社,2009.

[14]刘鸿武.黑非洲文化研究[M].上海:华东师范大学出版社,1997.

[15]莫里森.所罗门之歌[M].胡允桓,译.海口:南海出版公司,2013.

[16]程锡麟,王晓路.当代美国小说理论[M].北京:外语教学与研究出版社.2001.

[17]黄卫峰.哈莱姆文艺复兴研究[M].北京:外语教学与研究出版社,2007.

[18]江宁康.美国当代文学与美利坚民族认同[M].南京:南京大学出版社,2008.

[19]索尔·贝娄.洪堡的礼物[M].蒲隆,译.南京:江苏人民出版社,1981.

[20]索尔·贝娄.赫索格[M].宋兆霖,译.桂林:漓江出版社,1985.

[21]索尔·贝娄.拉维尔斯坦[M].胡苏晓,译.南京:译林出版社,2004.

[22]乔国强.美国犹太文学[M].北京:商务印书馆,2008.

[23]赵一凡,张中载,李德恩主编.西方文论关键词[M].北京:外语教学与研究出版社,2006.

[24] Guttmann Allen. The Jewish Writer in America: Assimilation and the Crisis of Identity[M]. New York: Oxford University Press, 1971.

[25] James McBride. Good Lord Bird[M]. New York: Penguin Group, 2013.

[26] Bloom's Modern Critical Views: Philip Roth[M]. Philadelphia: Chelsea House Publishers, 2003.

[27] Alex Haley. Roots[M]. New York: Vintage Books, 1994-01.

[28]程爱民.论美国华裔文学的发展阶段和主题内容[J].外国语,2003(6).

[29]吴冰.关于华裔美国文学研究的思考[J].外国文学评论,2008(2).

[30]吴冰.华裔美国文学的历史性[J].外国文学研究,2010(2).

[31]陈红霞.美国华裔文学中的中国价值观[J].华文文学,2009(2).

[32]程锡麟.书信、记忆、与空间—重读《赫索格》[J].外国文学,2012(5).

[33]刘兮颖.贝娄与犹太伦理[J].外国文学研究,2010(3).